Oetinger

Zwei Dinge begleiten *Julie Wald*, geboren 1978, im Leben: Schreiben und Pferde. Nach der Ausbildung zur Sozialpädagogin begann sie unter anderem Namen Kinder- und Jugendbücher zu schreiben und ist mittlerweile als freie Autorin tätig. *Silverhorse* ist nun ihre erste Pferdereihe, die von einem besonderen Schicksal erzählt. Silverhorse ist blind und lebt in Wirklichkeit in der Nähe der Autorin.

Julie Wald

SILVERHORSE

Tanz mit dem Wind

Verlag Friedrich Oetinger · Hamburg

Originalausgabe
1. Auflage

Max-Brauer-Allee 34, 22765 Hamburg

Einband von formlabor, Kerstin Schürmann,
unter Verwendung von Bildmaterial von © callipso,
© Abbie, © Konstanttin @ shutterstock.com
Dieses Werk wurde durch die Literaturagentur
Beate Riess vermittelt.
Druck und Bindung: GGP Media GmbH,
Karl-Marx-Straße 24, 07381 Pößneck, Deutschland
Printed 2020
ISBN 978-3-7891-1348-2

www.oetinger.de

Reiten ist wie ein Tanz mit dem Wind,
solange es dir gelingt,
ohne Erwartung in den Sattel zu steigen.

VERNON VANDERBROUGHT

#ANFANGUNDENDE

Etwas lag in der Luft.

Der Winterhimmel war zwar voller grauer Wolken, aber dennoch glühte Ava vor Aufregung. Endlich ließ das Wetter es zu, auf dem großen Springplatz zu trainieren. Es war das erste Mal in diesem Jahr, und nichts war besser, als im Sattel zu sitzen und die weit ausholenden Bewegungen ihres Pferdes unter sich zu spüren, während sie dem kalten Neujahrswind trotzte.

Ava strahlte über das ganze Gesicht, und auch Flint schien sich zu freuen. Wie von selbst steuerte er das erste Hindernis an und nahm den Steilsprung mit Leichtigkeit. Es war wie fliegen, nur besser. Schon kam der Oxer, auch über den schwebten sie, als wären ihnen beiden Flügel gewachsen, und Ava überließ ihm das Tempo, vertraute ihrem Flint. Es war so schön zu spüren, mit welcher Freude der Wallach bei der Sache war. Problemlos steuerte er jetzt die Kombination an, danach die Mauer. Sogar die fiese Triplebarre meisterten sie, ohne aus dem Rhythmus zu gelangen, als wären sie eins. Am Schluss noch einmal den Steilsprung. Wie von selbst ging sie mit Flint in der Bewegung mit und ließ ihr Pony danach in Ruhe ausgaloppieren.

Ihre Trainerin quittierte dies jedoch nur mit einem schmalen Lächeln. »Okay, das war nicht übel«, kommentierte sie Avas fehlerfreien Ritt. »Das nächste Mal aber treibe ihn mehr an.« Frau Eisstätt blickte auf die Stoppuhr in ihrer Hand. »Das muss schneller werden, ja?!«

Es war keine Frage, die Frau Eisstätt gestellt hatte, sondern eine Anweisung, und Ava spürte dabei die vertraute Wut, die in ihr hochstieg. Hatte die Trainerin nicht gesehen, wie gern Flint gesprungen war? Zählte das denn gar nichts? Am liebsten hätte Ava die drahtige, kleine Frau mit dem eisgrauen Haar prompt gefragt, ob sie vielleicht eine neue Brille brauchte, doch sie schluckte ihre zornigen Worte hinunter. Sie wollte sich nicht schon wieder mit Frau Eisstätt in die Wolle kriegen. Dafür war ihr das erste Training nach der Winterpause viel zu kostbar. Sie nickte stattdessen widerwillig und flüsterte Flint ins Ohr: »Ich finde, du hast das super gemacht.« Dabei kraulte sie ihm den Hals, so wie er es am liebsten hatte. »Man darf doch wohl ein bisschen Spaß dabei haben, oder?«

Der Wallach antwortete mit einem zufriedenen Schnauben, und Ava musste grinsen. »Siehst du, du verstehst mich«, sagte sie lächelnd und ritt am langen Zügel zu ihren Freundinnen hinüber, ehe Frau Eisstätt noch mehr an ihr rummeckerte.

Obwohl Ava eine sehr gute Reiterin war, nörgelte die Trainerin ständig an ihr herum. Vielleicht, weil sie so gut war und alle Hoffnung auf ihr ruhte? Auf Ava Gildstein, dem Nachwuchstalent von Eschenthal? Oder lag es daran, dass sie in Wirklichkeit mehr auf ihr Bauchgefühl vertraute als auf die Meinung der Trainerin? Das meldete sich in letzter Zeit viel zu häufig, deshalb gerieten sie auch ständig aneinander …

Heute aber ließ sich Ava davon nicht die Laune verderben. Es war richtig gewesen, ihrem Flint das Tempo zu überlassen. Richtig und gut. Das hatte sie vorhin genau gespürt, auch wenn Frau Eisstätt für *Avas Einbildungsgabe*, wie die Trainerin ihre eigene Meinung nannte, nicht viel übrighatte. »Am Ende zählt nur die Leistung, wann kapierst du das endlich?«, rief sie ihr auch jetzt hinterher, und Ava tat so, als hätte sie nichts gehört.

Als Nächstes war Freya an der Reihe und danach Sina. Auch Avas beste Freundinnen ritten einen guten Durchgang. Wenn sie weiterhin so hart trainierten, würde Team Eschenthal in der kommenden Turniersaison mächtig Schleifen sammeln, so viel stand fest.

Auch Frau Eisstätt schien nun etwas zufriedener zu sein. Denn als es wieder zu regnen anfing und der Wind eisig über den Platz fegte, schickte sie die Mädchen mit ihren Pferden gnädigerweise ins Trockene. So hockten die drei bald gemütlich in der warmen Sattelkammer und lästerten über *den Eisklotz*, wie sie Frau Eisstätt heimlich nannten.

Der Trainerin konnte man ja auch wirklich viel zu selten etwas recht machen.

»Jaja, du musst schon schneller werden, Ava«, äffte Freya den Eisklotz nach und begann Dantes Zaumzeug zu putzen. »So schnell wie eine Rakete, wenn's geht, ja?«

Ava lachte. »Ach, Flint war super heute.«

Sina seufzte. »Und wie! Ihr seid beinah geflogen. Ich wünschte, mein Pargos würde so springen.«

»Macht er ja auch«, tröstete Ava sie. Doch insgeheim wusste jede von ihnen, dass Flint um Häuser besser war als Sinas Pargos oder Freyas Dante. »Wir sind *alle* super in Form. Der Eisklotz soll bloß nicht so viel meckern, sonst könnte man meinen, dass er eine Ziege ist. Määääh!«

Freya lachte. »Stimmt! Dieses Jahr kann uns Show Jumping Girls nichts aufhalten.« Sie hielt ihre mit Sattelseife verschmierte Hand in die Höhe, und Ava und Sina klatschten ab.

»Die Show Jumping Girls von Eschenthal werden gewinnen«, rief Sina.

»Und nichts und niemand wird uns aufhalten«, gelobte Ava. Auch sie konnte es kaum noch erwarten, dass endlich die Springsaison begann. Das nächste Mal würde sie Flint einfach mehr die Sporen geben, dann gab auch der Eisklotz Ruhe. Jetzt aber war erst mal Feierabend angesagt. »Mann, hab ich einen Kohldampf«, seufzte sie und hängte Flints frisch geputztes Zaumzeug an den Haken. »Seid ihr auch fertig?«

Freya und Sina nickten. Gemeinsam räumten sie das Lederputzzeug weg und verabschiedeten sich von ihren Pferden. Dann fuhren sie gut gelaunt auf ihren Rädern nebeneinander nach Hause.

Dabei glühte Ava noch immer vor Aufregung. Reiten war eben das Schönste, und vor Glück hätte sie die ganze Welt umarmen können. Ja, sogar den Eisklotz.

Doch etwas lag in der Luft.

Etwas, das auf Ava wartete.

Etwas, das alles verändern sollte.

#SEHNSUCHT

Ava starrte die kahlen Wände an. Nichts erinnerte mehr daran, dass vor wenigen Wochen dies noch ihr Zimmer gewesen war. Keine unzähligen Pferdeposter klebten an den Wänden, keine Turnierschleifen zierten die Dachbalken. Kein Motiv von Flint schmückte ihre Bettdecke.

Flint. Es reichte aus, nur an ihn zu denken, und Avas Magen krümmte sich zu einer Schnecke zusammen. Klein, eng und unglaublich unglücklich.

Flint. Ihr hübscher fuchsfarbener Welsh-Cob-Wallach. Nun war er weg. Gehörte einem anderen Mädchen und nicht mehr ihr. Ava spürte die Tränen in ihren Augen. Nicht schon wieder, dachte sie und wischte sich wütend übers Gesicht. In den letzten Wochen hatte sie schon genug geheult. *Also diesmal keine Tränen. Nicht wegen dem Haus. Das ist nicht so schlimm. Häuser kann man ersetzen. Flint nicht!*

Ein letztes Mal hangelte sie sich die Dachbalken hoch zum Giebel ihres alten Zimmers. Von ihrem Lieblingsplatz aus konnte sie durch ein kleines, rundes Fenster die großen Pferdekoppeln sehen. Weiße Zaunpfähle auf himmelblauem Horizont, keine fünfhundert Meter von ihr entfernt, zum Greifen nah. Rauch stieg aus dem Schornstein von Gut Eschenthal. In der Reithalle brannte Licht. Irgendjemand drehte darin grade seine Bahnfiguren, vielleicht sogar Freya und Sina. Beinah konnte sie das zufriedene Pferdeschnauben hören, das Knarzen von Leder sowie das leise Rieseln, das entstand, wenn Pferdehufe durch den Sand stieben. Gut Eschenthal war ihr ganzes Glück gewesen. Denn dort war Flint. Doch nun?

Am liebsten wäre Ava zwischen den Dachbalken hocken geblieben und hätte so getan, als wäre nichts passiert. So getan, als hätten ihre Eltern, Oskar und Paula Gildstein, niemals die Firma aufgeben müssen. So getan, als könnten sie sich Flint noch leisten. So getan, als müssten sie nicht in eine neue, fremde Stadt ziehen, weit weg von allem, was ihr vertraut war ... Doch Ava wusste, dass dies nicht möglich war. Die neuen Besitzer ihres alten Zuhauses würden jeden Moment kommen. Spätestens dann musste sie das Feld räumen und ihr Zimmer einem anderen Kind überlassen.

Wie ungerecht! Wütend trommelte sie mit der Faust gegen die Dachbalken. Autsch, das half auch nichts.

Hilflos ließ sie die Schultern sinken. Verdammte Wirklichkeit! Ungerechte Dinge passierten. Ständig. Auch ihr. Das hatte sie in den letzten Wochen schmerzlich begriffen. Und sie hatte auch begriffen, dass sie ihren Eltern nicht die Schuld an diesem schicksalsräudigen Schlamassel geben durfte. Auch sie hatten alles verloren. Das Haus. Die Firma. Ihr Ansehen. Und auch sie hatten schreckliche Angst vor dem Neubeginn. Das spürte Ava überdeutlich, wenn sie derzeit in die Gesichter ihrer Eltern blickte. Doch obwohl Ava sonst gut funktionierende Antennen hatte, hatte sie das alles dennoch nicht kommen sehen. Sie war so auf die kommende Turniersaison fixiert gewesen, dass sie alles andere ausgeblendet hatte. Dabei waren die Zeichen sehr wohl sichtbar gewesen. Die immer schlechter werdende Laune ihres Vaters, wenn er abends vom Büro nach Hause kam. Der sorgenvolle Blick ihrer Mutter, wenn Flint neue Hufeisen brauchte. Und alles nur wegen irgendwelcher dummer Geschäfte, die völlig schiefgelaufen waren. Und jetzt waren sie pleite, aber so was von.

Ein leises Räuspern ließ sie hochschrecken.

Ihre Mutter stand unter ihren baumelnden Füßen und sah zu ihr hoch. »Es ist so weit. Papa wartet im Auto auf uns. Die neuen Besitzer werden jeden Moment hier sein, und ich bin nicht scharf darauf, ihnen über den Weg zu laufen. Also, kommst du bitte?«

Irgendwo in der Ferne wieherte ein Pferd. Hell und klar. Ein Wiehern, wie Flint es oft ausstieß, wenn Ava mit dem Fahrrad und einem Bund Möhren unterm Arm Richtung Eschenthal unterwegs gewesen war. »Ob er sich an mich erinnern wird?«, murmelte sie.

Paula Gildstein seufzte unter ihr. »Bestimmt, weil du immer gut zu ihm gewesen bist. Auch jetzt noch. Obwohl er eine neue Besitzerin hat, kann er deinetwegen auf Eschenthal bleiben. Du hast ihm eine gute neue Menschenfreundin gesucht. Für Flint geht das Leben weiter. Und für uns bestimmt auch. Du wirst schon sehen: Neues Leben, neues Glück, heißt es nicht so?«

Ava verdrehte die Augen. Die Wohnung in der neuen Stadt war ungefähr so gemütlich wie eine leere Pappschachtel. Darin das Glück zu finden, war somit ziemlich unwahrscheinlich. Aber sie wollte es ihren Eltern nicht noch schwerer machen. Und sich selbst irgendwie auch nicht. Irgendwann musste sie sich schließlich mit ihrem Schicksal abfinden. Also schenkte Ava ihrer Mutter ein tapferes Lächeln und drehte Eschenthal, das durch das Fensterglas milde in der Abendsonne leuchtete, für immer den Rücken zu.

Sie hatte zwei Wochen Schonfrist bekommen, ehe sie in die neue Schule musste. Als die Osterferien jedoch zu Ende gingen, war es schließlich so weit.

Nervös stand Ava am Morgen ihres ersten Schultages vor dem Spiegel und zupfte an ihrem goldblonden langen Pferdeschwanz herum. Sie hatte sich für ihre Lieblingsjeans entschieden und ihren Lieblingspulli. Nichts Auffälliges, lieber etwas Dezentes. Wer wollte schon als *die Neue* unangenehm auffallen? Es würden sie auch so schon alle anderen anstarren, dessen war sie sich bewusst. Noch nie hatte sie sich so allein gefühlt wie jetzt. Ohne Freya und Sina fühlte sie sich wie ein halber Mensch.

Als Ava in den Spiegel seufzte, drückte ihre Mutter sie fest an sich. »Du schaffst das schon! Ich hab mit dem Direktor deiner neuen Schule gesprochen. Du bekommst eine nette siebte Klasse, und deine Klassenlehrerin Frau Plettner ist auch in Ordnung. Und wegen der Klassenarbeiten, die du zu schreiben hast, da mach dir mal keine Sorgen. Ich habe das alles schon mit Frau Plettner besprochen. Falls der Unterrichtsstoff zu sehr von deinem alten abweicht, dann ...«

»Mama«, stöhnte Ava und befreite sich aus der klammernden Umarmung. »Das macht mich noch nervöser. Ich will nur ... ach, egal. Können wir einfach fahren?« Und es hinter mich bringen, dachte Ava mit Grabesstimme. Ein Schulwechsel war schon schlimm genug, hingegen mitten im Schuljahr zu wechseln, kam einem persönlichen Weltuntergang gleich. Anfangs – nachdem sich der erste Schock gelegt und ihr Gehirn angefangen hatte zu begreifen, dass das alles kein böser Scherz war, sondern die bittere, untrügliche Wahrheit – hatte Ava ihre Eltern angefleht, den bescheuerten Umzug zumindest auf den Herbst zu verschieben.

»Bitte, diesen einen Sommer noch«, hatte sie gebettelt. »Damit ich Zeit habe, mich zu verabschieden.« Doch ihre finanzielle Lage war so mies, dass kein letzter Sommer auf Eschenthal für sie drin war. Ihr Vater hatte sogar seinen geliebten Oldtimer verkaufen müssen, um den Umzug in die neue Stadt überhaupt finanzieren zu können. Und eigentlich sollte Ava Cassisburg, wie ihre neue Heimat hieß, dankbar sein. Immerhin hatten ihre Eltern in dieser Stadt schnell Arbeit gefunden, dennoch konnte Ava sie nicht ausstehen. Dieser Lärm und die vielen Menschen, und nirgendwo Luft zum Atmen ... Ihr Leben war eine einzige Katastrophe. Sie seufzte schwer.

Ihre Mutter seufzte ebenfalls. »Okay, schon gut. Ich muss ja auch los. Schließlich hast nicht nur *du* heute deinen ersten Schultag.«

Oh, dachte Ava. Das hatte sie völlig vergessen. Nicht nur für sie war heute ein besonderer Tag, auch ihre Mutter musste sich in ihrer neuen Klasse bewähren. Aber im Gegensatz zu ihr schien sich ihre Mutter auf diese Herausforderung sehr zu freuen. Manchmal, so hatte Ava den Verdacht, war Paula Gildstein über ihre schlimme Lage gar nicht so unglücklich. Den Job in der Firma als Buchhalterin hatte sie schließlich nur ihrem Mann zuliebe gemacht. Nun aber konnte sie wieder das tun, was ihr wirklich Spaß machte, und das war nun mal, kleinen Rotznasen das Lesen und Schreiben beizubringen.

»Also, auf ins Abenteuer?!« Paula Gildstein schulterte ihre Lehrertasche. »Und, Schätzchen, bitte ... trag nicht gleich wieder dein Herz auf der Zunge, hörst du? Nicht jeder verträgt die ungeschönte Wahrheit.«

Wenn es darum ging, war ihre Tochter nämlich in der Tat etwas eigensinnig. Denn Ava hatte ein beinah unwirkliches Gespür für die Gefühle anderer. Das mochte in manchen Situationen zwar hilfreich sein – aber oft wirkte sie dadurch einfach ziemlich aufmüpfig. Paula Gildstein sah ihre Tochter daher mahnend an. »Das ist nur zu deinem Besten, ja?!«

»Mama«, stöhnte Ava erneut und setzte sich hastig die Kopfhörer auf, um nicht noch nervöser zu werden. Auch wenn ihre Mutter es nur gut meinte, half das in dem Moment gar nichts. Sie würde sich schon selbst auf die Zunge beißen, so ungeschickt war sie dann auch wieder nicht, sich gleich am ersten Tag unbeliebt zu machen.

Manche Dinge musste man ohnehin alleine auf die Reihe kriegen, und so drehte Ava die Musik auf volle Lautstärke. Flints letzte Dressurkür-Musik strömte in ihre Ohren, und Ava spürte den Stich im Herzen. Schnell drückte sie weiter. Weh tat es trotzdem.

#MAGENSCHNECKE

Die Urs-Franklin-Schule hatte nichts mit ihrem alten Gymnasium gemein. Es schien vielmehr so, als wäre sie plötzlich auf einem anderen Planeten gelandet. Weit weg von jenem wunderbaren Fleckchen Erde, das sich Eschenthal nannte.

Alle redeten hier nur von Bloggern, Vloggern, YouTubern und Influencern, von denen Ava noch nie im Leben gehört hatte. Sie kam sich wie das größte Landei überhaupt vor, und anfangs tat sie so, als würde sie das alles total interessieren. Ava gab sich wirklich Mühe. Aber schnell verließ sie das Interesse. Zu doof war ihr das Getue um Siri_Nice, Magicdog, oder wie die alle im Netz hießen. Irgendwie chatteten hier alle mehr, als dass sie miteinander redeten, und ständig ging es nur darum, wie oder wer was und wo getan hatte. Sie hingegen würde sich sicherlich nicht mit so einem doofen Hashtag in eine Schublade pressen lassen ... auf #shithappens #magenschnecke oder #fürdietonne konnte sie gern verzichten. Denn so fühlte sie sich derzeit, und deshalb war es auch nicht weiter verwunderlich, dass sie in der Schule kaum Bekanntschaften schloss. Ava hatte schlichtweg keinen Bock drauf.

Obendrein schöpfte sie bald den Verdacht, die Klassenlehrerin hatte die anderen bloß dazu angestiftet, anfangs nett zu ihr zu sein: *zur Neuen vom Land*. Doch als die Schonfrist vorüber war, hockte Ava bald in den Pausen alleine rum und machte Hausaufgaben, während die anderen Mädchen aus ihrer Klasse sie wie Luft behandelten und bloß von diesem XluX schwärmten, dem neuen Shootingstar im Internet. Innerhalb kürzester Zeit folgten ihm über 10 000 Follower auf Instagram, doch der eigentliche Knaller war, dass XluX mit ziemlicher Sicherheit in Cassisburg wohnte. Schließlich stammten die provokanten Fotos auf seinem Account allesamt aus der Gegend. Niemand aber wusste, wer XluX in Wirklichkeit war. XluX war der große Unbekannte dieser Tage. Sogar ein Foto vom desolaten Sportplatz ihrer Schule, mit #scherbenmeer, hatte er zuletzt auf seinen Account gestellt, und Avas Mitschüler redeten bald von nichts anderem mehr als davon, dass XluX bestimmt einer von ihnen war. Vielleicht steckte ja Tristan aus der Zehnten hinter XluX? Schließlich trug er ständig schwarze Klamotten und war obendrein mit seinem iPhone verwachsen … vor allem aber war er ausgesprochen gut aussehend. Ava jedoch konnte der schöne, schwarze Tristan gestohlen bleiben. Und dieser *Lux-Irgendwer* sowieso. Darauf hatte sie wirklich überhaupt keine Lust! Dann war sie eben die Außenseiterin, damit konnte sie leben – auch wenn sie sich diese Rolle in Zukunft mit Lou teilen musste, denn dieses Mädchen aus ihrer Klasse hing auch ständig alleine rum.

Aber bei Lou lag es daran, dass sie kaum mit jemandem sprach. Ständig glotzte sie so komisch, und schräg war sie auch. Jeden Tag drehte sie ihre widerspenstigen Locken zu einem Messy Bun, der aussah, als hätte sie ein Vogelnest auf dem Kopf. Dazu trug sie knallbunte Klamotten, als wäre sie in einen Farbkasten gefallen. Ava wurde aus diesem Mädchen nicht schlau. Sonst fiel es ihr leicht, Menschen zu durchschauen. *Neid, Wut, Eifersucht, Angst, Liebe* ... all diese Emotionen schwirrten in der Klasse herum, wenn sie ihre Mitschüler betrachtete. Nur bei Lou war sie ratlos. Anfangs dachte sie, die anderen wollten nichts mit ihr zu tun haben. Aber bald kam Ava der Verdacht, dass es vielleicht andersrum war. Lou mied die Klasse. Nur wieso?

Eigentlich hätte Ava das alles egal sein können, doch es sollte anders kommen. Zwei Wochen später verkündete Frau Plettner, die auch ihre Biolehrerin war: »Es wird Zeit, über eure diesjährige Projektarbeit nachzudenken. Wie ihr wisst, möchte ich, dass ihr bis Ende des Schuljahres ein Referat ausarbeitet. Und zwar zu zweit. Tragt euch in diese Liste ein, und schreibt auf, für welches Thema ihr euch entscheidet. Die Themen dazu findet ihr auf der Rückseite.«

Frau Plettner überreichte Florentine, der Klassensprecherin und zufälligerweise dem hübschesten und beliebtesten Mädchen des Jahrgangs, die Liste. Klar, dass Florentine mit Milla zusammenarbeiten wollte. Milla war nicht nur ihre Freundin, sondern wurde von der Klasse auch gerne mal als Streberin bezeichnet. Florentine würde also nicht viel Arbeit haben mit diesem Bioding. Die Liste ging rasch weiter an den Nächsten.

Aber nicht der Reihe nach, wie Ava verwundert feststellte. Manche bekamen die Liste sofort, andere hingegen mussten darauf warten, obwohl sie viel weiter vorne saßen. Auch Ava wurde übergangen, als Nivo die Liste Elaf auf den Tisch knallte. Niemand schien sich an dieser seltsamen Vorgehensweise zu stören. Nicht einmal Frau Plettner sagte etwas, die abgelenkt war und im digitalen Klassenbuch las. Irgendwann aber lag die Liste dann doch auf ihrem Platz.

»Jetzt hat *Lullu* endlich jemanden, der *freiwillig* mit ihr zusammenarbeitet«, hörte Ava prompt Florentine hinter sich flüstern. Die anderen Mädchen kicherten. Sogar die meisten Jungs grinsten.

Vom Lärmpegel irritiert sah Frau Plettner hoch. »Na, Ava? Schon ein Thema gefunden?«

Missmutig drehte Ava den Zettel um. Amöben, Weichtiere und Unpaarhufer waren noch übrig. Na toll, dachte sie. Amöben waren so interessant wie Schleimschnecken, und Unpaarhufer kamen überhaupt nicht infrage. Es reichte der bloße Gedanke daran, und die fiese Magenschnecke brachte sie zum Heulen. Trotzig verschränkte sie die Arme.

»Du kannst ja auch unser Thema haben, wenn dir das lieber ist«, bot Florentine großzügig an. Doch nur, um nicht mit Lou zusammenarbeiten zu müssen, so viel war klar. Schließlich gab es nun sie – die Neue in der Klasse –, und daher war es sonnenklar, dass Ava sich ab jetzt mit Lou herumärgern musste, wenn sie eine Partnerarbeit zu erledigen hatten. Ob sie wollte oder nicht.

Na, das hat sich Florentine ja schön ausgedacht, knurrte Ava in Gedanken. Auf diesen schrägen Vogel konnte sie genauso gut verzichten wie die anderen.

»Mhm«, machte die Klassenlehrerin und griff nach der Liste, als Ava nicht antwortete. »Hättest du denn Lust auf … das *Paarungsverhalten von Primaten?*«

Im Ernst? *Dieses Thema* hatte sich Florentine ausgesucht? Da waren ihr ja Schleimschnecken tausendmal lieber. Hustend schüttelte Ava den Kopf, was ihr ein grunzendes Gelächter der Jungs einbrachte.

»Tja, Lou, was würdest *du* denn gerne für ein Thema wählen? Wie ich sehe, arbeitet ihr beiden zusammen?« Frau Plettner zwang sich zu einem unbekümmerten Lächeln.

Lou aber zuckte bloß gelangweilt mit den Schultern und sagte wie immer *nichts*.

Frau Plettner seufzte, dann schien sie plötzlich eine Idee zu haben, denn mit einem Mal lachte sie erleichtert auf. »Aber das ist es doch! Unpaarhufer, prima! Deine Mutter hat mir erzählt, dass du schon etliche Turniere gewonnen hast. Da müssten dich die Unpaarhufer doch sehr interessieren.« Sie strahlte Ava an.

Wie auf Kommando pfiffen ein paar Jungs durch die Zähne, und Nivo lachte: »Turniere auf Rindviechern?! In der Pampa ist das bestimmt der letzte Schrei!«

Die Klasse wieherte vor Lachen.

»Unpaarhufer sind Pferde, Nivo. Das solltest du längst wissen«, tadelte Frau Plettner. »Wir hatten das zuletzt im Unterricht. Also, wenn Pferde Unpaarhufer sind, was sind dann Rinder?«

Nivo hatte nicht den blassesten Schimmer, und das war nicht besonders gut für ihn.

»Teresa und Betty, macht es euch etwas aus, wenn ihr mit Nivo und Timo die Themen tauscht?«, fragte Frau Plettner prompt. »Ihr habt euch zwar für die Paarhufer eingetragen, aber ihr würdet dafür die Wirbeltiere im Wasser bekommen. Dann merkt sich Nivo hoffentlich endlich, dass Kühe *Paarhufer* sind«, sagte sie streng.

Die beiden Jungen murrten, aber Teresa und Betty strahlten übers ganze Gesicht. Auch sie hatten zu den Letzten gehört, die die Liste bekommen hatten, und Wasserwirbeltiere waren anscheinend ein Top-Thema.

»Ava? Lou? Macht ihr nun die Unpaarhufer?«, fragte die Klassenlehrerin jetzt ungeduldig.

Neugierig schielte Ava zu Lou. Auch die anderen blickten gespannt zu dem Mädchen in den knallbunten Klamotten.

»Puh, das dauert mal wieder«, stöhnte Florentine. »Lullu hat heute ja einen richtigen Redeschwall.«

»Na ja, zumindest labert sie keinen Müll«, murrte Ava

eine Spur zu laut, was das Mädchen mit den feuerroten Haaren prompt nach Luft schnappen ließ.

Als hätte Lou ebenfalls gehört, was Ava eben gemurmelt hatte, kam plötzlich Leben in das stumme Mädchen. Sie nickte.

Sogar Frau Plettner war überrascht. Sie blickte Ava flehentlich an.

Ava gab sich einen Ruck. »Also gut«, sagte sie. Es mussten ja nicht Pferde sein. Zebras und Esel gehörten schließlich auch zu den Unpaarhufern, und damit konnte sie leben.

»Jetzt hat *Lullu* endlich eine Freundin. Dann könnt ihr über Kuhvideos quatschen«, krähte Nivo, als es zur Mittagspause geläutet hatte. Die Stimmung in der Klasse war nach dem Bio-Desaster schrecklich aufgeheizt. Ava wollte sich so schnell wie möglich verdrücken. Doch da hatte sie die Rechnung nicht mit Nivo gemacht, der immer noch stinksauer war, und das ließ er jetzt auch jeden spüren. Vor allem Ava. »He, ich red mit dir!«, schnauzte er sie an, als sie mit gesenktem Kopf an ihm vorüberhuschte. Als Ava immer noch nicht darauf einging, rempelte er sie glatt von hinten an.

Es fühlte sich an wie ein Stromschlag, als sie Nivos Hand auf ihrem Rücken spürte. Die Wut, die sie in den letzten Wochen mühsam unterdrückt hatte, schien mit einem Mal überzukochen, ja beinah zu explodieren. Ava fuhr herum, reckte das Kinn und funkelte Nivo mit wütenden Augen an. »Ein paar Kuhvideos würden grade dir nicht schaden!«

»Ah, du bist anders als Lullu, die den Mund nie aufkriegt«, raunzte Nivo überrumpelt. »Du bist ja fast so wie Lava. Haha, passt doch. Ava wie *Lava!*« Er begann zu wiehern, als wäre sein lahmer Wortwitz tatsächlich lustig gewesen. Und wirklich stimmte die halbe Klasse mit ein.

»*Lullu und Lava!* Echt, Nivo, du bist der Beste!«, flötete Florentine, und Nivos Gesicht begann daraufhin vor Stolz zu leuchten.

Ava verdrehte genervt die Augen. Im Grunde genommen war es sinnlos, mit diesen Idioten hier zu streiten, doch ihr alter Kampfgeist erwachte eben wieder zum Leben. So schnell würde sie nicht klein beigeben! »Dann pass mal auf, dass du dir die Fünfhufer nicht verbrennst, Nivo. Lava ist nämlich explosiv! Nur für den Fall, dass du das nicht weißt«, zischte sie und stolzierte dann betont lässig aus der Klasse. Feige war sie nämlich noch nie gewesen – dennoch klopfte ihr Herz nun viel zu schnell, als sie draußen vor der Klassentür stehen blieb. Es war nicht klug gewesen, Nivo vor der ganzen Klasse zu provozieren. Das wurde ihr im nächsten Moment bewusst, und in Gedanken konnte sie ihre Mutter schon wieder seufzen hören.

Doch dann hörte Ava noch etwas anderes. Jemand aus der Klasse sagte: »Das muss man der Neuen lassen, Mut hat sie.«

Neugierig spähte Ava um die Ecke. Elaf. Es musste Elaf gewesen sein. Nivo rempelte den Jungen nämlich ziemlich unsanft an.

Elaf jedoch ließ sich davon nicht beeindrucken. Kein

Wunder, der Junge mit den schwarzen Haaren und den tiefgrünen Augen war ja auch um einen ganzen Kopf größer als Nivo. Und auch sonst schien Elaf anders zu sein. Nicht so albern. Ob es daran lag, dass er eine Klasse wiederholen musste und ein Jahr älter war? Nachdenklich betrachtete sie noch kurz die seltsame Situation im Klassenzimmer. Es war klar, dass Elaf grade für sie in die Bresche gesprungen war, denn Nivo hielt nun tatsächlich seine dumme Klappe. Vielleicht sind ja doch nicht alle so bescheuert, seufzte Ava in Gedanken und ging dann hinaus in den Schulhof, ehe die anderen aus der Klasse stürmten.

In einer stillen Ecke unweit vom Sportplatz kramte sie ihr Handy hervor, obwohl das während der Schulzeit eigentlich streng verboten war, doch Ava musste jetzt dringend mit jemandem quatschen. Seit Tagen hatte sie nichts von ihren Freundinnen gehört. Gerade jetzt wäre ein Lebenszeichen von ihnen schön. Schnell tippte sie eine Nachricht in ihre Chatgruppe, die sie *Show Jumping Girls* nannten.

AVA: Hatte heute den ersten Beef in der Schule, sie nennen mich jetzt Lava *grins* Vermiss euch. BFF.

Doch auch nach einigen Minuten des Wartens blieb das Handy stumm. Niedergeschlagen steckte Ava es weg. Gerade noch rechtzeitig, denn im nächsten Moment kam jemand um die Ecke. Ein Vogelnest war zu sehen und die dazugehörige bunte Gestalt.

»Ach, du bist es.« Ava zwang sich zu einem Lächeln.

Und wieder mal sagte Lou nichts, sondern starrte bloß blöd in der Gegend rum.

Ava seufzte. »Ach ja, was ich noch sagen wollte: Über Pferde will ich bei dem Bioding nichts machen, aber Zebras sind in Ordnung oder Esel«, erklärte sie und schenkte ihr ein aufmunterndes Lächeln.

Doch das Mädchen glotzte einfach weiter, erst nach einer gefühlten Ewigkeit murmelte es: »Wird schwierig werden mit Eseln und Zebras.«

»Warum?«, fragte Ava verdutzt.

»Na, wegen Punkt zwei.« Lou kramte einen Zettel hervor.

»Was? Frau Plettner will ein Beobachtungsprotokoll von uns haben?«, rief Ava empört, als sie die Zeilen überflogen hatte. »Ich meine, Kühe, na, gut! Aber was ist mit den anderen Tieren wie den Schimpansen oder den Fischen?«

Lou aber schien mit ihren Gedanken längst schon wieder ganz woanders zu sein. Sie glotzte abermals starr in die Gegend, was Ava ärgerte. »Mann, kannst du nicht einfach mal eine Antwort geben, wenn du was gefragt wirst?«, stöhnte sie genervt. »Wenn wir zwei schon zusammenarbeiten, dann musst du mit mir wohl oder übel reden!« Kaum waren ihr die Worte über die Lippen gerutscht, bereute sie sie auch schon. Bestimmt würde diese Lou jetzt einen Heulkrampf kriegen ... und Ava mit Sicherheit noch mehr Ärger. Aber nein! Lous Nutella-Augen glitzerten plötzlich amüsiert, und Ava klappte der Mund auf. »Ach, so ist das also, du willst nur nicht reden! Und schüchtern bist du auch nicht ... Ups, habe ich das eben laut gesagt?« Verlegen blickte sie zu Lou, die nun prompt breit grinste. Und als hätte Ava gerade eine megawichtige Prüfung bestanden, erklärte Lou plötzlich gar nicht mehr so mundfaul: »Frau Plettner hat uns dafür Adressen aufgeschrieben. Mit Tipps, wo wir die Tiere finden. In Cassisburg gibt es einen großen Zoo. Mit einem Meeresaquarium und einem Affengehege.«

»Ach so, und wo ist dann das Problem?«, hakte Ava freundlicher nach.

»Zebras und Esel hat der Zoo nicht. Wir müssen also dorthin.« Lou tippte auf zwei Adressen auf dem Zettel.

Forsthaus Hennelly und *Springstall Rauewitz* stand darauf, und augenblicklich kroch die fiese Magenschnecke in Avas Bauch zurück.

Von Pferden war nie die Rede gewesen! Zebras wollte sie. Oder Esel. Aber nicht Pferde! Sie schaffte das nicht! »Kannst du da nicht alleine hingehen? Ich mach dafür auch den Rest. Alles Lästige, das Schreiben, das Plakat, das Reden, versprochen«, bettelte sie.

Lou runzelte die Stirn. »Ich dachte, du bist so ein Pferdeprofi?«

Pferdeprofi. Autsch. Das hatte gesessen! »Ich ... ich kann nicht«, murmelte sie.

Lou verschränkte die Arme. »Dann kann ich auch nicht. Pferde sind nämlich sowieso nicht so mein Ding. Wir gehen zusammen oder gar nicht.«

Überrascht hob Ava den Kopf. Sie hatte also wirklich recht. Lou war gar nicht schüchtern. Sie schien vielmehr keine Lust zu haben, mit den Idioten aus der Klasse rumzuhängen. Das machte sie beinah sympathisch.

»Ich weiß, wo wir diese beiden Reithöfe finden. Heute nach der Schule? Dann haben wir es wenigstens gleich hinter uns«, schlug Lou pragmatisch vor.

Ava gab sich geschlagen. »Aber dann bitte nicht zu Rauewitz, lieber zu Hennelly«, sagte sie, und dabei kam es ihr vor, als wollte ihr Kopf etwas Wichtiges sagen. Nur was? Dass es in Forsthäusern gewöhnlich keine Pferde gab? Oder war es dieser Name, *Hennelly*?

Zu ihrer Überraschung nickte Lou. »Das Forsthaus ist mir auch lieber, im Springstall Rauewitz soll sich Florentine rumtreiben, und auf die kann ich echt verzichten.«

»Was? Florentine reitet?« Ava riss vor Staunen ihre wasserblauen Augen auf. Florentine sah gar nicht so aus, als hätte sie Gummistiefel im Schuhschrank.

»Na ja, damit hat sie zumindest mal herumgeprahlt. Hat anscheinend vor ein paar Monaten ein teures Springpferd geschenkt bekommen. Aber ich glaube, die Wahrheit ist, dass ihr stinkreicher Vater den Gaul haben wollte, damit er angeben kann, und sie in Wirklichkeit grottenschlecht reitet. Sonst hätte sie sich doch selbst für die Unpaarhufer entschieden …«

»Vermutlich wusste sie nicht, was Unpaarhufer sind«, antwortete Ava.

Lou begann laut zu lachen. »Hey, jetzt gefällt mir das Pferdethema doch. Soll sich die Zicke mal ordentlich wegen uns in den Hintern beißen.«

Da musste auch Ava lachen. »Also gut, abgemacht. Dann heute nach der Schule.« Und gemeinsam gingen sie zum Unterricht, als wäre es das Normalste der Welt.

#SILVERHORSE

Nur gucken, hatte Lou gesagt, und trotzdem war Ava nervös, als sie am späten Nachmittag zur vereinbarten Haltestelle radelte.

Lou hatte vorgeschlagen, ein Stück mit der Straßenbahn zu fahren und dann den Radweg zu nehmen, der direkt am Forsthaus vorbeiführte. Zum Glück hatte Avas Vater beim Umzug darauf bestanden, ihr Rad mitzunehmen. Nun war sie froh, in die Pedale treten zu können und den Fahrtwind um die Nase zu spüren. *Es war ein bisschen so wie Reiten ...*

Lou kam pünktlich, und gemeinsam bugsierten sie die Räder in die Straßenbahn. An der Endstation stiegen sie aus. Es hatte am Vormittag geregnet, doch jetzt schien die Sonne. Die Hulder, ein Nebenarm der Andra, das war der große Fluss, der sich durch die Stadt Cassisburg schlängelte, plätscherte neben ihnen. Dahinter erstreckte sich ein riesiger Wald, aus dem munter die Vögel zwitscherten. Der Winter hatte schon längst seinen Rückzug angetreten, höchstens in den schattigen Ecken spürte man noch seinen kalten Atem der letzten Monate. Auf dem Radweg aber war es sonnig und warm. Irgendwo aus der Ferne brummte zwar die Stadtautobahn, doch die Geräusche der Natur übertönten beinahe den nervigen Stadtlärm.

Cassisburg hat also doch schöne Ecken, dachte Ava im Stillen, als sie neben Lou den Radweg entlangstrampelte. Es dauerte nicht lange, und sie hatte Pferdegeruch in der Nase. Wie sie diesen Duft vermisst hatte! Dieser würzige Geruch von Pferd und Heu, Gras und auch ein bisschen Mist, klar! Aber der konnte sie niemals davon abbringen, dass Pferde für sie genauso herrlich dufteten wie Schoko-Cookies oder Erdbeerkuchen. Ach, noch viel besser!

Unwillkürlich holte sie tief Luft. Der Abschied von Flint hatte tiefe Wunden hinterlassen. Dennoch musste Ava zugeben, dass die frische Waldluft, gepaart mit Pferdegeruch, das Beste war, was sie seit Wochen in der Nase gehabt hatte. Fast roch es hier so wie auf Eschenthal, und Ava war nun doch froh, mitgekommen zu sein.

Sie stellten die Räder an einer Abzweigung ab und gingen den letzten Rest zu Fuß. Von Weitem sahen sie die Pferde auf einer Lichtung grasen. Lou deutete auf eine kleine Brücke, die über die Hulder führte. Dahinter stand eine verwitterte Holzbank, die mit geschnitzten Verzierungen übersät war. Da die Hulder genau dort eine Schlinge machte, wirkte es so, als würde die Bank auf einer kleinen, von Dickicht überwucherten Insel stehen. Eine seltsame Stimmung ging von diesem Ort aus. Ava spürte, wie sich die Härchen auf ihren Unterarmen sträubten, als sie auf die geschnitzte Bank blickte, die mit der verschnörkelten Rückenlehne wie ein Thron aussah. Dieser Ort hatte etwas Geheimnisvolles an sich, das nicht gern von Eindringlingen gestört werden wollte, so viel stand fest. Aber da man von dort aus nun mal den besten Blick auf das Geschehen hatte, ohne selbst entdeckt zu werden, folgte Ava Lou über die Brücke. Dichte Haselsträucher wuchsen entlang des Flussufers, und ringsherum war keine Menschenseele zu sehen. Als sie die Insel erreichten, ließ das Prickeln nach, und Ava entspannte sich.

»Wow, tolle Kamera!«, staunte sie, als Lou wenig später eine schwarz glänzende Kamera aus dem Rucksack holte. »Gehört die dir?«

Doch Lou hatte schon wieder auf Stumm-Modus geschaltet. Wie gebannt blickte sie auf die Pferde vor ihnen – und da begriff Ava, warum Lou ständig stumm in der Gegend herumstarrte. Sie schien ein richtiger Fotofreak zu sein!

»Oh, dieses Licht«, hauchte Lou plötzlich. »Wie es durch die Bäume bricht und Schatten wirft … ich mach nur schnell ein paar Schnappschüsse, okay?«, nuschelte sie und sprang auf, während sie aufgeregt an ihrer Kamera herumnestelte. »Bin gleich fertig. Du kannst ja inzwischen aufschreiben, was die da so machen. Dann haben wir das Beobachtungsdings auch gleich hinter uns. Oh, Waaahnsinnslicht gerade …« Schon knipste sie wie wild drauflos, während die Nachmittagssonne hinter den Wipfeln der Bäume verschwand. Tatsächlich wurde die Lichtung mit ihren sanften Hügeln eben in ein ganz besonders magisches Licht gehüllt. Und mit einem Mal begann Ava Lou zu verstehen. So wie sie selbst auf ihre Gefühle vertraute, schien dieses Mädchen ihrem Blick zu vertrauen. Wenn Lou das zum Freak machte, dann war sie das auch.

Also tat Ava, was Lou gesagt hatte. Sie holte den Beobachtungsbogen aus ihrem Rucksack und begann die Herde genauer unter die Lupe zu nehmen. Es waren eindeutig Stuten, die dort vor ihnen grasten, das erkannte sie an ihrem Verhalten. Also schrieb sie zu BEOBACHTETE TIERART: STUTENHERDE hin, und dann noch das Datum und die Uhrzeit.

Die große Schimmelstute war glasklar die Chefin der Herde. Dann gab es noch eine weitere Lipizzanerstute und noch zwei Tinkerstuten. Die eine war schwarz-weiß, die andere hatte braun-weiße Flecken. Und dann war da noch ein fuchsfarbenes Pony mit wilder Wuschelmähne.

Es war eine ziemlich zusammengewürfelte Truppe, fand Ava. Auf Gut Eschenthal sah man solche Pferderassen selten. Dort waren ausschließlich Warmblüter zu Hause. Teure Sportpferde wie riesige Hannoveraner, Holsteiner oder Oldenburger. Natürlich auch ein paar Sportponys wie Flint. Mit akkurat geschnittener Mähne und geschorenem Fell.

Diese Pferde hier sahen jedoch völlig anders aus. Sie hatten alle noch ihr struppiges Winterfell. Die Mähnen waren zerzaust vom Wind und die Hufe voll Matsch. Frau Eisstätt hätte einen Wutanfall gekriegt, hätte Flint jemals wie eines dieser Schlammmonster ausgesehen. Und obwohl die Pferde eine riesige Koppel zur Verfügung hatten und sehr zufrieden wirkten, fand Ava es schrecklich, wie ungepflegt sie im Gegensatz zu Eschenthals Pferden aussahen. Wurden die denn nie geputzt? Und wo waren überhaupt die Besitzer?

Neugierig stand sie auf und ging ein paar Schritte, um einen Blick auf das Forsthaus zu ergattern, das sich bislang hinter den Haselsträuchern versteckt gehalten hatte. Als es in ihr Blickfeld geriet, blieb sie überrascht stehen. Das Haus sah überhaupt nicht wie ein Pferdehof aus. Eher wirkte es wie ein Waldhaus aus einem Märchen. Das Haupthaus war mit Reet gedeckt und hatte Holzfensterchen mit spitzwinkeligen Giebeln, die sich zu allen Seiten hin öffneten, sodass man von innen bestimmt einen herrlichen Blick auf den Wald und die Lichtung hatte. Ein Erker, von Rosenbüschen umwuchert, ragte aus dem Dach. Dahinter erstreckten sich die Stallungen und Scheunen. Alles sah eigentlich gut in Schuss aus, und trotzdem wirkte der Ort verschlafen. Und irgendwie auch ein bisschen verwunschen. Welche Menschen hier wohl lebten? Nach einem Reiterhof sah das hier nicht aus. Wenn schon, dann eher nach einem Pferdehof für Privatpferde. Nur dass sich die Pferdebesitzer nicht sonderlich gut um ihre Pferde kümmerten, zumindest was die Fellpflege anging. Ava rümpfte die Nase.

Da knackste es hinter ihr im Unterholz. Lou trat neben

sie und blickte durch die Kameralinse. »Also, das weiße Pferd dort drüben, das hat Sommersprossen im Fell«, murmelte sie. »Mit meinem neuen Objektiv sehe ich alles. Krasses Teil. Hat das ganze Taschengeld vom letzten Jahr verschlungen, aber es lohnt sich. Das werden bestimmt super Fotos.«

Ava antwortete nicht sofort. Plötzlich wieder so nah bei Pferden zu sein, hinterließ eine eigenartige Sehnsucht in ihr. »Das ist ein Lipizzaner, und wenn ein Schimmel Punkte im Fell hat, dann nennt man den *Fliegenschimmel*«, meinte sie leise, ließ sich dabei gedankenversunken auf die Bank plumpsen und notierte das eben Gesagte ebenfalls auf den Zettel.

»Und die andere Weiße, ist das auch ein Hippizahner?«, grinste Lou frech. »Die hat jedenfalls – oh, wie süß – die hat eine rosarote Nase.«

Hippizahner. Ava schüttelte den Kopf und musste lächeln. Konnte es sein, dass Lou sie aufmuntern wollte? »Das nennt man Schnippe«, sagte sie mit einem Grinsen im Gesicht und schrieb SCHNIPPE auf.

»Und die mit den schwarz-weißen Flecken, die hat ja voll die Schlaghose an«, sagte Lou übertrieben erstaunt und ließ die Kamera sinken.

Jetzt musste Ava lachen. »Also, echt. Du kannst doch nicht einfach sagen, dass die Tinkerstute mit ihrem rassetypischen Kötenbehang eine Schlaghose anhat.«

Lou setzte sich grinsend neben sie. »Warum denn nicht?

Die sieht doch genauso aus. Als wäre sie die Disco-Queen vom Karneval, die wackelt auch so, siehst du? Und die andere dort, die Braun-Weiße, die hat Rapunzelhaare. Rapunzel, lass deinen Schweif herunter.«

Nun brach Ava in schallendes Gelächter aus. Eindeutig, Lou wollte sie aufheitern, und das war echt nett von ihr. Klar, ein bisschen seltsam war Lou schon. Und ihre Klamotten waren auch nicht grade ein Hit. Aber im Grunde genommen war das reine Geschmackssache. Schließlich hatte doch auch nicht jeder Reithosen an. Wenn es jedoch nach Ava ginge, wäre das ihre bevorzugte Kleiderwahl. Kurz stellte sie sich Nivo in Reithosen vor. Das Bild war so schräg, dass sie es schnell wieder verdrängte. Stattdessen versuchte sie sich auf Lous Beobachtungen zu konzentrieren. Immerhin war da ja noch die hübsche Fuchsponystute. Was sie wohl über sie zu sagen hatte?

Doch urplötzlich durchfuhr ein ohrenbetäubend lauter Knall die Stille, und für einen kurzen Moment stand alles still.

Der Knall zerschnitt die friedliche Stille, als wäre die Welt ein Ballon und jemand stach mit einer Nadel mitten hinein. Aber so schnell, wie er gekommen war, verschwand er auch wieder, verebbte im Nachmittagslicht und hinterließ eine bleierne Stille auf der Lichtung.

»Verdammt, was war das?«, stöhnte Lou neben ihr.

Ava hatte sich ebenfalls mächtig erschrocken. Doch Zeit

zum Luftholen blieb nicht. Im nächsten Moment ertönte nämlich ein markdurchdringendes Wiehern. Es kam von einem der Paddocks, die hinter dem Forsthaus lagen. Ava hatte sie bisher nicht beachtet, nun aber lag ihre ganze Aufmerksamkeit dort. Wie gebannt starrte sie in die Richtung, woher das ungestüme Wiehern gekommen war. Und dann stockte ihr Atem, als sie das Pferd erblickte.

Es schien so, als wäre es aus purem Silber gegossen. Sein Fell schimmerte glänzend grau, und seine Mähne ergoss sich in silbernen Wellen über den eleganten Pferdehals. Der Körper des Pferdes war herrlich gebaut, und es bewegte sich mit einer Eleganz, die Ava zum Staunen brachte. Fasziniert sah sie zu, wie das silberne, feurige Pferd am Zaun des Paddocks mit weit ausholenden Bewegungen entlangtänzelte. Die Ohren gespitzt, die Nüstern gebläht, der Pferdeschweif flatternd in Wind.

Als die Lipizzanerleitstute daraufhin mit einem kräftigen Wiehern antwortete, gab es für das Silberpferd kein Halten mehr. Donnernd rammte es die Hufe in den Boden und preschte vor. Ein schreckliches Krachen ertönte. Ava sprang auf die Bank, um besser sehen zu können, obwohl sie längst eine Ahnung hatte, was eben passiert war. Und tatsächlich! Das Pferd war einfach gegen die Einzäunung gerannt, brachte den Zaun zum Bersten und hetzte wie von Sinnen auf den Kiesweg, wieherte noch schriller. Die Stuten antworteten unruhig.

»Dummes Vieh! Was tut es denn? Dort hinten geht's

doch zur Autobahn«, rief Lou plötzlich und sprang ebenfalls auf die Bank.

Ava konnte sich das seltsame Verhalten des Silberpferdes auch nicht erklären. Wo wollte es denn hin? Zu den anderen Pferden? Aber warum lief es dann nicht zu ihnen, sondern preschte in eine ganz andere Richtung? Und überhaupt ... warum kam dem Pferd niemand zu Hilfe?! Obwohl es einen Höllenlärm veranstaltete, rührte sich im Forsthaus nichts. Niemand kam, um das windfarbene Pferd einzufangen. So nannte man nämlich diese seltene Fellfarbe, das dem Pferd sein silbriges Aussehen verlieh. In Amerika nannte man diese Fellfarbe deshalb einfach *Silver*. Ava hatte so ein Pferd noch nie in echt gesehen, jedoch in Büchern schon darüber gelesen. Windfarbene Pferde waren sehr selten. Eines ausgerechnet hier anzutreffen, an diesem verwunschenen Ort, überraschte sie über alle Maßen.

»Warum bleibt es denn nicht stehen?«, murmelte nun auch sie, während sie dem silbernen Windpferd hinterherstarrte. So kam ihr das Pferd nämlich vor. Wie ein Silberpferd, das mit dem Wind um die Wette galoppierte. Seine Hufe schwebten über dem Boden, und seine silbrige Mähne strahlte im Licht der Nachmittagssonne ... und das sah aus wie im Märchen ... Ava blinzelte.

»Die Autobahn«, rief Lou erneut.

Endlich erwachte Ava aus ihrer Erstarrung. Oder war es Verzückung? Sie schüttelte den Kopf und rief erschrocken: »Was? Dort hinten ist schon die Autobahn?«

Lou nickte hektisch, doch dann wich sie zurück, als sie in Avas Augen blickte und die Entschlossenheit darin sah. »Bist du verrückt? Das ist total wild … ich kann nicht … ich hab Angst vor denen …«

»Aber wir können doch nicht einfach zusehen, wie das Pferd in sein Unglück rennt«, rief sie, und das Gefühl, das sie als Nächstes überrollte, schnürte ihr beinah die Kehle zu. Schreckliche Bilder flammten in Ava auf. Das Pferd auf der Autobahn … trommelnde Hufe auf dem Asphalt, quietschende Reifen und überall Blut … Nein, so weit durfte es nicht kommen! Entschlossen sprang sie von der Bank. »Dann fahr du zum Forsthaus und hol Hilfe«, rief Ava noch, ehe sie auch schon losrannte. Sie konnte nicht anders.

Auch wenn Lou recht hatte und es furchtbar leichtsinnig war, sich einem fremden Pferd in den Weg zu stellen, konnte sie nicht mit ansehen, wie dieses wunderschöne Pferd auf die Autobahn rannte. Das jedoch würde geschehen, wenn nicht gleich ein Wunder passierte. Irgendetwas stimmte mit diesem Pferd nicht. Es kam Ava vor, als hätte es die Orientierung verloren. Als würde es etwas suchen, jedoch nicht finden. Es würde also auch vor der Lärmschutzböschung, die schon viel zu gefährlich näher kam, nicht haltmachen. Und vor der Stadtautobahn dahinter erst recht nicht.

So schnell, wie ihre Füße sie trugen, rannte Ava über die Lichtung. Das windfarbene Pferd kam ihr mit wehender Silbermähne entgegen. Ava versuchte ihm den Weg abzuschneiden. »Ho, ho! Bleib stehen!«, rief sie. Tatsächlich reagierte das Silberpferd auf ihre Stimme, stehen blieb es aber nicht. »Komm schon!« Endlich hatte sie das Ende des Weges erreicht. Ava konnte die Autos nun deutlich hinter den Büschen brummen hören. Weit weg waren sie nicht mehr. Jetzt musste sie schnell reagieren. Es gab nur eine Möglichkeit, ein in Panik geratenes Pferd in eine andere Richtung zu lenken. Es noch einmal in Panik zu versetzen, um es von der Richtung abzubringen. Auch wenn das ein waghalsiger Plan war, blieb ihr nichts anderes übrig. Hastig zog Ava ihre Regenjacke aus und wirbelte sie wie ein Lasso durch die Luft. Ein sirrendes Zischen entstand.

»Hü!«, schrie Ava energisch und stampfte dabei mit den Füßen.

Das Pferd, es war jetzt nur noch wenige Meter von ihr entfernt, donnerte weiter auf sie zu. Wenn es nicht gleich stehen blieb, würde es Ava unter seinen Hufen zermalmen. »Hau ab von hier, komm schon!« Ein Jackenärmel streifte den Hals des Pferdes, und es zuckte zusammen, wich aus. Das war Avas Glück, sonst hätte das Pferd sie ihm nächsten Moment mit Sicherheit über den Haufen gerannt. Es war jetzt nur noch eine Armlänge von Ava entfernt. »Ho jetzt!«, rief sie so ruhig wie möglich, obwohl ihr das Herz bis zum Hals schlug. »Steeeh!«

Und tatsächlich bremste das Pferd endlich ab und kam vor ihr zum Stehen. Avas Herz schlug nun wie verrückt, und sie bekam kaum Luft, aber sie durfte auf keinen Fall Angst zeigen. Alles hing jetzt von diesem Moment ab.

Das Silberpferd streckte die geblähten Nüstern in den Wind, als würde es Ava riechen. Die silbergrauen Ohren tanzten nervös, und sein Körper zitterte.

Ava wusste, dass Pferde tatsächlich Angst riechen konnten. Deshalb tat sie jetzt so, als wäre nichts passiert. Als wäre es ein sonniger Tag, und Ava machte bloß einen Spaziergang. Sie schloss die Augen und holte tief Luft, um ihren viel zu schnellen Pulsschlag unter Kontrolle zu bekommen. »Na, du Schöne?«, wisperte sie dann und streckte die Hand aus, damit das Pferd daran schnuppern konnte. Warum auch immer, aber mit einem Mal wusste sie, dass das Pferd eine Stute war. Klar, Avas Bauchgefühl hatte sie auch schon betrogen. Aber es kam viel häufiger vor, dass sie sich nicht irrte, und daher vertraute sie jetzt einfach ihrem Instinkt. Ganz langsam ging sie auf die Silberstute zu und kraulte ihr beruhigend den schönen Hals, so wie sie es immer mit Flint gemacht hatte, wenn er sich mal wieder vor einem neuen Hindernis fürchtete. »Alles ist guuut«, redete sie sanft auf das Pferd ein. »Du brauchst keine Angst zu haben. Komm, wir gehen nach Hause.«

Und tatsächlich, die Stute begann sich unter Avas sachten Berührungen allmählich zu beruhigen. Sie senkte den Kopf, schnaubte in ihre Handfläche und ging sogar einen unsicheren Schritt auf Ava zu. Vorsichtig griff Ava nach dem Lederhalfter, und die Stute wehrte sich nicht. Es schien sogar so, als wäre sie fast froh darüber, endlich jemanden gefunden zu haben, der ihr den Weg zeigte. Dicht drängte sie sich an Ava und ging, zwar immer noch unsicheren Schrittes, aber dennoch mit ihr mit.

Ava erstarrte. Diese plötzliche Nähe, diese seltsame Verbundenheit ... sie war unerträglich! Sie zerrte an ihren Erinnerungen, an ihren Wunden, an ihrem Herzen ... es tat höllisch weh, aber sie ließ es über sich ergehen. Die Stute brauchte sie jetzt. Zumindest, bis sie in Sicherheit war. Um nicht von ihren Gefühlen übermannt zu werden, versuchte sie sich abzulenken und plapperte einfach drauflos. »Ich weiß ja nicht, wie du heißt, aber Hurrikan wäre ein guter Name für dich«, sagte Ava mit aufgewühlter Stimme, während sie gemeinsam zu den Stallungen zurückgingen. »Oder Kamikaze. Oder verrücktes Huhn.« Ava gluckste nervös. »Sollen wir dich verrücktes Huhn nennen, ja?« Doch im nächsten Moment schüttelte sie ihren Kopf. Nein, dachte sie für sich. *Silverhorse* müsstest du heißen.

Das Pferd schnaubte zur Antwort.

#MONDBLIND

Na ja, es stimmte. Ava hatte sich nicht viel dabei gedacht. Sie hatte nur helfen wollen, aber diese Reaktion überrumpelte sie dann doch völlig.

Als nämlich die junge Frau in braunen Lederstiefeln und Reithosen neben Lou kurz darauf auf sie zugelaufen kam, war ihr Gesicht kreidebleich. Aber nicht aus Dankbarkeit oder Erleichterung, wie man hätte meinen können. Das Gegenteil war der Fall!

Energisch blieb Elsie Hennelly, die sich als die Stallbesitzerin entpuppte, vor Ava stehen und funkelte sie mit zornigen Augen an. »Sag mal, was hast du dir dabei gedacht?«, schmetterte sie, und ihr kurzes, braunes Haar schien sich vor Wut beinah zu sträuben. »Soraya hätte dich tottrampeln können! Weißt du eigentlich, wie gefährlich das eben gewesen ist? Und vor allem, wie *dumm*?«

Soraya, dachte Ava bloß. So hieß das Silberpferd also, und der Klang seines Namens weckte etwas in ihr. Etwas, das Ava eigentlich schützen wollte, weil es noch heilen musste.

Trotzdem – oder vielleicht gerade deshalb – schaffte es das Tier, ihr Herz zu berühren. *Soraya.* Was für ein wunderschöner Name für ein so wunderschönes Pferd! Auch wenn das Pferd ziemlich durchgeknallt zu sein schien. Aber immerhin hatte sie es geschafft, es zu stoppen. *Verrücktes Huhn, du,* dachte Ava und musste schmunzeln.

»Was gibt es denn da zu grinsen?«, fauchte Elsie Hennelly prompt. »Ich will gar nicht dran denken, was passiert wäre, wenn das eben schiefgegangen wäre. Da habe ich grade mal den Betrieb hier eröffnet und muss mich schon mit einer Schlagzeile in der Zeitung herumschlagen: MÄDCHEN VON PFERD TOTGETRAMPELT. ELSIE HENNELLY IN HAFT. Himmel! Das fehlt mir gerade noch. Wer macht denn dann die ganze Arbeit? Und wer kümmert sich um Großvater?«

»Ähm, ich lebe ja noch«, sagte Ava hastig und guckte entschuldigend zwischen Sorayas Silbermähne hervor. »Sehen Sie, alles noch dran.« Sie wedelte mit ihren Händen.

Elsie Hennelly quittierte dies mit einem wütenden Brummen. »Ja, aber nur, weil du mehr Glück als Verstand hattest. Dieses Pferd hier ist verrückt! Und lebensgefährlich!«

Ava streichelte Sorayas Hals, die ziemlich brav neben ihr stand. »Mhm, so kommt sie mir gar nicht vor«, sagte sie. Na ja, ein bisschen verrückt hatte sie sich vorhin schon verhalten. Jetzt aber stand Soraya still, und das war doch die Hauptsache.

Die Stallbesitzerin kniff wütend die Augen zusammen.

»Aha, und du willst das wissen! Bist du Pferde-Expertin, oder was? Wer bist du überhaupt? Wer seid ihr zwei?«

Sie nickte zu Lou hinüber, die einen gehörigen Sicherheitsabstand zu Soraya hielt. Mit wenigen Worten erklärte das sonst so stumme Mädchen, was passiert war, und das klang aus Lous Mund überraschend einleuchtend.

Daraufhin schien Elsie Hennelly tatsächlich besänftigt zu sein. »So war das also«, seufzte sie. »War wohl wieder so ein dämliches Überschallflugzeug, das hier trainiert, kommt in letzter Zeit häufiger vor. In Zukunft darf ich Soraya nicht mehr auf den Paddock stellen, wenn ich nicht zu Hause bin. Sie kommt mit ihren Augen immer schlechter zurecht.« Die Stallbesitzerin wirkte auf einmal sehr bedrückt, und Ava horchte auf.

Sorayas Augen? Was war denn mit denen?

Ava strich die langen silbrigen Schopfhaare aus Sorayas Gesicht. Da begriff sie langsam, warum die Silberstute so anders war, denn Sorayas Augen waren seltsam milchig. So als würde sich der bleiche Mond in ihnen spiegeln, und das sah schon ziemlich unheimlich aus.

Geräuschvoll zog Ava die Luft ein, als ihr klar wurde, was das zu bedeuten hatte. »Ist sie etwa *blind*?!«, keuchte sie. Darum verhielt sich die Stute also so seltsam! War doch sonnenklar! Na ja, zumindest für Ava. »Warum lassen Sie sie dann alleine auf dem Paddock stehen? Kein Wunder, dass sie Angst bekommen hat! Sie wollte doch nur zu ihrer Herde!«

Die Stallbesitzerin erwiderte ihren Blick mit kühlen Augen. »Du hast keine Ahnung, wie dieses Pferd ist. Es ist nicht nur eine Gefahr für sich selbst. Man kann es nicht einfach mit den anderen auf die Koppel stellen. Und jetzt gib sie mir, ehe dir wirklich noch etwas geschieht.« Elsie Hennelly ging auf Soraya zu. Die Silberstute begann augenblicklich zu tänzeln, als spürte sie, dass Elsie sich näherte.

»Ruhig«, sagte Ava, doch Elsie ließ ihr keine Wahl. Und dem Pferd auch nicht.

»Zur Seite!«, blaffte sie und griff energisch nach dem Halfter. Soraya blieb zwar stehen, aber Ava spürte, wie sehr sie sich dabei verkrampfte. Die Silberstute warf den Kopf in die Höhe und stampfte mit den Vorderhufen. Und auch sonst war sie mit einem Schlag wieder das wilde Pferd von vorhin. Elsie hatte alle Hände voll zu tun, sie in Richtung Stall zu bugsieren. Sogar Ava wich nun den tänzelnden Hufen des Silberpferdes aus. Ganz zu schweigen von Lou. Die war erst gar nicht mitgekommen, sondern lieber bei den Rädern geblieben. Endlich erreichten sie die Stallgasse. Als Soraya in ihrer vertrauten Box stand, beruhigte sie sich zum Glück.

Schnell nutzte Elsie den Moment und untersuchte Sorayas Beine auf Verletzungen. »Zum Glück nur ein paar Schrammen, nichts Schlimmes«, murmelte sie und schloss sichtlich erleichtert die Boxentür. Es war ihr anzusehen, wie sehr sie dem silbernen Pferd misstraute, und das Silberpferd ihr ebenfalls. Doch warum?

Als Elsie aus dem Stall marschierte, lief Ava ihr hinterher. Zu viele Fragen hämmerten in ihrem Kopf, auf die sie zu wenig Antworten hatte. »Aber was hat Soraya denn? Warum ist sie blind? Ist sie völlig blind? Auf beiden Augen? Oder sieht sie noch etwas? Und ist ein Unfall daran schuld? Ist sie deshalb so wild?«

Doch die Stallbesitzerin schien nicht sonderlich interessiert daran zu sein, die Unterhaltung fortzuführen. »Das geht dich alles nichts an«, antwortete sie knapp und hoffte, sie so zum Schweigen zu bringen. Aber da hatte sie die Rechnung ohne Ava gemacht. Ava folgte ihr nämlich dennoch. Und als Elsie daraufhin genervt stehen blieb, krachte Ava prompt in sie hinein.

»'tschuldigung«, nuschelte sie und verzog den Mund zu einem unsicheren Grinsen, »aber Sie haben noch nicht geantwortet ...«

Elsie stöhnte genervt auf. »Hör zu! Ich bin dir dankbar, dass du Soraya geholfen hast, auch wenn du einen Hang zum Wahnsinn haben musst. Ich meine, welcher normal denkende Mensch wirft sich vor die Füße eines blinden Pferdes? Aber egal, darum geht es jetzt nicht. Es geht darum, dass ihr mich gefälligst um Erlaubnis zu fragen habt, wenn ihr euch den Pferden nähert. So macht man das nämlich, wenn man Privatgelände betritt, klar?! Herumlungernde Möchtegern-Pferdeheldinnen kann ich hier überhaupt nicht gebrauchen. Hier werden Pferde trainiert, kapiert? Wir sind kein Streichelzoo ... na ja, außer samstags«, fügte sie kleinlaut hinzu. »Da kommen die Ponymädchen, aber die sind klüger als du und halten sich von Soraya fern. Sie wissen längst, dass die Stute nichts Gutes verspricht.«

Der letzte Satz klang aus Elsies Mund besonders wütend, und Ava starrte die junge Frau, die nicht älter als fünfundzwanzig sein konnte, fassungslos an. Elsies Worte taten furchtbar weh, und Ava bekam schreckliches Mitleid mit Soraya. Die blinde Stute hatte niemanden, dem sie vertrauen konnte. Keiner hier schien sie zu mögen. Jeder mied sie, obwohl sie doch so dringend nach jemandem suchte, dem sie in ihrer schwierigen Situation vertrauen konnte. »Jetzt verstehe ich, warum Soraya Sie nicht ausstehen kann«, murmelte Ava bitter.

»Wie bitte?«, zischte die Stallbesitzerin empört.

Ava hatte es nicht laut sagen wollen, aber wie so oft waren ihr die Worte einfach über die Lippen gerutscht. Schuldbewusst verzog sie den Mund zu einem unsicheren Lächeln, als sie in Elsie Hennellys gekränkte Augen blickte. »Na ja, Sie geben ihr eben keine Chance«, versuchte sie mit geröteten Wangen zu erklären. »Dabei will Soraya doch nur einen Freund haben. Eine Herde, ein Zuhause ... einen Neuanfang, auch wenn alles kaputtgegangen ist und die Zukunft aussichtslos erscheint ...« Ava geriet ins Stocken, als ihr klar wurde, was sie da eigentlich von sich gab. Sie straffte die Schultern. »Egal, Sie glauben mir ja doch nicht. Wie alle anderen«, murmelte sie und stiefelte davon, ehe sie unfreiwillig noch mehr über sich selbst preisgab. Denn auch sie hatte es satt, nicht verstanden zu werden! Immerzu belächelt zu werden für das, was sie dachte oder fühlte. Sie wusste, dass sie insgeheim mit dem Silberpferd recht hatte, auch wenn Elsie ihr kein einziges Wort davon glaubte.

Ava war so aufgewühlt, dass sie gar nicht darauf achtete, wohin sie rannte. Sie wollte nur noch weg von hier. So krachte sie im nächsten Augenblick schon wieder mit jemandem zusammen. Der alte Mann, der unter dem Torbogen lehnte, war aber um vieles älter als Elsie. Eigentlich war er steinalt, denn er trug einen weißen Bart und hatte ein von der Sonne gegerbtes Gesicht. Seine Augen hingegen waren von ungemeiner Lebendigkeit, obwohl er sich mühsam auf einen Gehstock stützte.

Verdattert schüttelte Ava den Kopf. War das etwa Elsies Großvater? Für einen Augenblick sahen sie einander abwägend an, ehe der alte Mann mit tiefer Stimme sagte: »Ich glaube dir.«

Erschrocken wich sie zurück. Der Mann musste schon eine ganze Weile unter dem Torbogen gestanden und ihr Gespräch belauscht haben. Wie sonst kam er auf die Idee, so etwas zu ihr zu sagen? Und wie er sie anstarrte! Unheimlich war das! Erschrocken stolperte sie nach hinten. »Ähm, ich weiß nicht, was Sie meinen, ich muss jetzt los!«, rief sie über ihre Schulter und rannte davon.

Elsies Großvater winkte ihr mit seinem Gehstock hinterher. »Jaja, geh nur, aber komm wieder. Vor der Wahrheit kannst du nicht davonlaufen. Hat noch nie einer geschafft.«

Die seltsamen Worte des alten Mannes jagten Ava eine Gänsehaut über den Rücken. »Bloß weg hier«, keuchte sie, als sie bei Lou angelangt war, die draußen auf dem Kiesplatz mit den Rädern auf sie wartete. Und ohne sich noch einmal umzudrehen, trat Ava in die Pedale, als wollte sie ihrem Fahrrad die Sporen geben.

Die Wahrheit konnte ganz schön erschreckend sein. Das hatte sie eben am eigenen Leib gespürt. Aber was war die Wahrheit?

Das seltsame Gefühl ließ Ava dummerweise bis abends nicht los. Während sie über binomischen Formeln brütete, wanderten ihre Gedanken ständig zum Forsthaus zurück. Nicht mal mit Lou hatte sie darüber sprechen können, obwohl sie auf dem Nachhauseweg mehrmals nachgehakt hatte. Der Vorfall mit dem wunderschönen Silberpferd hatte die beiden eindeutig zusammengeschweißt, dennoch konnte Ava nicht erzählen, was sie dabei so beunruhigte. Sie wusste ja selbst nicht, was plötzlich mit ihr los war. Irgendwie hatte das Silberpferd ihr Herz berührt, obwohl sie das gar nicht gewollt hatte … und dann war da ja noch das andere …

Aufgewühlt pfefferte sie ihren Stift ins Mathebuch. *Das andere* war natürlich die Sache mit dem alten Mann. Warum war es ihr nicht egal, was der komische Kauz gesagt hatte? Spinner gab es überall, was ging sie das an? Aber war Elsies Großvater wirklich ein Spinner? Und was hatte er noch mal genau zu ihr gesagt? *Vor der Wahrheit kannst du nicht davonlaufen. Hat noch nie einer geschafft.*

Ava gab auf. Sie klappte das Mathebuch zu und steckte es zurück in den Rucksack. Da ihre Eltern ausgegangen waren, nutzte sie den Moment und verkrümelte sich mit Mamas Notebook ins Zimmer. Draußen war es längst dunkel, nur die Lichter der Stadt leuchteten rauf bis in den vierzehnten Stock. Orangehelle Schatten tanzten an den Wänden ihres Zimmers und umkreisten sie, während sie sich ins Bett kuschelte und den Laptop aufklappte. Eigentlich wollte sie derzeit nichts mit Pferden zu tun haben, aber die Neugierde war größer ... das seltsame Gefühl viel stärker.

Wie selbstverständlich gaben Avas Finger die Suchbegriffe ein: *Pferd + blind.*

Nach ein paar Klicks wurde sie auch schon fündig. Mit klopfendem Herzen scrollte Ava durch die Seiten. Eine Krankheit namens ERU, *Equine Recurrent Uveitis*, musste schuld an Sorayas Blindheit sein. Die Symptome stimmten mit dem Spärlichen überein, was Elsie darüber erzählt hatte. Hinzu kam, dass die Krankheit bei bestimmten Pferderassen viel häufiger vorkam als bei anderen. Appaloosas waren zum Beispiel sehr anfällig dafür. Aber auch bei Pferden mit dem Windfarbgen konnte diese Krankheit durch unerwünschte Augenanomalien häufiger auftreten. Da jedoch die Augenentzündung in Schüben auftrat, bemerkte man oft viel zu spät, dass hinter der meist angenommenen und eher harmlosen Bindehautentzündung in Wahrheit ERU steckte.

Denn schrecklicherweise führte diese heimtückische Krankheit, wenn zu spät erkannt, fast immer zur Erblindung.

So muss es auch bei Soraya gewesen sein, dachte Ava beklommen. Ihre Augen sahen nämlich genauso *milchig* aus wie die Bilder aus dem Internet. So, als würde sich der bleiche Vollmond darin spiegeln. Wurde ERU deshalb auch die *Mondblindheit* genannt?

Als Ava die unzähligen getrübten Augen auf dem Bildschirm betrachtete, beschlich sie ein ungutes Gefühl. Diese Krankheit schien gar nicht so selten vorzukommen. Doch was passierte mit blinden Pferden? Die konnte man doch unmöglich reiten. Wenn man ein Pferd aber nicht mehr reiten konnte, dann war sein Schicksal meist ungewiss, das hatte Ava auf Eschenthal schon früh gelernt.

Von einer dunklen Vorahnung beschlichen wollte sie den Laptop deshalb zuklappen, als sie auf einen weiteren Link aufmerksam wurde. Es war ein Zeitungsartikel, der die Überschrift trug: BLINDES VERTRAUEN IM DRESSURVIERECK. Ohne es wirklich zu wollen, klickte Ava darauf. Mit Staunen überflog sie die Zeilen, die von einem blinden Sportpferd berichteten, das ebenfalls sein Augenlicht durch ERU verloren hatte, doch jetzt wieder voll im Turniergeschehen war.

Ava staunte nicht schlecht. Konnte man auf blinden Pferden denn wirklich reiten?! Also, so richtig, nicht nur im Schritt? Aber wie war das überhaupt möglich? Wie konnte ein blindes Pferd wissen, wohin es laufen sollte?

Klar, dachte sie plötzlich. Durch den Reiter, wie sonst! Welches Vertrauen musste ein blindes Pferd also in seinen Reiter haben ... absolutes Vertrauen ... *blindes Vertrauen* ...

Wieder musste Ava an Eschenthal denken. Obwohl ERU laut Internet bei Pferden ja gar nicht so selten vorkam, hatte sie dennoch auf dem Gut nie ein blindes Pferd gesehen oder davon gehört. Beklommen musste sie an ein Turnierpferd denken, das an Arthrose gelitten hatte und deshalb erst kürzlich von seinem Besitzer gnadenlos eingeschläfert worden war, weil es für den Springsport nicht mehr taugte, obwohl es sonst noch ziemlich munter auf der Koppel herumgaloppieren konnte. Schon damals hatte Ava das schrecklich ungerecht gefunden. Einfach so undankbar aus dem Leben beseitigt zu werden, nur weil man seinem Besitzer keine Turnierschleifen mehr bescheren konnte, das war nicht nur egoistisch, sondern auch barbarisch. Und im Stillen fragte sie sich, ob Soraya auf Eschenthal wohl auch ein ähnliches Schicksal erleiden würde, wenn sie dort untergebracht wäre und nicht in diesem verwunschenen Forsthaus ...

Seltsam, stellte sie überrascht fest. So hatte sie noch nie über Eschenthal gedacht. Es zeigte jedoch, dass Elsie Hennelly nicht so ein Kotzbrocken war, wie sie vorgab zu sein. Sonst wäre die schöne Silberstute längst nicht mehr am Leben. Brrr! Ava schüttelte sich. Wie konnten Leute nur so herzlos mit ihren Pferden umgehen?! Was konnte die schöne Stute dafür, dass sie dieses Schicksal erleiden musste?

Prompt wieherte ihr Handy. Das Wiehern konnte nur

eines bedeuten: Freya und Sina hatten sich endlich gemeldet. Erleichtert klappte sie den Laptop zu. Vom vielen Grübeln wurde ihr Tornadogefühl im Bauch ohnehin nicht besser. Dankbar fischte sie nach ihrem Smartphone und las begierig die Nachricht:

> **SHOW JUMPING GIRLS:** Hi, hatten heute Springtraining mit dem Eisklotz. Sitzen grade in der Sattelkammer und schrubben Sättel. Der Eisklotz mag keine Dreckflecken, weißt ja Bescheid. *augenroll* PS: Lava klingt gut

Ava schmunzelte. *Der Eisklotz* war also wieder mal mies drauf. Sie konnte sich noch gut an diese Situationen erinnern, wo sie drei gemeinsam ihre Trainerin verteufelt hatten, weil die wieder mal ihre miese Laune an ihnen ausgelassen hatte. Doch das hätte Ava in diesem Augenblick gern in Kauf genommen, wenn sie dafür nur bei ihren Freundinnen in der gemütlichen Sattelkammer sitzen dürfte. Wie es wohl Flint ging? Zu gern hätte sie ihre Freundinnen danach gefragt, aber sie kannte die Antwort bereits. Flint war ein Sportler, und seine neue Besitzerin würde nun die Lorbeeren ernten, die sie in den letzten beiden Jahren mit ihm erarbeitet hatte. Außerdem war diese Isabella schwer in Ordnung. Das war auch der Grund gewesen, warum Ava darauf bestanden hatte, dass Isabella Flint bekam, auch wenn Isabellas Eltern viel weniger bezahlen konnten als andere Interessenten. Bei Isabella würde es Flint garantiert gut gehen, und das war die Hauptsache.

Ava seufzte und tippte in ihr Handy.

AVA: Vermiss euch! Hier ist alles so anders. Habt ihr vielleicht Lust, mich bald mal zu besuchen? Ein Städtetrip de luxe erwartet euch. *grins* Nächstes Wochenende? Sonst sterbe ich hier vor Langeweile. Biiiittttteeee. *küss*

SHOW JUMPING GIRLS: Oje, da geht es nicht, der Eisklotz hat ein Extra-Springtraining angesetzt, sorry!

Was? Noch mehr Training? Was war denn plötzlich mit Frau Eisstätt los? Freya und Sina hatten in den letzten Wochen kaum Zeit gehabt, mit ihr zu chatten, weil sie ständig am Trainieren waren. Und jetzt schon wieder? Klar, der Eisklotz war ehrgeizig, aber so viel Training war sogar für sie untypisch.

AVA: Dann vielleicht in ein paar Wochen, an Pfingsten? Da haben wir schulfrei …

SHOW JUMPING GIRLS: Geht auch nicht. *seufz*

AVA: Was? Warum nicht??? Schon wieder Training, oder was?

Fast konnte man meinen, Freya und Sina wollten sie gar nicht besuchen kommen. Sie starrte auf die Punkte, die erschienen, wenn jemand etwas schrieb. Die Punkte tanzten ziemlich lange, und Ava beschlich eine ungute Vorahnung. Endlich tauchten die Zeilen auf.

SHOW JUMPING GIRLS: Wir wollten es dir eigentlich nicht sagen, aber ... *räusper*
Flint soll bald in den Landeskader aufgenommen werden. Der Eisklotz dreht völlig durch, wir trainieren jetzt nur noch. Und an dem Pfingstwochenende ist zufällig das Turnier ... auf Eschenthal, auch der Landestrainer wird kommen. Wir dürfen ebenfalls starten, der Eisklotz ist total happy, jetzt kann er uns noch mehr quälen *augenroll* *grins*

Fassungslos starrte Ava auf die Zeilen, die schrecklich wehtaten. So schnell war das gegangen? Flint hatte sie längst vergessen? Vertraute nun einem anderen Mädchen? Vermisste sie kein bisschen? Klar, diese Isabella war eine gute Reiterin. Aus diesem Grund hatte Ava Flint auch *ihr* verkauft und keinem anderen Mädchen. Aber warum ging alles so schnell?

SHOW JUMPING GIRLS: Tut uns leid. *wein* Bist du böse?
AVA: Ihr könnt ja nichts dafür ...

Im Grunde genommen stimmte das. Ihre Freundinnen trugen keine Schuld. Noch vor wenigen Monaten hätte Ava selbst alles in der Welt dafür getan, um in den Landeskader aufgenommen zu werden. Jetzt aber fühlte sie sich seltsam verraten.

SHOW JUMPING GIRLS: Hey, komm du uns doch besuchen. Zum Turnier. Wär so toll!!!!!!!!! BFF!!!!!!!!!!!!!!!!! Können deine Hilfe dringend brauchen, der Eisklotz ist ohne dich kaum auszuhalten … wir vermissen dich … *schnief*

Ava rollte mit den Augen. Na toll! Das fehlte ihr gerade noch. Nach Eschenthal zurückzukehren, in ihr altes Zuhause, und aus der Ferne zuzusehen, während Flint alle Hürden meisterte und sie im Abseits stand. Nein danke!

AVA: Ähm, ich denke darüber nach, okay? Muss jetzt Schluss machen *wink*

Die Lust am Chatten war ihr längst vergangen. Sie pfefferte das Handy in ihre Kissen. Dabei musste sie an Flint denken. An *ihren* Flint, der nicht mehr ihr gehörte. Und an Soraya, die sie so berührte, obwohl sie das gar nicht wollte. Und dann an das blinde Dressurpferd aus dem Internet. Ein Funke Hoffnung keimte in ihr auf. Doch den erstickte sie schnell wieder, indem sie sich daran erinnerte, dass sie überhaupt kein Geld hatte, um Reitstunden zu nehmen.

Die Magenschnecke machte Jubelschreie.

#HERZUNDSEELE

Zu allem Überdruss lief es in der Schule auch nicht besser. Es war keine große Überraschung, dass Nivo nach Avas Vulkanausbruch zur Hochleistung auflief. *Lullu und Lava* wurde zu Nivos Dauerbrenner, und Florentine, diese rothaarige falsche Schlange, trieb ihn auch noch dazu an.

Ava beschloss daher, es Lou gleichzutun und sich nicht länger darüber zu ärgern. Und als Frau Plettner in der Sozialstunde darauf bestand, die Klasse möge sich doch bitte umsetzen zwecks der besseren Klassengemeinschaft, zögerte sie nicht lange und huschte auf den freien Platz neben ihrer neuen Freundin. Nun saßen sie nebeneinander, *Lullu und Lava*, und das war gut so, auch wenn Lou in der Klasse immer noch nicht viel sagte. Aber die zwei verstanden sich auch so.

Tatsächlich wurde das seltsame Gefühl, das sie seit der Begegnung mit Soraya in ihrem Bauch verspürte, davon etwas schwächer. So gelang es Ava zwei Tage später in der Mittagspause endlich zu erzählen, was der alte Kauz Merkwürdiges zu ihr gesagt hatte. Aber nicht nur das. Sie erzählte auch von ihrem früheren Traumleben, von Flint und von Eschenthal. Ava erzählte ziemlich lange, und Lou hörte ihr die ganze Zeit über aufmerksam zu. Das musste man ihr lassen, auch wenn Lou mit ihrer zurückgezogenen Art etwas seltsam wirkte, war sie eine tolle Zuhörerin, und im Grunde war es genau *das*, was Ava derzeit am allerdringendsten benötigte.

»Das war der alte Förster«, erklärte Lou, während sie in der Schulkantine saßen. Sie hatten sich einen freien Tisch neben der Fensterfront ausgesucht und schlangen hungrig ihre Spaghetti hinunter. »Weißt du, den kennt hier jeder in der Stadt. Er heißt Silvester. Bevor er in Rente gegangen ist, war er als Förster für den Stadtpark und die umliegenden Wälder zuständig und hat ständig den Nikolaus im Kindergarten gespielt. Er war eigentlich immer sehr nett, Elsies Großvater«, hängte Lou vorsichtig an.

Energisch spießte Ava eine Nudel auf. »Eher verrückt«, knurrte sie. »Und dass eins klar ist: Mich bringen dort keine zehn Pferde mehr hin!«

»Tja, dann werden wir wohl zu Rauewitz rübermüssen …«, seufzte Lou, während ihre widerspenstigen Locken diesmal von einem türkisfarbenen Band zusammengehalten wurden.

»Wieso denn das?«, fragte Ava argwöhnisch.

»Weil wir zuletzt in der Hektik das Beobachtungsprotokoll vergessen haben«, erklärte Lou sachlich, »darum!«

Ava verdrehte ihre wasserblauen Augen. »Dann füllen

wir den Bogen einfach so aus. Frau Plettner merkt das doch in tausend Jahren nicht.«

Über Lous Gesicht huschte ein Grinsen. »Das war ursprünglich auch meine Idee. Aber dummerweise besteht Frau Plettner darauf, dass wir das Beobachtungsprotokoll von den jeweiligen Personen unterzeichnen lassen, mit denen sie Rücksprache gehalten hat. In unserem Fall ist das ...«, sie machte eine Pause, »Silvester Hennelly.«

Ava klappte der Mund auf. »Im Ernst?«

Lou nickte. »Er ist wirklich nicht so schlimm, wie du denkst, und vielleicht hatte er ja auch irgendwie ... recht.«

Ava verschluckte sich beinah an einer Spaghetti. »Der Alte? Spinnst du? Wie kommst du denn auf die Idee?«

»Okay, vielleicht habt ihr beide recht«, antwortete Lou hastig, ehe sich Ava noch mehr aufregte. Sie überlegte einen Moment, ehe sie fortfuhr: »Wie erkläre ich das am besten ... mhm, es ist ungefähr so, wie wenn man ein Foto macht, verstehst du? Dann sieht man Dinge, die man sonst nicht sieht. Alles ist durch die Kamera fokussiert. Das ist so, als würde man mit einem Spot auf eine ganz bestimmte Sache leuchten, die sonst unsichtbar bleiben würde. Als würde man für einen Moment die Zeit anhalten.«

»Hä?« Ava zog verärgert ihre Augenbrauen hoch. »Was hat denn das mit dem alten Förster zu tun?«

Lou zögerte einen Augenblick, dann seufzte sie. »Also gut, aber flipp nicht gleich aus, wenn ich dir etwas zeige, okay?« Vorsichtig legte sie ein Foto auf den Tisch.

Avas Gabel krachte auf den Teller, als sie sich selbst darauf erkannte. Auf dem Foto war sie selbst mit Soraya zu sehen. Lou musste es zuletzt in der Eile von ihr geschossen haben, als sie am Forsthaus auf Elsie Hennelly gewartet hatte. Von der ganzen Aufregung kriegte man auf dem Bild jedoch nichts mit. Es war so, wie Lou gesagt hatte. Die Zeit darauf schien stillzustehen. Fast magisch sah das Foto aus. Sorayas wunderschönes schimmerndes Fell glänzte silbrig im weichen Nachmittagslicht. Dazu Avas goldblonder Pferdeschwanz und dahinter der dunkelgrüne, undurchdringliche Wald.

Hastig wandte Ava den Blick ab. »Ja, okay, das Pferd hat eine Chance verdient, sag ich doch die ganze Zeit. Aber was hat das mit mir zu tun? Sie hat ja eine Besitzerin!« Trotzig verschränkte sie die Arme, sodass sie nicht länger auf das Foto gucken musste.

Lou runzelte die Stirn. »Siehst du das denn nicht?« Sie tippte auf den Wald im Hintergrund.

Zuerst begriff Ava nicht, was Lou damit meinte, doch dann lief ihr ein eiskalter Schauer über den Rücken …

Zwischen den Bäumen, fast im Schatten verborgen, da stand eine Gestalt. Es war eindeutig Silvester Hennelly, und es war klar, dass er ihnen die ganze Zeit über zugesehen haben musste. Sein Mund stand offen, und seine Augen glitzerten verdächtig. Etwa vor Staunen? Oder war es vor Rührung? Sprachlos hob Ava den Kopf.

»Vielleicht wollte er dir ja *das* damit sagen«, meinte Lou

leise. »Du hast eindeutig einen Draht zu diesem Pferd, und das ist etwas Besonderes. Das merkt sogar jemand wie ich, und ich verstehe echt gar nichts von Pferden!« Sie lächelte Ava kurz an und schlang dann den letzten Bissen von ihrem Teller hinunter, ehe sie aufstand. »Du kannst das Foto übrigens behalten«, sagte Lou und ging einfach davon, ohne auf Avas Antwort zu warten.

Verdattert blickte Ava ihrer neuen Freundin hinterher. Dafür, dass Lou sonst nicht viel sagte, hatten es ihre wenigen Worte stets in sich. In Avas Kopf ratterte es, doch ihre Gedanken wurden jäh unterbrochen, als sich plötzlich tiefgrüne Augen in Avas Blickfeld schoben. Waldgrüne Augen. Sie wusste sofort, zu wem sie gehörten, und ihr Herz schlug augenblicklich schneller, obwohl sie das gar nicht wollte. Ava blickte hoch, direkt in Elafs Gesicht.

»Na, du traust dich was. Soraya ist sonst nicht so zahm«, sagte er und ließ sich auf den Stuhl fallen, auf dem zuvor noch Lou gesessen hatte. Er deutete auf das Foto zwischen ihnen, das noch auf dem Tisch lag.

Überrascht blinzelte Ava ihn an. »Wie? Du kennst dieses Pferd?«

Elaf zog das Foto näher zu sich heran und betrachtete es eine Weile. »Echt schön, ihr zwei«, sagte er dann.

Ava spürte, dass er das Kompliment aufrichtig gemeint hatte, und davon begann ihre Haut zu kribbeln. »Ähm, danke«, murmelte sie verlegen.

Elaf zuckte mit den Schultern. »Wäre einfach toll, wenn

sich Soraya wieder einkriegen würde, sonst hat sie mich irgendwann auch auf dem Gewissen.«

»Was? Du reitest sie?« Beinah neidisch starrte Ava auf den Jungen mit den schwarzen Haaren und den tiefgrünen Augen, die aussahen, als würde sich der Wald darin spiegeln.

Elaf schüttelte lachend den Kopf. »Ich bin doch nicht lebensmüde! Soraya kann man nicht reiten. Na ja, nicht mehr.« Er machte eine Pause. »Ich verdiene mir am Hof nur ein bisschen was dazu, während meine kleine Schwester samstags dort Reitunterricht nimmt. Meine Eltern müssen am Wochenende nämlich immer arbeiten. Sie betreiben das Café oben an der Durmerlin-Allee, bei der alten Burgruine. Darum muss ich da immer das Babysitting übernehmen, yeah!« Er grinste schief. »Aber unter uns gesagt: So übel ist das gar nicht. Während Ria ihre Runden auf dem Gaul dreht, packe ich derweil am Hof mit an. Dort gibt es eine Menge zu tun, und so kriege ich vielleicht ja doch noch dieses Jahr das Geld für mein neues Downhillbike zusammen.« Elaf brach plötzlich ab. »Ähm, habe ich gerade *Gaul* gesagt? Ria kriegt einen Schreikrampf, wenn ich ihren heiß geliebten Flauschbär *Gaul* nenne.«

»Flauschbär?« Amüsiert runzelte Ava die Stirn.

»Na, das Lieblingspony meiner Schwester«, erklärte Elaf und musste schmunzeln. »Er sieht aus wie ein Wischmopp mit Hufen und ist nur schwer zu übersehen. Du kennst ihn nicht?«

Ava kicherte. »Nö.«

Elaf tippte neugierig auf das Foto. »Aber Soraya schon?! Wie kommt's, dass sie bei dir so brav ist? Ist das ein Trick? Wenn ja, fände ich es cool, wenn du mir den verraten würdest, damit ich das nächste Mal heil rauskomme, wenn ich ihre Heuraufe auf dem Paddock auffüllen soll.«

»Ach, so schlimm ist sie doch gar nicht«, antwortete Ava schnell und merkte im nächsten Moment, dass sie die Silberstute schon wieder in Schutz nahm.

Elaf riss die Augen auf. »Oh doch! Nicht mal Elsie hat sie unter Kontrolle, und die ist eine verdammt gute Pferdetrainerin. Sie kommt mit jedem Pferd zurecht, nur mit Soraya nicht. Dabei war die Stute mal das Lieblingspferd ihrer Großmutter, musst du wissen. Nur deshalb lebt sie noch. Silvester würde es niemals zulassen, dass das Pferd seiner Frau weggebracht oder gar eingeschläfert wird, auch wenn Soraya gefährlich ist. Silvester hat mir mal erzählt, dass schon damals nur Albertina, also seine Frau, das Pferd unter Kontrolle hatte. Die zwei waren so was wie ein Herz und eine Seele. Seitdem sie jedoch tot ist …«

Ava starrte Elaf an. »Soraya hat doch nicht …«

»Nein«, erwiderte er schnell. »Elsies Großmutter war krank, darum ist sie gestorben. Das hatte nichts mit Soraya zu tun.«

Ava spürte die Erleichterung und zugleich die Gewissheit. Sie hatte sich nicht geirrt. Dieses Pferd war nicht böse, es war nur … *verloren.*

»Aber warum ist sie überhaupt so schwierig?«, fragte Ava mehr sich selbst.

Elaf grinste das Foto an. »Ist sie doch gar nicht, oder?« Er stand auf und blickte Ava mit seinen waldgrünen Augen an. »Ich schlage vor, wir sehen uns am Samstag im Forsthaus?! Würde mich freuen, wenn du mir deinen Trick beibringst. Als Gegenleistung stelle ich dir auch Flauschbär vor.« Er schulterte seinen Rucksack und grinste noch breiter, als Ava glatt errötete.

»Oh, okay«, stammelte sie.

»Cool!« Elaf nickte anerkennend. »Hab doch gewusst, dass du nicht kneifst! Dann bist Samstag?«

Da musste Ava prompt lächeln, und das fühlte sich überraschend gut an. »Also gut, von mir aus. Bis Samstag!«, sagte sie lachend.

Und während Elaf daraufhin zufrieden davonschlenderte, bemerkte sie, wie auch der Tornado in ihrem Bauch nachließ. Kam ihr das bloß so vor, oder hatte sie gerade noch einen Freund in Cassisburg dazugewonnen? Sogar einen ziemlich gut aussehenden Freund, wenn man es genau nahm?

Wäre da nur nicht Elsie Hennelly, dachte sie plötzlich besorgt. In was hatte sie sich da nur wieder hineingeritten? Was würde die temperamentvolle Pferdetrainerin sagen, wenn sie nächsten Samstag im Forsthaus aufkreuzte, wo sie das letzte Mal doch so aneinandergeraten waren? Sollte sie sich bei Elsie vielleicht entschuldigen?

Nein, dachte Ava prompt. Für die Wahrheit brauchte sie sich nicht zu entschuldigen. Sie würde die Sache anders angehen müssen. Zum Glück fiel ihr in dem Moment schon eine passende Idee dazu ein. Und die hatte nichts mit Soraya, dem Silberpferd, zu tun. Nein, natürlich nicht. Zumindest redete sie sich das ein.

TRAUMGEFÜHL

Die Nebel der Hulder krochen weiß schlängelnd über die noch dämmrige Lichtung, und im Osten war die Morgensonne noch nicht hinter den Baumwipfeln hervorgeklettert, als im Forsthaus schon Licht brannte.

Silvester Hennelly stand laut pfeifend in der Küche und machte Frühstück, während seine Enkelin draußen die Pferde versorgte.

Diese Arbeitsaufteilung war ihnen in letzter Zeit zur lieb gewonnenen Gewohnheit geworden. Er kümmerte sich um den Haushalt und um den Hof. Seine Enkelin kümmerte sich um die Pferde und um das Pferdetraining. Es war ein gutes Übereinkommen, und auch wenn er nicht verlangt hatte, dass Elsie zu ihm ins Forsthaus zog, war er nun mehr als froh darüber, dass sie es doch getan hatte. Albertinas Tod war damit zumindest ein bisschen leichter zu verkraften.

Ein wütendes Schlagen gegen eine Boxenwand ließ ihn aufhorchen. Besorgt humpelte er auf seinem Stock hinaus auf den Kiesplatz. »Alles in Ordnung?«

Elsie Hennelly trat wutschnaubend aus dem Stall. »Dass das Mistvieh aber auch immer Ärger machen muss! Ich habe sie doch nur gefüttert«, schimpfte sie. Dass sie dabei versucht hatte, Soraya zu streicheln, behielt sie lieber für sich. Es war auch so schon demütigend genug, dass sich die blinde Lusitano-Stute nicht unter Kontrolle bringen ließ. Dabei war das doch ihr Job. Tagtäglich arbeitete sie mit jungen, unerfahrenen Pferden und natürlich auch mit Problemfällen, mit denen ihre Besitzer nicht klarkamen. Elsie hingegen schon. Mit viel Geduld und Pferdewissen machte sie aus ihnen verlässliche Reitpferde. Nur bei Soraya war sie bisher gescheitert, und das ärgerte Elsie Hennelly maßlos. Die Stute hatte eindeutig ein Dominanzproblem, und wenn sie das nicht bald in den Griff bekam, würde sie für nichts mehr garantieren können.

»Lass uns erst mal frühstücken. Ich habe Pancakes gemacht«, brummte Silvester versöhnlich und lockte seine Enkelin damit ins Warme. Schon bald würden die ersten Reitschüler auftauchen, und dann war die jetzt so friedliche Ruhe futsch.

Elsie nickte und stiefelte auf das Forsthaus zu, dabei seufzte sie. Elsie gab nämlich nicht gern Unterricht. Im Grunde genommen war sie viel lieber alleine mit den Pferden. Aber sie konnte das Geld, das sie samstags durch den Unterricht einnahm, mehr als dringend brauchen. Außerdem mussten *Großvaters Pferde*, wie Elsie die bunt zusammengewürfelte Truppe von Pferden nannte, die ihre Großeltern im Laufe der Jahre gerettet hatten, ohnehin bewegt werden. Seit dem Tod von Großmutter war das aber kaum geschehen. Nicht nur die Stuten brauchten Bewegung, sondern auch die Ponys, die viel zu dick waren. Silvester aber kam mit der vielen Arbeit alleine nicht wirklich zurecht. Und dann war auch noch dieser Unfall passiert, der sein Knie zertrümmert hatte.

Ab da hatte Elsie beschlossen, ins Forsthaus zu ziehen. Die Entscheidung war ihr nicht schwergefallen. Die Vorliebe dafür, Pferde zu retten, hatte sie eindeutig von ihren Großeltern geerbt. Schon als Elsie noch ein kleines Kind gewesen war, hatten Silvester und Albertina Pferden eine zweite Chance gegeben, die sonst ungerechterweise beim Schlachter gelandet wären. Im Forsthaus aber bekamen sie ein friedliches Leben, und Elsie knüpfte nun an das an, was ihre Großeltern ohnehin schon immer getan hatten. Nur eben jetzt professioneller ... größer ... denn mit ein bisschen Glück würde aus dem Forsthaus bald ein Pferdezentrum werden. Zumindest war das ihr Plan. Als Bereiterin hatte sie sich in den letzten Jahren einen exzellenten Ruf erarbeitet und zuletzt sogar die Möglichkeit erhalten, in den USA unter dem berühmten Pferdetrainer Vernon Vanderbrought zu arbeiten, der mit seinen ganzheitlichen Trainingsmethoden einen unglaublichen Erfolg verbuchte. Sein Motto war: *Alles ist erlaubt, solange du dem Pferd, deinem Umfeld und dir selbst damit keinen Schaden zufügst*. Was so viel bedeutete, dass Vernon sich aus allen möglichen Reitweisen gekonnt die Rosinen rausgepickt und so ganz nebenbei im Laufe der Jahre eine neue Art des Reitens und des Pferdetrainings entwickelt hatte, die nun einschlug wie ein Meteorit in der Pferdesportszene. Vernon Vanderbrought zum Mentor zu haben, war also so etwas wie ein Ritterschlag. Dummerweise hasste Vernon Flugzeuge. Das war auch der Grund, warum er noch nie europäischen Boden betreten hatte. Deshalb brachte man jetzt, auf Vernons Geheiß, die Berittpferde aus halb Europa zu Elsie. Der Traum vom eigenen Pferdezentrum war also längst nicht mehr so abwegig wie noch vor ein paar Jahren, jedoch kostete er Geld. Und deshalb konnte sie es sich derzeit nicht leisten, auf die Pony-Samstage zu verzichten, auch wenn sie viel lieber mit Pferden kommunizierte als mit Menschen.

»Soraya soll heute besser in der Box bleiben«, sagte Elsie übellaunig, während sie einen Pancake hinunterschlang. »Du weißt, wie es an den Samstagen hier zugeht. Ich kann nicht überall meine Augen haben, Graps.«

Silvester nickte. *Graps.* Es war ein zusammengewürfeltes Wort, das sie als Fünfjährige erfunden hatte und das für »Grandpa« und »Paps« stand. Schon damals war das Verhältnis zu Elsies Vater, Silvesters Sohn, schwierig gewesen. Deshalb fühlte er sich jedes Mal aufs Neue geschmeichelt, wenn Elsie ihn mit diesem Kosenamen bedachte. Dennoch tat ihm das schöne Pferd schrecklich leid. Es stand in letzter Zeit viel zu häufig im Stall. Denn auch ihm vertraute Soraya nicht. »Sie meint es nicht böse«, sagte er nur.

»Da bin ich mir nicht so sicher«, murmelte Elsie und blickte auf Silvesters Knie. »Vielleicht wird sie nie mit ihrer Blindheit zurechtkommen, so was kommt vor …« Elsie sprach den Satz nicht zu Ende, obwohl beide wussten, was das zu bedeuten hatte.

»Aber dieses Mädchen neulich!« Silvesters Augen leuchteten mit einem Mal auf. »Hast du gesehen, wie sie reagiert hat? Als wäre Albertina …«

Stöhnend unterbrach Elsie ihren Großvater. »Komm mir bloß nicht mit dieser Göre. Wenn ich die hier noch mal sehe, jage ich sie persönlich vom Hof.«

Silvester aber lachte. »Jaja, iss lieber noch einen Pancake«, sagte er und schaufelte seiner Enkelin gleich zwei davon auf den Teller. Immerhin kannte er seine Elsie gut genug. Wenn es um Pferde ging, dann schlugen ihre beiden Herzen für dieselbe Sache.

Zum Glück wusste Ava von alldem nichts, als sie diesen Samstagmorgen ihr Sparschwein plünderte. Sonst hätte sie ihren Plan womöglich gleich wieder verworfen. Nun aber purzelten die Münzen auf ihre Bettdecke, und Ava zählte eine Ewigkeit, bis sie die Summe zusammengekratzt hatte. Elsie würde zwar nicht begeistert sein, wenn sie mit einem Sack voll Cents bei ihr auftauchte. Aber Geld war nun mal Geld, das würde auch die Pferdetrainerin einsehen müssen.

Während Ava den Münzbeutel in ihren Rucksack steckte, dachte sie an den seltsamen Traum von letzter Nacht. Im

Mondlicht hatte Sorayas Fell noch silberner gewirkt, und es hatte beinahe in der Dunkelheit gefunkelt. Aber das wirklich Verrückte daran war, dass Ava dabei auf ihrem Rücken gesessen hatte. Als wären sie miteinander verschmolzen. Es war ein so unglaubliches Gefühl gewesen, dass sie im Schlaf vor Sehnsucht glatt geweint haben musste. Denn als sie morgens wach geworden war, hatte sich ihr Kissen noch ganz feucht von den Tränen angefühlt. So intensiv hatte sie schon lange nicht mehr geträumt, und Ava fragte sich, was der Traum wohl zu bedeuten hatte. Andererseits war es eben nur ein Traum – und nicht die Realität, ermahnte sie sich, um sich keine falschen Hoffnungen zu machen. Trotzdem konnte sie es jetzt kaum noch erwarten, die Stute wiederzusehen. Ob Soraya sich an sie erinnerte? Würde sie sie abermals so bereitwillig an sich heranlassen?

Es gab nur eine Möglichkeit, dies herauszufinden. Schnell packte sie ihre Reithose und den Helm in den Rucksack. Dann schlich sie in die Küche, um ein paar Möhren aus dem Kühlschrank zu stibitzen. Dabei spürte sie die Vorfreude in sich. Früher hatte sie die Samstage immer im Stall verbracht. Und meist auch die Sonntage. Sie hatte es geliebt, den ganzen Tag bei Flint herumzuhängen oder mit ihm auf ein Turnier zu fahren. Und auch wenn sie bisher geglaubt hatte, dass kein Platz für ein weiteres Pferd in ihrem Herzen sei, hatte ihr Bauch sie in den letzten Tagen eines Besseren belehrt. Wieder die vertraute Gewohnheit zu spüren, tat unendlich gut. Und das reichte fürs Erste.

Ihre Eltern saßen noch am Frühstückstisch und diskutierten über Wandfarben.

Als Ava vorbeischlich, fragte ihr Vater prompt: »Wohin so eilig? Willst du uns nicht streichen helfen? Deine Mutter findet unser neues Wohnzimmer nicht schön genug. Es soll eine neue Farbe kriegen. Als ob das etwas helfen würde bei dieser Bruchbude ...«

»Ganz bestimmt! Und wenn du mithilfst, kriegt auch dein Zimmer eine neue Farbe«, fügte ihre Mutter freundlicher hinzu. »Ich würde ein kräftiges Sonnengelb vorschlagen. Das lässt den Raum heller wirken. Und das Wohnzimmer streichen wir am besten in einem dunklen Rotton, das wirkt edel und passt zum Rest der Einrichtung.« Es war nicht zu übersehen, wie sehr ihr Vater die neue Wohnung ablehnte.

»Oh, so ein Pech«, stammelte Ava. »Ich habe mich schon mit Lou verabredet. Wegen der ... Bioarbeit, genau.« Dass sie in Wirklichkeit reiten gehen würde, verriet sie besser nicht. Ihre Eltern würden sich sonst schlecht fühlen wegen des geplünderten Sparschweins, und das wollte sie nicht. Ihr Vater hatte auch so schon viel zu miese Laune. In seinem neuen Job kam er schlecht damit zurecht, dass er nun wieder *nur* ein Angestellter war – und nicht Chef, wie früher. Ava hatte ihre Eltern neulich abends deswegen heftig streiten hören. Aber darüber wollte sie sich jetzt lieber nicht den Kopf zerbrechen. Hastig gab sie ihnen einen Kuss auf die Wange und verabschiedete sich.

An der Straßenbahnhaltestelle wartete bereits Lou auf sie. Dieses Mal trug ihre Freundin einen knallgelben Regenmantel und dazu rote Gummistiefel. Ava musste lachen, als Lou zwischen all den anderen Menschen aufleuchtete wie eine Rettungsboje.

Als Ava näher kam, pfiff Lou überrascht. »Wow, du hast ja die volle Montur.«

»Ja, von früher«, sagte Ava und zupfte verlegen ihre Reithose zurecht, die sie vorhin im Treppenhaus heimlich angezogen hatte.

Als sie in der Straßenbahn saßen, sagte Lou: »Jetzt erklär doch mal deinen Plan. Du hast gestern am Handy ja gar nichts verraten. Was machen wir genau?«

Ava räusperte sich. »Na ja, ich will eine Reitstunde nehmen. Aus Recherchegründen, wegen Bio. Gegen Geld kann diese Elsie nichts haben, es ist ja Samstag.«

Lou grinste breit. »Klar, Bio. Und mit Elaf hat das natürlich rein gar nichts zu tun.« Sie blickte Ava amüsiert an.

»Natürlich nicht«, sagte sie ausweichend.

Lou lachte daraufhin. »Wie du meinst. Aber auf das Gesicht von Elsie Hennelly bin ich gespannt, wenn sie dich sieht! Ich habe keine Ahnung, wie du ihr das verklickern willst, aber ich wünsch dir dabei viel Glück.«

Doch Ava war überzeugt. Ihr Plan war gut. Geschäft war nun mal Geschäft. Das galt auch für Reithöfe, denn dort war das Geld sowieso meistens knapp. Sogar auf Gut Eschenthal wurde einem niemals etwas geschenkt. Außerdem ging es doch bloß um eine einzige Reitstunde. Mehr Kohle hatte sie ohnehin nicht. Den Einsatz aber war es wert. Sie würde Flauschbär kennenlernen und Elaf treffen ... und vor allem Soraya wiedersehen. Mehr wollte sie gar nicht.

Und dann würde sie endlich wissen, ob es wirklich nur reiner Zufall gewesen war, dass Soraya sich bei ihr so lammfromm benommen hatte, oder ob vielleicht doch mehr dahintersteckte. Ihr Plan würde schon klappen.

Doch als sie zum Forsthaus kamen, verschwand Avas Zuversicht im Nu. Es war eine Menge los. Überall wuselten Ponyzwerge herum und putzten Pferde und Ponys, die für den Reitunterricht hergerichtet wurden. Von Elsie Hennelly fehlte jede Spur. Auch Soraya stand nicht auf ihrem Paddock. Unsicher drehten Ava und Lou eine Runde auf dem Gelände. Das Anwesen war viel größer, als ihr beim ersten Mal aufgefallen war. Die Ponys waren in einem Freilaufstall unweit einer großen Scheune untergebracht, die sich zu Avas Verwunderung als Reithalle entpuppte. Doch noch verwunderter war sie, als sie hinter der Reithalle eine weitere Pferdegruppe entdeckte. Edle, schöne Pferde standen dort. Sogar einen Hannoveraner sah sie. Ob das die Pferde waren, die von Elsie ausgebildet wurden? Neugierig ging sie auf das Gatter zu.

»Die darf man nicht streicheln«, piepste prompt jemand hinter ihr. Ein kleines Ponymädchen kam in rosaroten Reitstiefeln angewuselt und sah ähnlich farbenfroh wie Lou aus. »Die haben Probleme. Manche sind richtig böse, eins hat mich sogar mal gezwickt.« Es hielt Ava den Zeigefinger unter die Nase. »Da!«

Ava nickte amüsiert. Aber Lou machte entsetzt einen Schritt weg vom Zaun.

Das Ponymädchen sah auf Avas Reithose. »Reitest du heute auch? Willst du mein Lieblingspony sehen? Flauschbär ist das beste Pony der Welt!«

Ava unterdrückte ein Lachen. »Dann bist du bestimmt Ria?«

Das Ponymädchen legte misstrauisch den Kopf schief. »Warum weißt du das?« Doch die Antwort kam von selbst, als im nächsten Moment eine Mistkarre um die Ecke bog. Elaf grinste, als er Ava entdeckte. Auch Ava lächelte.

Doch dann kam Elsie Hennelly hinterher – und Avas Lächeln erlosch. Denn Elsie sah gar nicht glücklich aus, als sie Ava erblickte. »Was tust du denn schon wieder hier?«, blaffte sie sie an.

»Hey, cool, da seid ihr ja«, sagte Elaf gut gelaunt und stellte die Mistkarre ab. »Ava zeigt mir heute, wie man Soraya bändigt.«

»Das ist hoffentlich ein Scherz?«, sagte Elsie spitz.

Elaf schüttelte fröhlich den Kopf, doch Lou zog scharf die Luft ein. »Oweia«, murmelte sie.

Rasch klimperte Ava mit dem Beutel voll Münzen. »Ich … ich wollte nur eine Reitstunde nehmen«, sagte sie versöhnlich. »Wegen des Bioreferats, also reine Recherche … ähm, bitte!«

Elsie Hennelly zog die Augenbrauen hoch. »Recherche, aha. Kannst du überhaupt reiten?«

»Denke schon«, meinte Ava.

»Wenn das so ist«, erwiderte Elsie spöttisch, »kannst du ja Guinevere nehmen.«

Elaf und Ria guckten Elsie verdattert an. »Guinevere, ehrlich?!«

Die Reitlehrerin zuckte mit den Schultern. »Alle anderen Schulpferde sind schon besetzt. Nur Guinevere ist noch frei. Und wenn du sagst, dass du reiten kannst, wirst du schon mit ihr zurechtkommen. Also, willst du?«

Ava nickte wieder.

Elsie grinste schadenfroh. Aber nicht lange.

Denn als Ava Guinevere etwas später auf dem Reitplatz warm geritten hatte – Guinevere stellte sich als die dominante Fliegenschimmelstute heraus –, erlosch Elsies Grinsen und wich einer ehrlichen Begeisterung.

Ava konnte reiten. Und wie! Spielend kam sie mit der zickigen Lipizzanerstute zurecht, die sonst kaum für den Schulbetrieb genommen wurde. Doch Ava war es gewohnt, mit temperamentvollen Pferden umzugehen. Und Guinevere war ein Lämmchen im Gegensatz zu Flint, wenn er wieder einmal Frühlingsgefühle bekommen hatte.

Als die Reitstunde beendet war, konnte Elsie nicht anders, als Ava noch eine Chance zu geben. Es machte einfach viel zu viel Spaß, diesem Mädchen beim Reiten zuzusehen. Auch Guinevere schnaubte zufrieden.

Das Mädchen hat definitiv Talent, dachte die Pferdetrainerin und sah ihr dabei zu, wie Ava Guinevere routiniert absattelte und dann der kleinen Ria mit Flauschbär half. Eine Idee keimte in ihr auf, und vielleicht hatte Graps nicht unrecht. Einen Versuch war es wert. Was konnte es schaden, wenn sich Soraya etwas versöhnlicher zeigte? Obendrein war eine helfende Hand am Hof immer erwünscht.

»Also gut«, sagte Elsie, nachdem Ava und Elaf Guinevere und die andere Lipizzanerstute namens Gwendolin nach dem Absatteln auf die Weide zurückgebracht hatten. »Dann tut eben, was ihr nicht lassen könnt. Aber passt bloß auf! Soraya ist kein gewöhnliches Pferd, vergesst das nicht.« Elsie sah die beiden scharf an. »Also nur das Heu in die Box bringen, mehr nicht.«

Ava nickte rasch, und kurz darauf war sie mit Elaf in Richtung von Sorayas Box unterwegs, während ihr Herz Luftsprünge machte.

#HERZBLICK

Avas Herz schlug schnell, als sie Sorayas Box erreichte. Elaf sah aus sicherer Entfernung zu, wie sie die Boxentür aufschob. Von Lou fehlte jede Spur. Vermutlich war sie lieber bei Flauschbär geblieben. Der kleine Shetlandpony-Wallach war bei Weitem mehr nach ihrem Geschmack.

»Na, du?«, flüsterte Ava, während sich ihre Kehle plötzlich seltsam trocken anfühlte. Als sie vor wenigen Tagen das schöne Silberpferd gerettet hatte, hatte sie keine Ahnung gehabt, dass es blind war. Jetzt aber wusste sie es, und irgendwie änderte das alles. Was würde passieren, wenn Ava in seine Box trat? Würde sich die Silberstute erschrecken oder gar angreifen? Augenblicklich spitzte Soraya die Ohren und stampfte mit dem Vorderhuf auf.

»Pass auf!«, warnte Elaf, woraufhin die Silberstute noch nervöser wurde. Sie warf den Kopf hoch und drehte ihr Hinterteil in Richtung Boxentür, jederzeit dazu bereit, auszuschlagen und den Eindringling in die Luft zu befördern.

Erschrocken wich Ava zurück, doch dann lächelte sie

plötzlich. Denn als wäre das Silberpferd ein Spiegel, erkannte sie genau in diesem Spiegelbild den Fehler, den sie eben gemacht hatte. »Du hast ja völlig recht, meine Schöne«, flüsterte sie beruhigend auf Soraya ein. »Kein Wunder, dass du mies drauf bist, wenn dich jeder behandelt, als wärst du ein Monster, stimmt's?!« Sie holte tief Luft und konzentrierte sich ab jetzt nur noch auf sich selbst. Dieses Pferd schien eindeutig mehr zu spüren als andere Pferde. Mit Sicherheit war es schon immer sehr sensibel gewesen, und durch seine Blindheit waren seine restlichen Sinne noch mehr geschärft. Soraya hatte bestimmt gelernt, mehr auf ihr unmittelbares Gespür zu hören, das jedes Pferd von Natur aus besaß. Darauf verließ sie sich, so wie sich Ava auf ihren Instinkt verließ. Also atmete Ava tief ein und entspannte sich ... und tatsächlich senkte Soraya daraufhin den Kopf und schnupperte in ihre Richtung.

Erleichtert seufzte sie auf. Hier konnte sie sich voll und ganz auf sich selbst verlassen, und Ava fühlte, wie ihr das Herz dabei vor Freude überquoll. Bei Soraya musste sie sich nicht verstellen oder zusammennehmen. Hier waren Avas sensible Antennen sogar erwünscht. Zärtlich blickte sie auf Soraya. Sie hatte dieses Pferd vom ersten Augenblick an geliebt. Auch wenn der Platz in ihrem Herzen bislang als besetzt gegolten hatte, hatte es die Silberstute dennoch geschafft, Avas Herz zu erobern. Sie musste kurz an Flint denken, und das machte sie traurig.

Soraya schnaubte, als wollte sie Ava trösten. Vorsichtig

kam die Stute näher, indem sie den Weg mit den Nüstern abtastete. Das sah aus, als würde Soraya sich den Weg erschnuppern wollen. Und tatsächlich landeten ihre Nüstern prompt bei Avas Jackentasche.

»Oh, du magst wohl Möhren!« Kichernd holte Ava eine Möhre heraus. Doch Soraya stellte sich so ungeschickt an, dass sie sie prompt in den Daumen zwickte.

»Pass auf«, warnte Elaf.

»Es ist nicht ihre Schuld«, murmelte sie und rieb sich die schmerzende Hand. »Soraya kann meine Hand ja gar nicht sehen, darum hat sie hineingebissen.«

Ava hörte, wie Elaf hinter ihr überrascht Luft holte. »Stimmt«, brummte er und trat neugierig näher.

Ava erinnerte sich, wie sie einmal bei einem Hundetraining zugeguckt hatte. Dem Hund wurde der Leckerbissen in der Faust vorgehalten, und erst wenn er vorsichtig daran geschnuppert hatte, ging die Hand auf. Ob der Trick auch bei Soraya funktionierte?

Ava umschloss das Möhrenstück und hielt es Soraya hin. Tatsächlich wollte die Stute wieder zubeißen. Aber Ava passte jetzt besser auf und zog die Faust rasch weg. Das silberne Pferd begriff schnell. Vorsichtiger begann sie Avas Hand mit den Nüstern abzutasten. Erst da öffnete Ava sie, und Soraya nahm das Möhrenstück mit ihren Lippen behutsam auf.

»Wie machst du das?«, staunte Elaf.

»Du darfst nur keine Angst haben, das ist alles. Das

spürt sie sonst, und dann hat auch sie Angst«, murmelte sie. »Kannst du mir mal den Striegel geben? Sie könnte ein bisschen Pflege vertragen.«

Mit langen, hingebungsvollen Kreisen fing sie an, Sorayas Silberfell zu striegeln. Dabei hielt sie stets Körperkontakt, damit die Stute wusste, wo Ava sich in der Box befand, und sie nicht über den Haufen rannte. Außerdem konnte Ava so ebenfalls fühlen, wenn sich das blinde Pferd verkrampfte, und es gegebenenfalls schnell beruhigen. Ganze Wollknäuel von Winterfell fielen nun von ihm ab, und darunter kam das noch seidigere und noch silbernere Sommerfell zum Vorschein.

Soraya schnaubte vor Entspannung und senkte den Kopf. Sogar ihre trüben Augen schlossen sich vor Hingabe.

»So habe ich sie noch nie gesehen«, murmelte Elaf sichtlich erstaunt.

»Ich schon!« Die knorrige Stimme von Silvester Hennelly drang schneidend durch die Stallgasse.

Erschrocken hielt Ava inne, doch als er auf die Box zugehumpelt kam, schüttelte er seinen weißbärtigen Kopf. »Nein, bitte mach weiter. Sieh nur, wie sie es genießt. Nur bei Albertina war sie so.« Er machte eine Pause. »Und jetzt bei dir. Es ist ein Wunder!«

»Ähm, war sie denn schon damals blind?«, fragte Ava, um die peinliche Stille zu verscheuchen, die darauf folgte.

Silvester Hennelly ließ sich auf einen der Heuballen nieder, die neben Sorayas Box aufgeschichtet waren, damit sich das Pferd nicht an den Ecken stieß. Auch die anderen Ecken waren mit weichem Kunststoff abgeklebt, fiel Ava nun auf.

Silvester Hennelly seufzte in seinen Bart. »Nein, früher war Soraya ein herrliches Pferd. War zwar extrem sensibel, aber dafür umso prächtiger zu reiten. Albertina startete mit ihr an Working-Equitation-Turnieren, und darin waren die beiden sehr erfolgreich«, erklärte er.

Ava nickte überrascht. Von dieser Reitweise hatte sie schon gehört. Working Equitation war derzeit stark im Kommen und hatte Ähnlichkeit mit der spanischen Reitweise. Soraya musste somit wirklich ein tolles Reitpferd gewesen sein, denn Working-Equitation-Pferde hatten meist einen sehr hohen Ausbildungsgrad. »Wow!«, sagte sie deshalb.

Silvester Hennelly lächelte stolz, doch dann änderte sich seine Tonlage. »Als Albertina jedoch krank wurde, fing auch Soraya plötzlich an, sich zu verändern. Anfangs dachte ich, das Pferd würde spüren, dass es schlecht um Albertina steht ... und vielleicht war das auch so. Es gab Tage, da schien das Pferd wie orientierungslos zu sein. Oder es erschreckte sich vor den kleinsten Dingen. Dazu wurde Soraya immer unberechenbarer, doch ich schrieb ihr komisches Verhalten immer noch dem Verlust zu. Albertina war schließlich ihre wichtigste Bezugsperson gewesen, ihr Tod traf Soraya besonders hart. Irgendwann ließ ich dann den Tierarzt kommen, weil Sorayas rechtes Auge eines Morgens sehr stark tränte. Tja, und der stellte auf beiden Augen eine periodische Augenentzündung im hinteren Augenabschnitt fest. Diese Art der ERU ist anfangs ziemlich schwer zu erkennen. Meist kommt man erst dahinter, wenn es bereits zu spät ist. Was bei Soraya leider auch der Fall gewesen ist. Sie bekam dann Medikamente und Augensalben, aber Sorayas Sehstärke war schon zu sehr geschädigt. Es ist also meine Schuld, dass sie blind geworden ist. Hätte ich es früher bemerkt, hätte man ihr Augenlicht vielleicht retten können.« Elsies Großvater seufzte schwer und fuhr mit krächzender Stimme fort: »Ich glaube kaum, dass sie mittlerweile noch viel sieht. Doch um mit ihrer Erblindung zurechtzukommen, hätte sie Albertina gebraucht … zu ihr hätte Soraya genügend Vertrauen gehabt.« Er sah Ava flehend an. »Aber vielleicht, wer weiß …« Er griff nach dem Strick, der am Haken der Boxentür hing, und reichte ihn ihr durch die Boxenstäbe. »Einen Versuch ist es wert. Fast alle Reitschüler sind weg. Ich denke, Soraya hat sich ein paar Sonnenstrahlen verdient. Willst du sie nicht rausführen auf den Paddock?«

Ava starrte Silvester Hennelly sprachlos an. »Ich? Wirklich? Aber was sagt Elsie dazu?«

»Hab ich das noch nicht erwähnt?« Der alte Mann lächelte hoffnungsvoll. »Ich habe vorhin mit meiner Enkelin gesprochen. Wenn du willst, kannst du ab jetzt Soraya häufiger besuchen kommen. Du hast einen Draht zu ihr, und ein bisschen Pflege würde ihr guttun. Natürlich kein Reiten, nur Putzen und Füttern, und vielleicht auch ein bisschen Bodenarbeit, wenn du willst. Elsie hat nichts dagegen, solange ich die Aufsicht übernehme. Das war die Bedingung. Und natürlich musst du es auch wollen. Das ist das Wichtigste, denke ich, nicht?« Er blickte Ava mit seinen wachen, hellen Augen an, und das sah wieder einmal ziemlich geheimnisvoll aus. So, als hätte er das alles längst geplant. Nur dass Ava bisher nichts davon gewusst hatte.

»Sie meinen, sie soll mein Pflegepferd werden?« Ungläubig blickte sie durch die Boxenstäbe.

»Wenn du willst«, erwiderte Silvester.

»Und Elsie ist tatsächlich damit einverstanden?«

Der alte Förster lachte plötzlich. »Sie hat das sogar vorgeschlagen. Außerdem hat sie noch gemeint, dass du ihr in Zukunft samstags bei den Ponystunden helfen könntest, dann würde sie dich auch weiterhin reiten lassen. Als Bezahlung, sozusagen.« Er grinste wie ein Honigkuchenpferd.

Ava konnte kaum glauben, was sie da eben gehört hatte. Sie sollte nicht nur mit Soraya arbeiten, sondern auch wieder reiten dürfen? Sogar umsonst?

Na ja, ein bisschen Arbeit würde sie schon leisten müssen. Aber die Ponys für die Reitstunden herzurichten und den kleineren Kindern dabei zur Hand zu gehen, war im Grunde genommen keine Arbeit, sondern eine Selbstverständlichkeit als Pferdenärrin.

Aber würde sie mit Soraya auch wirklich zurechtkommen? Nicht mal Elsie war das bisher gelungen, und die war wirklich ein Ass, wenn es um Pferde ging. So viel hatte Ava längst mitbekommen.

Zögernd blickte sie zur Stute. Das Silberpferd schien sie ebenfalls zu mustern, aber mehr mit dem Herzen als mit den Augen.

»Na los!«, rief Elaf dazwischen. »Worauf wartest du?«

Ava griff nach dem Strick. »Also gut. Ich lasse es Soraya entscheiden. Immerhin muss sie es auch wollen.«

Silvester Hennelly nickte respektvoll. »Du hast sie schnell durchschaut. Bei Soraya hat noch nie etwas mit Zwang geklappt.« Er hievte sich hoch und schob die Boxentür auf. »Hast du schon mal mit einem blinden Pferd gearbeitet?«

Ava schüttelte den Kopf.

»Eigentlich macht es kaum einen Unterschied. Du musst nur für sie sehen, das ist alles. Soraya weiß nicht, wohin sie läuft. Achte also darauf, was vor dir ist. Die kleinste Unebenheit kann sie verunsichern, wenn du sie vorher nicht darauf aufmerksam machst. Also sprich mit ihr und gib ihr klare Kommandos.«

Silvesters Worte ließen Avas Herz kurz in die Höhe schnellen, doch dann spürte sie die Wärme und auch diese seltsame Verbundenheit, die von Soraya ausging, und sie nickte. Einen Versuch war es wert. Wenn sie weiterhin Pferden aus dem Weg ging, würde sie ihren Flint davon auch nicht wieder zurückbekommen. Soraya hingegen könnte enorm von ihrer Übereinkunft profitieren … und sie selbst nicht auch irgendwie?

»Komm, Silverhorse, wir gehen auf den Paddock.« Leise schnalzte Ava mit der Zunge, und Soraya spitzte augenblicklich die Ohren, als würde sie wissen, was auf dem Spiel stand.

Elaf war vorausgegangen, um ihnen den Weg freizuräumen, falls nötig. Ava folgte ihm dankbar, während sich die Stute eng an sie schmiegte, so als ob sie sich an Avas Bewegungen orientierte. So schien das blinde Pferd automatisch zu wissen, wohin es gehen musste. Ava fiel auf, dass es dabei ziemlich wankte. Soraya hatte Probleme mit dem Gleichgewicht, und so einfach, wie Silvester vorhin behauptet hatte, war es dann doch nicht, ein blindes Pferd über den Hof zu manövrieren. Plötzlich waren tausend Dinge im Weg, die Ava vorhin gar nicht aufgefallen waren. Ecken, Kurven, scharfe Kanten, ein Blumentrog, Elafs Mistkarre ... sogar wenn der Boden unter ihnen unebener wurde, zögerte Soraya augenblicklich. Dennoch ging sie neben Ava her, und das war wirklich eine kleine Sensation!

Als die Stufe vor dem Paddock kam, sagte Ava: »Steig!« Und tatsächlich hob Soraya brav die Hufe, sodass sie nicht ins Stolpern geriet. Dann aber wären sie beinahe doch noch mit der Futterraufe zusammengekracht. Zum Glück konnte Ava Soraya rechtzeitig bremsen, ehe die Stute mit dem Kopf gegen die Metallstäbe knallte. Mit ein bisschen Übung und Vertrauensarbeit ließe sich bestimmt viel erreichen, dachte sie und ging in Gedanken gleich etliche Übungen durch, die sie auch mit Flint ab und an gemacht hatte.

Als sie Soraya vom Strick befreite und das Pferd genüsslich in der Frühlingssonne zu fressen begann, kam Silvester dahergehumpelt. »Und? Schon zu einer Antwort gekommen?«, fragte er, obwohl er sie längst kannte. Zumindest kam Ava das so vor, denn er lächelte siegessicher.

»Das war der absolute Hammer«, rief Elaf und strahlte Ava mit waldgrünen Augen vom Rand des Paddocks an. »Soraya war total zahm!«

Zärtlich tätschelte Ava Sorayas silbergrauen Hals. »Also gut«, sagte Ava daraufhin atemlos und konnte es selbst noch gar nicht fassen, dass sie ab jetzt zu Soraya kommen durfte, wann immer sie wollte. »Dann also bis morgen?«

Der alte Silvester nickte lachend, und Elafs grüne Augen funkelten vor Freude. Wie es schien, fand nicht nur Silvester die Vorstellung gut, dass Ava ab jetzt häufiger ins Forsthaus kam, und das ließ ihr Herz vor Freude glatt noch mehr hüpfen.

Still saß Lou in der Straßenbahn und blickte zum Fenster hinaus. Daran war an sich nichts Ungewöhnliches. Lou liebte eben die Stille, doch dieses Mal kam es Ava so vor, als würde sich Lou über irgendetwas ärgern. »Alles klar?«, fragte sie deshalb.

Lou nickte. »Das war echt der Hammer, was du heute mit Soraya gemacht hast. Auch Elaf war hin und weg.«

»Du hast es gesehen?«, fragte Ava überrascht. Doch dann nickte sie. Klar hatte Lou es gesehen. Irgendwo aus sicherer

Entfernung. Mit ihrer Kamera. Lou schien alles damit festzuhalten. »Darf ich mir die Fotos denn angucken?«

Lou zögerte einen Augenblick, doch dann fischte sie die Spiegelreflexkamera aus dem Rucksack und schaltete sie ein. Auf dem kleinen Display flammten die Fotos auf. Sie sahen wunderschön aus, und Ava schenkte Lou ein überraschtes Lächeln. »Du hast echt so was von Talent, weißt du das? Auf deinen Fotos sieht alles ganz einfach und harmonisch aus. Dabei hatte ich Schweißausbrüche, als ich sie zum Paddock geführt habe.«

»Dann hast du es dir nicht anmerken lassen.«

»So ein Quatsch!«, widersprach Ava schnell.

Doch Lou zuckte mit den Schultern und packte die Kamera wieder weg. »Bilder sagen eben mehr als tausend Worte«, murmelte sie und blickte abermals zum Straßenbahnfenster hinaus, wo die Häuser der Stadt schnell dichter wurden und das Grün des Waldes verblasste.

»Du hast recht«, sagte Ava plötzlich, und ihr Gesicht hellte sich dabei auf. »Du könntest mich ab jetzt doch begleiten, wenn ich mit Soraya trainiere, und Fotos davon schießen. Soraya ist ja auch ein Unpaarhufer, und Frau Plettner hat bestimmt nichts dagegen, wenn wir die Bioarbeit über sie machen. Deine Fotos wären genial. Die sind so schön, dass uns eine Eins schon jetzt garantiert ist, wetten?« Avas Plan war, mit ihrem Vorschlag das plötzliche Eis zwischen ihnen beiden wieder zum Schmelzen zu bringen, doch weit gefehlt.

»Hör mal, die Fotos sind nur für mich«, murrte Lou daraufhin ziemlich unfreundlich. »Die Idioten aus der Klasse brauchen die gar nicht zu sehen!«

»Okay«, antwortete Ava irritiert. »Es war ja nur eine Idee. Wäre einfach schön gewesen, wenn du in Zukunft mitgekommen wärst. Flauschbär hätte sich sehr gefreut … und ich mich auch.« Sie schenkte ihrer Freundin ein versöhnliches Grinsen. »Na, komm schon! Du kannst mich doch jetzt nicht hängen lassen. Vergiss die Fotos … darum geht's doch gar nicht. Ich will dich einfach dabeihaben, das ist alles.«

Lou entwischte ein versonnenes Lächeln. »Flauschbär ist schon niedlich. Nicht so wild wie dein Silberpfeil.«

»Ach, sind Pferde also doch nicht so doof und gefährlich?« Ava stupste ihre Freundin mit der Schulter an. »Und? Kommst du nun mit? Bitte! Ich brauche dich dringend. Als seelische Unterstützung, ist doch logisch!«

Lou gab sich geschlagen. »Also gut.«

»Super!«, jubelte Ava und fiel ihrer Freundin um den Hals.

In dem Moment hielt die Straßenbahn an ihrer Station, und die beiden Mädchen stiegen rasch aus. Dabei kam Ava die Stadt plötzlich gar nicht mehr so laut und hässlich vor wie noch vor wenigen Wochen.

#BUNTHIC

»Sei nicht zu zögerlich«, rief Silvester Hennelly vom Rand des Reitplatzes, wo er es sich früh am Sonntagmorgen auf einem alten Klappstuhl gemütlich gemacht hatte und Ava und Soraya nun bei der Bodenarbeit beobachtete. Sie hatten dafür einen riesigen Hindernisparcours aufgebaut, durch den Ava Soraya lotsen sollte.

Über dem Forsthaus lag wieder diese verwunschene Stille, die von diesem Ort ausging. Der Wald verströmte seine ruhige Energie. Guinevere und ihre Herde grasten auf der Lichtung. Elsie trainierte in der Reithalle den Hannoveraner. Von Elaf fehlte leider jede Spur. Es war eben Sonntag und nicht Samstag. Dennoch war Ava enttäuscht. Irgendwie hatte sie gehofft, dass er trotzdem kommen würde. Und auch Lou war nicht da. Erst am Morgen hatte sie ihr geschrieben:

LOU: Kann doch nicht heute, kraul Flauschbär von mir, bis morgen in der Schule *wink*

Ava ärgerte sich. Ein bisschen mehr Unterstützung hätte sie sich von den beiden schon gewünscht. Als ob Soraya spürte, dass Ava in Gedanken gerade ganz woanders war, donnerte die Silberstute prompt mit dem Huf gegen den Cavaletti-Block, der sonst als Stangenauflage diente und jetzt als Weghindernis gedacht war.

»'tschuldigung«, murmelte Ava verlegen. Den Cavaletti-Block hatte sie völlig übersehen. Wie dumm von ihr! Bange blickte sie zu Silvester hinüber. Der Eisklotz hätte schon längst eine Schimpftirade auf sie losgelassen.

Doch Elsies Großvater wedelte bloß mit dem Gehstock und rief: »Mach's noch mal, und dieses Mal besser.« Dann grinste er unter seinem weißen Rauschebart und fügte verschmitzt hinzu: »Übrigens ist es nett gemeint, dass du dich bei Soraya entschuldigst, aber helfen tut ihr das nicht. Besser ist, du guckst weiter nach vorne. Mindestens fünf Meter. Dann bekommst du die Zeit, die du brauchst, um sie zu dirigieren, verstanden?«

Ava nickte, und Soraya hob ihren schönen silbernen Kopf. Ihre lange silbergraue Mähne fiel zur Seite, sodass ihre Mondaugen zum Vorschein kamen. Wie immer überfiel Ava ein Gefühl von Traurigkeit, wenn sie in ihre blinden Augen blickte. Doch dann stupste Soraya sie an, als wollte sie sagen: »Mach doch nicht so ein langes Gesicht! Ich bin bloß blind, nicht lahm. Also, schwing die Hufe!«

Ava musste lächeln. »Schon gut, ich mach ja schon. Und dieses Mal passe ich besser auf, versprochen«, flüsterte sie und schnalzte mit der Zunge. Das war das Kommando, auf das Soraya gewartet hatte. Sie schritt neben Ava her, während Ava nun peinlichst genau Silvesters Rat beherzigte. Und tatsächlich klappte es gleich besser. Je früher sie begann, Soraya auf etwas aufmerksam zu machen, umso besser gelang ihr das Timing. Auch das Stehenbleiben funktionierte nun mit dieser Methode. Dabei war es nur wichtig, dass Ava jetzt viel weiter im Voraus dachte, als es sonst beim gewöhnlichen Training mit Pferden nötig war. Beim Slalom hingegen hatten sie weiterhin Probleme. Soraya stolperte mit ihren Hinterbeinen über jede Pylone, die Silvester aufgestellt hatte. Am Ende des Slaloms begann die Silberstute vor Wut glatt auszuschlagen, und das grellorangefarbene Hütchen flog über den Reitplatz. Soraya erschreckte sich daraufhin und preschte blindlings vor. Ava hatte alle Hände voll zu tun, um sie wieder unter Kontrolle zu kriegen.

Dabei kam sie ganz schön ins Schwitzen, doch Silvester meinte bloß: »Wir müssen an ihrer Hinterhand arbeiten, damit sie wieder ihre Balance findet. Am besten ist, wir nehmen sie das nächste Mal an die Longe.« Damit war die Stunde beendet, und Ava brachte Soraya zurück auf ihren Paddock.

Als sie danach am Sattelplatz vorbeiging, um Sorayas Putzzeug zu holen, traf sie auf Elsie, die gerade dabei war, den jungen Hannoveraner abzusatteln.

»Und?«, wollte die Pferdetrainerin prompt wissen. »Wie läuft's?«

Ava zwang sich zu einem unbekümmerten Lächeln. »Wird schon«, antwortete sie tapfer.

Elsie jedoch lachte. »Mach dir nichts draus. Mein Großvater ist immer so. Ständig meint er, dass alles kein Problem ist – und dann kommt das echte Leben und zeigt, dass es doch anders ist.« Sie pustete sich ihr kurzes braunes Haar aus dem Gesicht und fügte hinzu: »Gar nicht so einfach mit ihr, stimmt's?«

Ava biss sich schuldbewusst auf die Unterlippe, und Elsie begann, dem Hannoveraner mit kräftigen Kreisbewegungen die Schweißkrusten aus dem Fell zu schubbern. »Nur damit du das nicht falsch verstehst: Ich finde es gut, was du für sie machst. Und ich will dich auch auf keinen Fall entmutigen! Ich weiß, wie sehr Großvater an ihr hängt. Ich will aber auch, dass du weißt, worauf du dich einlässt. Soraya ist und bleibt unberechenbar. Sei dir dessen *immer* bewusst, wenn du mit ihr arbeitest. Schließlich sollen deine Knie wenn möglich heil bleiben.« Elsie hielt inne und sah Ava prüfend an. Als Ava ihren Blick fragend erwiderte, seufzte Elsie. »Hab ich mir's doch gedacht, dass er diese eine Sache verschwiegen hat.« Die Pferdetrainerin verzog ihren Mund zu einem bitteren Lächeln. »Ja, Soraya hat Silvesters Knie zertrümmert. Er bräuchte dringend ein neues Kniegelenk, aber er ist zu stur, um sich operieren zu lassen. Er meint, er könne mich hier nicht alleine lassen mit der ganzen Arbeit. Dabei hat er nur Schiss vor der OP.« Sie verdrehte die Augen. »Na, vielleicht kannst du ihn ja dazu überreden?! Mit einem neuen Knie könnte er wieder ohne Stock gehen und hätte keine Schmerzen mehr.«

Ava nickte fassungslos. Elsie hatte ihr bestimmt nicht mit Absicht Angst machen wollen, doch genau die verspürte sie jetzt.

Ihre Angst lag nicht darin, verletzt zu werden. Denn irgendetwas konnte immer geschehen, auch wenn man noch so sehr aufpasste, darüber war sich Ava im Klaren. Das war schon mit Flint so gewesen. Einmal hatte sie sich sogar eine ziemlich schlimme Gehirnerschütterung zugezogen, als sie beim Springtraining aus dem Sattel gehoben wurde und gegen den Oxer gekracht war.

Ihre Angst lag deshalb vielmehr darin, dass sie mit ihrem Einsatz alles noch schlimmer machte. Soraya noch mehr in Gefahr brachte. Ihr eigenes Herz noch mehr bluten ließ, als es ohnehin der Fall war. Was passierte, wenn die ganze Sache schiefging? Wenn sie mit Soraya nicht klarkam und Ava sie deshalb nicht mehr sehen durfte? Würde sie einen Verlust ein weiteres Mal verkraften?

Nachdenklich ging sie zum Paddock zurück und lehnte sich erschöpft gegen das Gatter. Seit Sorayas Ausbruch hatte Elsie den Zaun verstärkt. Die Silberstute stand nun in einem massiven Round-Pen aus Metall, und das war vielleicht auch besser so, zumindest sicherer für Soraya.

Als ob Silverhorse Ava gewittert hätte, hob die Stute den Kopf, steckte die Nüstern in den Wind und drehte sich zu ihr um.

»Schlaues Mädchen«, murmelte Ava zärtlich und kroch unter dem Zaun hindurch. Augenblicklich tastete sich Soraya ihr entgegen und schnupperte an Avas Taschen. »Verfressenes schlaues Mädchen!«, korrigierte sie und gab Soraya eine Möhre. Dabei spürte sie das sanfte Ziehen in ihrem Inneren. Nein, dachte sie augenblicklich. Sie konnte dieses Pferd nicht im Stich lassen. Auch auf die Gefahr hin, dass sie selbst dabei zu Boden ging.

Das Handy wieherte, als Ava auf dem Nachhauseweg war. Das konnte nur eines bedeuten: Team Eschenthal sandte gnädigerweise endlich ein Lebenszeichen. Dabei herrschte seit Tagen Funkstille!

Sollen sie ruhig mal selbst spüren, wie das so ist, wenn man keine Antwort kriegt, dachte Ava grimmig und radelte einfach weiter, während ihr Handy nicht aufhören wollte zu wiehern. Schließlich hatten Freya und Sina sie in letzter Zeit sträflich vernachlässigt. Bestimmt, weil sie mich längst vergessen haben, dachte Ava traurig und trat kräftig in die Pedale. Außerdem wollte sie ohnehin so rasch als möglich nach Hause. Ihr Magen knurrte schon seit Stunden, und ihre Mutter hatte versprochen, abends Cannelloni mit Spinat und Parmesan zu machen. Als Ava daran dachte, lief ihr das Wasser im Mund zusammen. Seit dem Morgen hatte sie nichts mehr gegessen, und jetzt war es später Nachmittag. Elsie hatte ihr nach dem Training noch tausend Sachen aufgetragen, die es plötzlich zu erledigen galt. Jetzt war sie völlig platt. Als sie die Haltestelle erreichte und die Straßenbahn noch nicht da war, siegte die Neugierde, und sie zog nun doch das Handy hervor.

SHOW JUMPING GIRLS: Hi! Sorry, dass wir uns erst jetzt melden. Alles gut? Was machst du gerade? *küss*

Ava starrte auf die Zeilen. Warum fühlte sich das plötzlich so verdammt fremd an? Früher waren Freya und Sina ihre allerbesten Freundinnen gewesen, und jetzt wusste sie nicht mal, was sie auf diese dämliche Nachricht antworten sollte. Dass sie grade dabei war, einem blinden Pferd zu helfen, obwohl sie nicht sicher war, ob sie das überhaupt konnte? Nein, das wollte sie nicht schreiben. Freya und Sina würden das vielleicht nicht verstehen, immerhin war ein blindes Pferd für die meisten Menschen bloß ein Problem. Wer weiß, vielleicht dachten ihre Freundinnen aus Eschenthal ja genauso darüber. Ava seufzte und schickte einfach einen Kuss-Smiley. Der musste den beiden fürs Erste genügen. In letzter Zeit hatten sie Ava schließlich oft genug warten lassen, jetzt konnten auch sie mal warten! Doch prompt wieherte das Handy erneut.

SHOW JUMPING GIRLS: Wow, voll gesprächig heute, was? *grins* Haben kein Training, weil der Eisklotz heute als Richterin unterwegs ist. *augenroll* Weißt du schon, ob du kommen wirst? In den Pfingstferien? Zum Turnier? Bitte!!! Fehlst uns!!!

AVA: Ihr fehlt mir auch *seufz* Aber ich glaube nicht, dass sich das machen lässt.

SHOW JUMPING GIRLS: Was? Warum nicht? Du kannst doch mit dem Zug kommen und bei uns pennen! Bitte! Haben uns schon so lange nicht mehr gesehen … du kannst das Hausturnier auf Eschenthal auf keinen Fall sausen lassen, alle freuen sich auf dich … und Flint erst!

Als Ava Flints Namen las, wurde sie wütend. Was dachten sich die beiden nur dabei? Dass sie das völlig kaltließ? Früher waren sie eine eingeschworene Clique gewesen – die *Show Jumping Girls von Eschenthal* –, doch jetzt schien nicht mehr viel davon übrig zu sein. In der Ferne hörte Ava die Straßenbahn näher kommen, und sie tippte hastig:

AVA: Seid mir nicht böse, ich muss los, melde mich abends bei euch.

Dann schob sie demonstrativ das Handy weg, als plötzlich das Schild vor ihren Augen aufleuchtete. Es war Ava erst jetzt aufgefallen, und zwar mit einer Deutlichkeit, die sie nicht ignorieren konnte. *Zum Café-Durmerlin, 10 Minuten Gehzeit*, stand auf dem gelben Wanderwegweiser.

Ava starrte auf die Buchstaben. Ob Elaf im Café seiner Eltern war? Dann konnte sie ihn wegen Silvesters Knie fragen. Auch wenn ihr Magen knurrte wie ein Grizzly, musste sie jetzt mit jemandem darüber quatschen. Einen Versuch war es wert. Schließlich war es nicht verboten, ins Café zu radeln. Also kehrte sie der herbeikommenden Straßenbahn den Rücken und schwang sich aufs Rad, ehe sie es sich anders überlegte.

Der Weg schlängelte sich weiter durch den Wald. Wenige Minuten später hatte sie das Café auch schon erreicht.

Der schmucke Pavillon befand sich am Anfang einer langen Allee. Die führte hinauf zu einer majestätischen Burgruine, die der Stadt ihren Namen verliehen hatte. Doch Ava war nicht wegen der alten Cassisburg gekommen, wenngleich die wirklich beeindruckend war. Der Turm mitsamt den Restmauern aus Sandstein und den viktorianischen Fensterbögen erhob sich dramatisch auf einem Felsmassiv. Dazu leuchtete der Frühlingshimmel im rötlichen Nachmittagslicht. Kein Wunder, dass das Café am Fuße der Ruine sonntags brechend voll war. Das hier war in der Tat ein schöner Ort. Zwischen den gut gefüllten Tischen hielt sie Ausschau nach Elaf. Doch von dem schwarzhaarigen Jungen mit den waldgrünen Augen fehlte jede Spur.

Mist, dachte Ava und wollte schon kehrtmachen, als sie ihn im nächsten Augenblick doch erspähte. Elaf kam eben aus dem Pavillon, mit einem riesigen Tablett in den Händen, auf dem er unzählige Eisbecher jonglierte. Ava sah von Weitem, wie gestresst er dabei wirkte, und mit einem Mal verließ sie der Mut. Mit Sicherheit würde Elaf es total merkwürdig finden, wenn sie ihm hier auflauerte, dachte Ava beklommen und schwang sich eilig zurück in den Fahrradsattel. Immerhin konnte sie ihn ja auch in der Schule danach fragen und musste ihn nicht gleich deswegen stalken.

Weil es vom Café jetzt nicht mehr weit in die Innenstadt war, entschloss sie sich, anstatt der Straßenbahn weiter den Radweg zu nehmen. Er war gut gekennzeichnet, und schnell hatte Ava wieder Asphalt unter den Reifen. Die ersten Häuser der Stadt begrüßten sie, als plötzlich etwas Buntes vor ihren Augen aufflackerte. Sie kannte nur einen Menschen, der hellgrüne Jeans mit einem knallgelben Wollpulli kombinierte und noch dazu ein Vogelnest auf dem Kopf trug. Lou. Keine zwanzig Meter vor ihr strampelte sie die Gasse entlang. Dabei leuchteten ihre Klamotten fröhlich in der Frühlingsbrise, und Ava spürte, wie sehr sie sich über den bunten Anblick ihrer Freundin freute.

»Hi«, rief sie, als sie Lou eingeholt hatte.

Lou zuckte vor Schreck zusammen. »Ach, du bist es. Tut mir leid wegen heute. Meine Großeltern sind spontan zu Besuch gekommen, und meine Eltern haben darauf bestanden, dass ich bleibe.« Sie lenkte das Rad in eine Nebengasse, und Ava folgte ihr wie selbstverständlich. »Und? Wie ist es gelaufen?«, fragte Lou.

Ava war froh, endlich erzählen zu können, was sie herausgefunden hatte. Als sie an die Stelle kam, wo Elsie die Wahrheit über Silvesters Knie herausrückte, bremste Lou.

»Hey, so schlimm ist es dann auch wieder nicht …«, sagte Ava schnell und brachte ihr Rad ebenfalls zum Stehen. Als Lou jedoch keine Anstalten machte weiterzufahren, lächelte sie nervös. »Ehrlich, ich passe schon auf, dass mir nichts geschieht, versprochen. Du bist ja schlimmer als meine Mum …« Sie hielt verdutzt inne, als Lou ihr Rad als Nächstes an einem Vorgartenzaun mit ihrem Vorhängeschloss absperrte. »Hä? Was tust du denn da?«

»Hier wohnen«, antwortete Lou schlicht.

»Hier?« Ava starrte auf das riesige Haus, das so gar nicht zu Lou passte. Andererseits, was passte schon zu Lou?

»Mann, gaff nicht so! Ich kann ja auch nichts für den Geschmack meiner Eltern«, stöhnte Lou und öffnete das Gartentor. »Willst du jetzt mit reinkommen oder nicht?«

Ava folgte ihr wie in Trance. Dabei kam es ihr vor, als hätte sie ein Déjà-vu. Das Gebäude hatte verdammte Ähnlichkeit mit ihrem alten Zuhause. Zumindest von außen. Es war eines dieser typischen Würfelhäuser, mit weißem Anstrich und grauen Fenstern. In den letzten Jahren waren die überall in gut betuchten Wohngegenden wie die Pilze aus der Erde geschossen. Es war also nicht weiter verwunderlich, dass Lous Zuhause ihrem alten glich. Wie es wohl von innen aussah? Ava machte sich schon auf das Schlimmste gefasst, doch dann bemerkte sie, dass dieses Haus nicht unterschiedlicher zu ihrem alten Zuhause hätte sein können. Denn während ihre Eltern es eher gemütlich liebten, wirkte Lous Zuhause von innen kühl und modern. Große Schwarz-

Weiß-Aufnahmen hingen an den Wänden, steinerne Skulpturen standen in den Ecken, und auch sonst wurde hier ausschließlich auf dezente Farben Wert gelegt. Das einzig Bunte in dem großen Eingangsbereich war Lou. Sie sah aus wie eine kleine Farbexplosion.

»Willkommen in Trostloshausen«, murrte ihre Freundin, als hätte sie Avas Gedanken erraten. »Hier regieren Schwarz und Weiß die Welt. Und klar, ein bisschen Grau darf es auch sein, wir wollen schließlich nicht eintönig rüberkommen!« Sie verdrehte die Augen.

Unsicher schüttelte Ava ihren Pferdeschwanz und kam sich prompt schrecklich fehl am Platz vor. Immerhin trug sie Stallhosen und roch ziemlich streng nach Pferd. Genau genommen nach Soraya. Aber das würden Lous Eltern bestimmt auch nicht geschmackvoller finden, wenn sie erst mitbekamen, dass Ava in ihrem piekfeinen Zuhause in Stallklamotten rumlief. Hier war es so sauber, dass sie sich glatt in den Hochglanzfliesen spiegeln konnte. Prompt fiel ein Strohhalm von ihren Socken auf die Fliesen. Ava grinste verlegen, während sie versuchte, ihn heimlich in eine Ecke zu manövrieren. »Sind deine Eltern Kunsthändler oder Kunsträuber?«, fragte sie frech.

»Noch schlimmer«, lachte Lou. »Meine Mutter ist Fotografin und mein Vater Bildhauer. Wie du siehst, nehmen sie ihr Künstlerleben verdammt ernst. Also lass uns lieber schnell nach oben gehen, ehe sie uns in die Finger kriegen. In meinem Zimmer kann man wenigstens atmen, ohne vor

Ehrfurcht zu erstarren.« Sie nahm Ava an die Hand und zog sie mit hinauf ins Obergeschoss. Als Lou die Tür ihres Zimmers öffnete, prustete Ava los. »Ja, eindeutig! Das ist dein Zimmer«, lachte sie und blinzelte, weil ihr die Augen von dem Anblick wehtaten. Lou hatte die Wände in den verschiedensten Farben gestrichen. Ein bunter Mix wie von einem misslungenen Graffiti knallte ihr entgegen. Sogar die Vorhänge waren bunt, und der Teppich ebenso. »Kannst du hier ernsthaft ein Auge zumachen? Ich meine, das ist so grell, dein Zimmer leuchtet bestimmt nachts von allein!«

Lou ließ sich auf ihr ebenso buntes Bett fallen, wo eine dreifarbige Katze gerade ein Nickerchen machte. »Gut, nicht?« Sie grinste zufrieden. »Meine Eltern hassen es.« Sie strich zärtlich über die schlafende Katze, die sich jedoch nicht wecken ließ, also ließ Lou sie weiterschlafen.

»Wieso denn?«, fragte Ava automatisch und ließ sich auf einen Sitzsack fallen, der ausnahmsweise nur eine Farbe trug, nämlich Grellorange.

Lou zupfte umständlich die knallgelben Flusen von ihrem Wollpulli. »Na, ständig wollen sie, dass ich in ihr ach so künstlerisches Leben passe. Am besten in Schwarz, Weiß oder Grau. Aber den Gefallen tue ich ihnen in tausend Jahren nicht!«

»Und deshalb die Farben?«, rief Ava. »Du machst das wegen deiner Eltern?!«

Lou griff nach ihrem Haarband und ließ ihre dunklen Locken frei, sodass sie mit einem Mal gar nicht mehr nach Lou aussah. »Kannst du dich an Tristan erinnern? Den aus der Zehnten?«, fragte sie plötzlich.

»Du meinst den schwarzen Tristan?«

»Genau der«, stöhnte Lou. »Ich bin das Gegenteil davon, verstehst du?«

»Nö«, lachte Ava. »Kein bisschen!« Ehrlich gesagt verstand sie gerade gar nichts von dem, was Lou ihr zu erklären versuchte.

»Na ja, er ist doch auch so ein Künstlertyp«, erwiderte sie und kramte aus ihrem Nachttisch eine Packung Kekse hervor. Sie hielt sie Ava hin, und Ava griff gierig danach. Die Schoko zerging in ihrem Mund, und sie seufzte behaglich auf. Fast war es so wie früher auf Eschenthal, wenn sie mit Freya und Sina in der Sattelkammer hockte und sie gemeinsam über den Eisklotz herzogen.

Auch Lou nahm sich einen Keks und erklärte mampfend: »Tristan läuft doch ständig in diesen schwarzen Klamotten rum und glaubt total, etwas Besseres zu sein.«

Ava nahm sich noch einen Keks. »Also, dieser XluX ist mir so was von schnurz. Was um alles in der Welt hat der damit zu tun? Bist du verknallt in den, oder was?«

»Spinnst du?«, kreischte Lou auf, sodass die Katze empört mit ihrem Ohr zuckte, ehe sie wieder in Tiefschlaf fiel. »Nie und nimmer! Blöderweise aber meine Eltern. Sie sind mit Tristans Eltern befreundet. Nach ihrer Vorstellung sollte ich genauso sein wie er … und nicht so … na ja, wie ich es bin«, vervollständigte sie den Satz und sah mit ihrem knallgelben Pulli plötzlich wie ein zusammengesunkener Vanillepudding aus.

»Spionierst du ihm deshalb hinterher?«, fragte Ava verwundert.

»Was? Tue ich doch gar nicht?«, sagte Lou schnell. »Wie kommst du denn auf diesen Mist?«

»Ach, nichts«, winkte sie ab. Vermutlich hatte sie sich bloß geirrt, und Lou war zuletzt nur aus reinem Zufall hinten am Sportplatz gewesen. Kurz hatte sie nämlich den Verdacht gehegt, Lou würde sich für diesen XluX interessieren. Was anscheinend doch nicht so war, und deshalb grinste sie schief. »Ich glaube, ich verstehe es jetzt«, sagte sie, um Lou zu trösten, was sichtlich klappte. Denn prompt hellte sich deren Gesicht auf.

»Ehrlich?«

»Klar! Du trägst Bunt aus Überzeugung. Wie diese Typen, die wie Zombies rumlaufen. Nur umgekehrt, weil du ja Schwarz ablehnst. Also bist du kein Gothic, sondern ein … na ja, *Bunthic.*« Ava grinste. »Du bist also mindestens so cool wie Tristan, dieser Sargträger.«

Lou starrte Ava einen Moment lang an, ehe sie losprustete. »Aus deinem Mund klingt das richtig logisch!«

»Ist es auch! Du bist ein hipper Bunthic, der megatolle Fotos knipst. Das ist wahre Kunst. Deine Eltern kapieren das nur nicht.«

Lou seufzte. »Weißt du, dass du die Erste bist, die meine Fotos gut findet?«

»Was? Haben deine Eltern Geschmacksverirrung?«, rief Ava empört.

»Na ja, ich habe sie ihnen noch nie gezeigt«, gab Lou ehrlich zu. »Eigentlich habe ich noch niemandem meine Bilder gezeigt. Du bist die Einzige, die sie bisher gesehen hat ... und so soll es auch bleiben«, fügte sie eilig hinzu und sah Ava dabei eindringlich an. »Sonst ... na ja, sie würden es nur wieder zu ihrem Eigenen machen. Ich weiß, das klingt komisch ... aber stell dir vor, deine Mum würde total auf Soraya abfahren und dich überall kritisieren und verbessern wollen. Das würde dich doch auch nerven, oder nicht?«

So hatte Ava das noch nie gesehen. Ihre Liebe zu Pferden war immer ihr Eigenes gewesen. Ihre Eltern hatten sich da nie wirklich eingemischt. Und mit einem Mal konnte sie Lou wirklich verstehen. »Keine Sorge«, sagte sie und schnappte sich noch einen Keks. »Das bleibt unser Geheimnis. Großes Pferde-Ehrenwort!«

SILBERTRAUM

Der Silbermond hing wie eine übergroße Kugel am dunklen Nachthimmel. Auf der Lichtung war es ungewöhnlich still. Die Vögel schliefen, und der Wind, der sonst so gern über die Wiesen strich und die Gräser in seinem Atemhauch tanzen ließ, schien ebenfalls zu ruhen. Oder hielt er inne vor Staunen?

Denn etwas bewegte sich auf der Lichtung. Grazil und kraftvoll zugleich. Das Pferd schimmerte gänzlich im Licht des Vollmondes, sein seidenes Fell, die lange Mähne, sogar seine Augen wirkten völlig silbern. Im gestreckten Galopp preschte es über das taunasse, vom Nebel bedeckte Gras, sodass seine Hufschläge kaum zu hören waren, als sie den Boden berührten, nur ein leises Rauschen war zu vernehmen, mehr nicht. Es war, als flöge das Silberpferd – und es flog nicht allein. Auf seinem Rücken saß ein Mädchen, und bloß ein Silberstreif war jetzt noch von den beiden zu sehen, während sie über die Lichtung donnerten, und auch ein Hauch von Gold war dabei, der von dem wehenden Haar des Mädchens kam, und um sie herum nur die dunkle Nacht.

Das Mädchen dirigierte das Silberpferd bloß mit seinen Gedanken, ohne Sattel, ohne Zaumzeug, als wären sie eins. Vom Schicksal bestimmt, verwoben von Mächten, die im Nebel lagen. Und während sie durch die Nacht ritten, das Silberpferd und das Goldmädchen, verschmolzen ihrer beiden Herzen unter dem Vollmond zu einer unauslöschlichen Einheit, und das Gefühl maßlosen Glücks überflutete sie …

»Wie? Was?« Ava schreckte hoch. In Gedanken war sie wieder bei dem Traum von letzter Nacht gewesen. Sie träumte ihn mittlerweile fast täglich, und er war unsagbar schön, aber zugleich auch unsagbar verwirrend. Im Traum hatte sie doch tatsächlich auf Sorayas Rücken gesessen, dabei galoppierten sie über die mondhelle Lichtung, ohne Sattel, ohne Zaumzeug, als wären sie vom Wind getragen …

Ava seufzte auf, als sie daran dachte. Denn die Wirklichkeit sah völlig anders aus. Ans Reiten mit Soraya war gar nicht zu denken. Nicht einmal die Bodenarbeit klappte. Um ehrlich zu sein, hatte Ava sich das alles mit einem blinden Pferd viel einfacher vorgestellt. Seitdem Silvester ihr Soraya als Pflegepferd angeboten hatte, war Ava beinah täglich nach der Schule ins Forsthaus geradelt, um mit Silverhorse zu trainieren. Ava gab also wirklich ihr Bestes. Doch je mehr sie sich anstrengte, umso schlechter funktionierte es. Gestern hatte Soraya an der Longe sogar nach ihr getreten, und nur reines Glück hatte sie davor bewahrt, nicht von Sorayas wütenden Vorderhufen erwischt zu werden. Von der anfänglichen Vertrautheit war nicht mehr viel übrig. Sogar Silvesters sonst so unerschütterliche Zuversicht begann allmählich Risse zu bekommen. Und der verdammte Traum machte alles nur noch schlimmer.

»Ava! Schläfst du etwa?« Herr Böring, ihr Mathelehrer, stemmte die Hände in die Hüften, während die halbe Klasse sie anstarrte und die andere ebenfalls vor sich hin döste. Er blickte Ava streng an. »Ich hab dich gefragt, ob 2 045 642 eine Primzahl ist!«, wiederholte der Mathelehrer tadelnd.

Natürlich hatte Ava nicht gepennt. Sie hatte geträumt, aber das würde Herr Böring bestimmt auch nicht besser finden. Betreten sah sie ihn an, als Elaf plötzlich hinter Herrn Börings Rücken unmerklich den Kopf schüttelte. »Nein«, sagte sie schnell.

»Und warum nicht?«, hakte Herr Böring nach.

Elafs waldgrüne Augen blitzten, und er machte mit der Hand das Peace-Zeichen. Oder waren es Hasenohren? Hasenohren für Herrn Böring?

Ava runzelte die Stirn. Bestimmt glaubte Elaf, sie damit aufheitern zu können, aber eine große Hilfe war das nicht. »Ähm … vielleicht, weil … ach, keine Ahnung«, gab Ava schließlich zu.

Herr Böring gab daraufhin ein grunzendes Seufzen von sich. »Wenn du aufgepasst hättest, wüsstest du, dass die Zahl keine Primzahl sein kann, weil sie *durch zwei* teilbar ist«, murrte er und kehrte zu seinem Lehrerpult zurück, während die Klasse erneut in Tiefschlaf verfiel.

Ava spürte die Röte auf ihren Wangen, als sie Elafs Blick kreuzte.

»Sorry«, murmelten seine Lippen, und er machte wieder die Hasenohren.

Da musste Ava plötzlich lächeln, als es ihr wie Schuppen von den Augen fiel. Zwei Finger, klar! Das hatte Elaf damit sagen wollen!

Als es endlich zur Pause läutete, lief sie mit Lou nach draußen. Auf dem Schulhof ging es heute ungewohnt geschäftig zu. Die meisten Schüler hatten heimlich ihre Handys gezückt und tuschelten fieberhaft miteinander.

Auch Florentine trat mit ihrer Gefolgschaft ins Freie. Sie wurde von den anderen umringt wie ein Stück Kuchen von einem Schwarm Wespen. Alle wollten einen Blick auf ihr nigelnagelneues iPhone erhaschen, das eben erst auf den Markt gekommen war und bestimmt über zweitausend Euro gekostet hatte. Dabei glänzte ihr langes, glattes Haar wie Feuer im Sonnenlicht, und auch wenn Ava die Angeberin nicht ausstehen konnte, musste sie dennoch zugeben, dass Florentine mit ihrem Feuerhaar unglaublich hübsch war. Dummerweise wusste Florentine ihre Schönheit gekonnt einzusetzen, und das machte sie auch so unsympathisch. »Haben die noch nie ein Protzhandy gesehen?«, kommentierte Ava das Geschehen trocken.

Lou grinste. »Na ja, dieser XluX hat mal wieder zugeschlagen. Hab's vorhin auf dem Mädchenklo mitbekommen. Dieses Mal hat er anscheinend ein Pic von der alten Cassisburg ins Netz gestellt, das den Müll zeigt, den die Leute an einem Wochenende auf der Ruine so wegwerfen …«

»Er hat die Burg fotografiert?«, unterbrach Ava sie ungläubig und beobachtete, wie eben Elaf aus dem Schulgebäude trat. Als er an Florentine vorbeikam, stellte die sich ihm glatt in den Weg.

»Hi, Elaf«, trällerte sie und schüttelte dabei ihr rotes langes Haar. »Hast du das Foto schon gesehen? Deine Eltern haben doch das Café dort. Sag mal, ist dir am Wochenende vielleicht was aufgefallen? Weißt du, wer dahinterstecken könnte?« Florentine lachte verschwörerisch. »Mir kannst du es ja verraten.«

Elaf schüttelte irritiert den Kopf. »Was? Keine Ahnung, ich war am Wochenende nicht dort«, murmelte er und ging rasch weiter.

Ava stutzte. Elaf war doch dort gewesen, sie hatte ihn im Café seiner Eltern genau gesehen. Warum log er? Das ergab keinen Sinn, doch dann dämmerte es ihr. Elaf verschwieg die Wahrheit, weil er … na, klar, weil er dieser XluX war – zumindest etwas über ihn wissen musste. Ava klappte vor Staunen der Mund auf. Plötzlich ergab das irgendwie einen Sinn. War sie also eben dem Rätsel auf die Spur gekommen? »Sag mal, hast du schon mal das Profil von diesem XluX genauer unter die Lupe genommen?«, fragte sie Lou neugierig.

Ihre Freundin warf ihr einen verwunderten Blick zu. »Ich dachte, der interessiert dich nicht?«

»Es ist nur …« Weiter kam Ava nicht, denn im nächsten Moment stand ausgerechnet Elaf vor ihnen.

»Hi, Löwenbändigerin, wie geht's?«, grinste er.

»Oh, hi!«, lachte Ava wie ertappt und fügte hastig hinzu: »Alles noch dran.« Sie wedelte mit ihren Händen. »Übrigens, danke wegen vorhin. Hätte ich nicht so ein megadickes Brett vorm Kopf gehabt …«

»Mach dir nichts draus. Ich höre das schließlich schon zum zweiten Mal«, brummte er und kickte umständlich einen Stein vom Weg. »Du, sag mal, sehen wir uns eigentlich morgen im Forsthaus? Ria kann es kaum erwarten, dass endlich Samstag ist.«

Ava nickte automatisch, während ihre Gedanken jedoch bei einer ganz anderen Sache waren. Mit zusammengekniffenen Augen begann sie Elaf zu mustern.

Der Junge sah in der Tat etwas geheimnisvoll aus. Er hatte ein markantes Kinn und schwarze Haare, die dicht und ungekämmt waren und ihn durchaus rebellisch wirken ließen. Was mit Sicherheit an der auffälligen Narbe lag, die auf seiner rechten Schläfe prangte. Obendrein lag in seinen waldgrünen Augen dieser undurchdringbare Schatten, doch den hatte Ava bisher seiner Ehrenrunde zugeschrieben. Aber lag es vielleicht anders? Hatte ihr Instinkt sie getäuscht, und Elaf verbarg in Wirklichkeit etwas anderes? Etwas Geheimnisvolleres? Aber war er deswegen gleich dieser XluX? Und wenn ja, was versprach er sich davon?

Plötzlich war XluX für Ava doch nicht mehr so uninteressant wie noch vor wenigen Minuten, und sie nahm sich fest vor, XluX' Account so bald wie möglich zu durchforsten, auch wenn sie sämtliche Social-Media-Kanäle bislang erfolgreich ignoriert hatte. Sie hatte auf Insta ja nicht mal einen Account, geschweige denn auf Snapchat oder Tumblr.

»Äh, ist was?«, fragte Elaf prompt, als Ava ihn weiterhin so unverblümt anstarrte.

»Ich glaube, es ist wegen Silvesters Knie«, erklärte Lou.

»Genau!«, rief Ava und klatschte sich gegen die Stirn. Wie hatte sie das nur vergessen können! Schon die ganze Woche über hatte sie nach einer passenden Gelegenheit gesucht, um Elaf in Ruhe danach zu fragen. Jetzt war der Zeitpunkt perfekt. Als sie ihm davon erzählte, nickte er langsam.

»Ich habe schon so was vermutet«, gab er zu.

»Und wie ist es passiert?«, fragte Ava vorsichtig.

»Beim Longieren«, antwortete Elaf.

Lou riss die Augen auf. »Aber ... das ist doch ... was du gestern ... da, wo sie so wild ...« Wie es schien, saß Lou der Schreck noch gehörig in den Knochen, dabei hatte sie gestern beim Training bloß von der Bande aus zugesehen und war nicht mal in die Nähe von Sorayas ausholenden Vorderhufen gekommen.

»Sie kann nichts dafür«, sagte Ava schnell, als sie Elafs wachsamen Blick kreuzte. »Schon vergessen? Soraya ist blind! Ich glaube, ihr ist vom Longieren einfach schwindelig geworden. Das würde uns auch passieren, wenn wir mit geschlossenen Augen im Kreis herumrennen müssten.«

»Genau das hat Silvester auch gesagt«, meinte Elaf trocken. »Und wie willst du jetzt vorgehen?«

»Ihr eine Brille kaufen«, scherzte Ava, doch als Lou und Elaf nicht darauf eingingen, zuckte sie ratlos mit den Schultern. »Um ehrlich zu sein, weiß ich es selbst nicht«, gab sie seufzend zu und war froh, endlich von ihren Sorgen erzählen zu können. »Die Bodenarbeit klappt überhaupt nicht. Es ist, als würde sie nicht verstehen, was ich von ihr will.« Weil dieser verdammte Strick zwischen uns ist, dachte Ava grimmig, doch das behielt sie besser für sich. Elaf und Lou wirkten auch so schon besorgt genug. »Na ja, vielleicht klappt es ja morgen. Nach den Ponystunden möchte ich Soraya an die Doppellonge nehmen. Vielleicht kommt sie damit besser zurecht, weil ich so ihre Hinterhand unter Kontrolle habe, nur ... könnte ich dabei ein wenig Hilfe brauchen ... mit der Doppellonge zu arbeiten ist etwas tricky, ich hatte das mal bei Flint ausprobiert ...« Und der ist ein Streber, wenn es um Pferdemanieren geht, hängte sie im Stillen dran.

Zum Glück nickte Elaf augenblicklich. »Klar, du kannst dich auf mich verlassen.«

Lou hingegen zögerte, dann jedoch gab sie sich ebenfalls einen Ruck. »Aber ich werde auf keinen Fall näher als drei Meter rangehen, hört ihr? Macht euer Ding mal besser alleine, und ich achte darauf, dass der Paddock dabei schön verschlossen bleibt, und zwar von außen!«

Nun lachte Elaf doch, und Ava stimmte erleichtert ein.

Doch Als Paula Gildstein am Freitagabend zu Beginn der Pfingstferien den Kopf zur Tür hereinsteckte und sich an Avas Bett setzte, wusste Ava sofort, dass irgendwas im Busch war.

»Wir haben eine Überraschung für dich. Weißt du, was wir morgen machen werden?«, fragte ihre Mutter aufgekratzt.

Ja, zu Soraya gehen, dachte Ava, doch die Antwort verschwieg sie besser. Schließlich wussten ihre Eltern immer noch nichts von Soraya. Sie waren der Meinung, dass ihre Tochter in letzter Zeit bei Lou abhing, um für Bio zu büffeln. Und in dem Glauben sollten sie noch eine ganze Weile bleiben, auch wenn Ava sich dafür stets heimlich im Treppenhaus umziehen musste, was Frau Kaprian aus der Erdgeschosswohnung gern mit einem tatterigen Kopfschütteln quittierte. Aber solange Frau Kaprian sie nicht verpetzte, konnte sie den Kopf schütteln, soviel sie wollte.

Ihre Mutter riss sie aus den Gedanken. »Eigentlich haben es Freya und Sina für dich eingefädelt. Du musst dich also bei ihnen bedanken«, flötete Paula Gildstein und fügte in ernsterem Ton hinzu: »Ich weiß, wie schwer die letzte Zeit für dich gewesen ist. Also habe ich Papa dazu überreden können, dass wir morgen alle gemeinsam einen Ausflug machen. Und zwar nach Eschenthal zum Hausturnier!« Ihre Mutter riss die Arme in die Luft. »Tadaaa! Na, was sagst du?«

Anstatt einen Jubelschrei loszulassen, wurde Ava kreidebleich. »Ernsthaft?«

Ihre Mutter nickte, und ihr Gesicht strahlte dabei nun so hell, dass sich Avas Magen augenblicklich zusammenzog. Aus der Nummer würde sie nicht unbeschadet rauskommen, wurde ihr schlagartig klar. So energiegeladen hatte sie ihre Mutter schon lange nicht mehr gesehen. Auf keinen Fall wollte sie das kaputt machen. »Oh, was für eine, ähm ... Überraschung«, presste sie daher mühsam hervor.

Ihre Mutter lachte erfreut. »Ja, toll, nicht? Freya und Sina haben mich vor ein paar Tagen angerufen. Sie meinten, du wärst in letzter Zeit nicht wirklich ansprechbar gewesen, und sie haben sich Sorgen um dich gemacht.« Paula Gildstein sah sie prüfend an. »Es ist doch alles in Ordnung mit dir, oder?«

Ava seufzte. Aber sicher doch, alles war in bester Ordnung, dachte sie bitter. Sie konnte es kaum erwarten, Flint zu sehen, wenn er mit Isabella über den Springplatz fegte. Wow, was für ein Spaß! Nur allein der Gedanke daran genügte, und ihr wurde schlecht. Was hatten sich ihre Freundinnen bloß dabei gedacht, sie derart auszutricksen? Klar, sie könnte sich einfach krank stellen ... übel genug war ihr ja schon ..., aber ihre Mutter schien sich so auf diesen Ausflug zu freuen, dass sie es nicht übers Herz brachte, ihr das zu verderben. Und ein bisschen Heimweh nach Eschenthal hatte sie selbst ja auch.

Endlich schien ihre Mutter Avas Zögern zu bemerken. »Freust du dich denn nicht? Endlich kannst du wieder die Pferde sehen! Flint! Sogar mir fehlt er. Neuerdings habe ich ohnehin ständig Pferdegeruch in der Nase … es ist beinah so wie früher.« Paula Gildstein lachte kopfschüttelnd. »Was man sich alles so einbildet …«

Schuldbewusst biss sich Ava auf die Lippen. Natürlich hatte sich ihre Mutter nicht geirrt, was den Pferdeduft anging. Denn auch wenn sie sich nach den Besuchen bei Soraya noch so sorgfältig umzog und sofort ins Bad marschierte, um zu duschen, war der markante Geruch dennoch nicht gänzlich loszukriegen. Aber sie hatte keine Ahnung, wie sie das ihrer Mum erklären sollte, und deshalb nickte sie jetzt einfach, wenn auch schweren Herzens. »Kann es kaum erwarten«, murmelte sie.

Ava war mit ihrer schlechten Laune nicht allein. Am nächsten Morgen blickte ihr Vater nämlich genauso mies aus der Wäsche. Wie es schien, hatte er ebenfalls keine Lust, nach Eschenthal zu fahren. Aber auch er sagte nichts, um Avas Mutter nicht die Laune zu verderben.

Hätten Freya und Sina nicht diese dämliche Idee gehabt, wäre ich jetzt ins Forsthaus geradelt, dachte Ava knurrig, als sie nach dem Frühstück ins Auto stiegen und auf der Stadtautobahn Cassisburg verließen. Doch anstatt mit Guinevere die Ponyabteilung anzuführen und Elaf und Lou zu treffen, saß sie jetzt mit ihren Eltern hier fest. Na toll! Das Leben war eben doch kein Ponyhof!

Nach drei Stunden Fahrt tauchten endlich die weißen Zaunpfähle neben der Straße auf, die Gut Eschenthal ankündigten, und ihr Herz sackte zusammen. Zu Avas Rechten erhob sich in der Ferne ihr altes Zuhause. Das weiße Würfelhaus sah noch genauso aus wie früher. Ihre Mutter seufzte bei dem Anblick, und ihr Vater presste die Lippen zusammen. Ava sagte ebenfalls nichts. Es war klar, dass sie alle drei dasselbe fühlten. Alles war vertraut und fremd zugleich!

Als ihr Vater das Auto schließlich zwischen den vielen anderen Autos und Pferdeanhängern auf einer der großen Wiesen neben dem Gut parkte, wurde Avas Laune noch übler. Ein Gewimmel aus Turnierreitern in weißen Reithosen und schwarzen Jacketts begrüßte sie. Auf Gut Eschenthal war längst Trubel ausgebrochen und das Turnier schon in vollem Gang. Überall wurden Pferde herumgeführt oder warm geritten. Über die Lautsprecher ertönten die Durchsagen, und hinten auf dem Springplatz wurde grade der Sand frisch geeggt. Früher hatte Ava das Turniergetümmel toll gefunden, schließlich war sie ein Teil davon gewesen. Jetzt hingegen ... war sie bloß noch *eine Besucherin*. Also jemand, der nicht dazugehörte, und das fühlte sich verdammt komisch an.

Ihr Vater warf Ava ebenfalls einen grimmigen Blick zu, als sie Richtung Gutshaus marschierten. »Nur fürs Protokoll, das hier war nicht meine Idee«, grummelte er und stopfte wie zum Beweis seine Hände in die Hosentaschen. Dann zog er die Autoschlüssel hervor und raunte ihr zu: »Ein Wort genügt, und wir verduften, in Ordnung?«

Ava nickte dankbar. Doch dann wurden ihre trüben Gedanken jäh in alle Windrichtungen zerschlagen, als im nächsten Moment vier Arme sie von hinten stürmisch begrüßten.

»Da bist du ja endlich«, trällerten Freya und Sina gleichzeitig und hakten sich bei Ava unter, als wäre sie nie weg gewesen. Mit großen Schritten zogen ihre Freundinnen sie davon, während sie wild auf sie einquatschten.

»Mann, wir haben dich sooo vermisst«, seufzte Sina und legte ihren Kopf auf Avas Schulter. Freya tat es ihr gleich. Gemeinsam steuerten sie so auf Dante und Pargos zu, die schon fertig geputzt in ihren Boxen standen. Die beiden Warmblutwallache begrüßten sie mit einem freundlichen Schnauben.

»Der Eisklotz hat uns für zwei Bewerbe angemeldet«, erklärte Freya und strich ihrem Dante zärtlich die Schopfhaare aus der Stirn. »Ich bin als Erste dran, daher muss ich gleich auf den Abreiteplatz. Sag mal, kannst du für mich vielleicht noch schnell fertig satteln? Ich glaub, ich werde besser noch mal schnell …«

Plötzlich musste Ava lachen, und die ganze Anspannung, die sie seit dem Morgen verspürt hatte, löste sich mit einem Schlag in Luft auf. Manche Dinge änderten sich wohl nie! Wie Freyas ultraschlimme Nervosität vor Turnieren. Mit ihrer ständigen Rennerei aufs Klo hatte sie schon damals alle in den Wahnsinn getrieben. Am meisten den Eisklotz.

»Geh ruhig«, grinste Ava deshalb und griff wie zum Beweis nach Dantes Sattel. »Ich mach das schon.«

Freya stöhnte erleichtert auf und verschwand prompt in der Stallgasse.

Auch Sina begann nun ihren Pargos zu satteln. »Wie geht's dir denn?«, fragte sie schließlich durch die Boxenstäbe und warf Ava einen vorsichtigen Blick zu. »Tut mir leid, dass wir in letzter Zeit so wenig geschrieben haben ... du warst deswegen böse, oder?«

»Schon gut«, unterbrach Ava ihre Freundin ausweichend und streifte Dante das Zaumzeug über.

Plötzlich drang ein Schluchzen aus Sinas Kehle. »Es ist einfach alles so anders geworden, seitdem du nicht mehr da bist.«

Erstaunt hielt Ava inne. Hatte ihre Freundin etwa Tränen in den Augen? Mit einem Mal wurde ihr bewusst, dass die letzte Zeit nicht nur für sie schwer gewesen war. Auch für Freya und Sina hatte sich einiges verändert. Wie hatte sie nur so schlecht über ihre Freundinnen denken können? Freya und Sina hatten sie aufrichtig vermisst, und die Überraschungsaktion bewies das umso mehr. Hätte Pargos in dem Moment nicht so derartig vorwurfsvoll mit dem Huf gestampft, hätten Ava und Sina womöglich beide glatt zu heulen begonnen, als sie sich traurig durch die Boxenstäbe anguckten. So aber grinsten sie. »Pargos hat recht. Ihr habt ein Turnier zu gewinnen«, lachte Ava.

Sina schniefte. »Klar! Die Show Jumping Girls von Eschenthal lassen sich nicht so schnell unterkriegen.«

Als Freya vom Klo zurückkam, begleitete Ava ihre Freundinnen auf den Abreiteplatz. Dort zog ein fuchsfarbenes Welsh-Cob-Pony schon seine Runden. Als Ava Flint sah, hüpfte ihr Herz halb vor Freude, halb vor Trauer. Flint sprang mit Isabella grade über ein paar Cavaletti, während Frau Eisstätt letzte Anweisungen gab.

»Die arme Isabella«, hauchte Sina prompt neben Ava. »Der Eisklotz macht es ihr derzeit nicht gerade leicht. Sie hat die beiden ordentlich auf dem Kieker. Du kennst sie ja, bestimmt träumt sie schon längst von einer Olympiamedaille, und Isabella muss das jetzt alles ausbaden, was du früher aushalten musstest.«

Wie auf Kommando blickte die Trainerin zu ihnen rüber. Als sich ihre Blicke kreuzten, war es so, als hätte Ava einen Stromschlag abgekriegt.

»Hallo, Ava!« Frau Eisstätt lächelte spitz. »Das ist aber *nett*, dass du uns ausgerechnet *heute* besuchen kommst. Ich hoffe sehr, du lenkst meine Mädchen nicht allzu sehr ab?! Es steht viel auf dem Spiel, musst du wissen. Isabella hat die Chan…« Die Trainerin brach ab, als Isabella in ihr Blickfeld ritt, und schüttelte dann energisch den Kopf. »Um Himmels willen, Isabella. Denk dran, dass der Landestrainer heute zusieht. Es hängt jetzt alles davon ab, also benutze gefälligst die Gerte! Wofür schleppst du sie sonst wohl da oben mit, mhm?«

Der Anblick, der sich Ava daraufhin bot, tat schrecklich weh.

Isabella guckte gequält unter dem Reithelm hervor. Aber

mehr Sorgen machte sie sich um Flint. Er lief total spannig! So hatte Ava ihn gar nicht in Erinnerung gehabt. Und war der Eisklotz tatsächlich schon immer *so* eisig gewesen? Kein Wunder, dass sie ständig mit ihr zusammengekracht war. Ava schüttelte sich angewidert.

»Seitdem du weg bist, ist es noch schlimmer geworden«, raunte Freya, als hätte sie Avas Gedanken erraten. »Du hast ihr wenigstens immer die Meinung gesagt und sie ein bisschen von ihrem Thron runtergeholt. Aber mit uns macht sie, was sie will.«

»Das könnt ihr doch genauso«, sagte Ava aufgebracht, und schon war die altbekannte Wut wieder da.

»Schön wär's«, seufzte Freya und begann, sich die Steigbügel zu richten.

»Hör mal«, flüsterte Ava und reckte das Kinn. »Kannst du den Eisklotz einen Moment lang ablenken? Ich will nur kurz Flint *Hallo* sagen ...«

Freyas Augen blitzten kampfbereit auf. »Klar doch«, grinste sie und führte Dante zur Trainerin. Dabei trällerte sie aufgebracht: »Frau Eisstätt, Frau Eisstätt, ich glaube, Dante lahmt. Er geht so komisch ...«

»Mit dem ist schon alles in Ordnung«, stöhnte die Trainerin genervt, ohne Flint dabei aus den Augen zu lassen. »Du bist nervös, das ist alles!«

»Nein, wirklich! Sehen Sie mal ...«, rief nun auch Sina und stellte sich mit Pargos ebenfalls vor die Trainerin, sodass ihr die Sicht versperrt war.

Ava nutzte den Moment und flitzte rüber zu Flint.

Isabella sah sie kommen. »Läuft heute nicht so rund …«, murmelte sie entschuldigend.

»Ach was«, sagte Ava schnell und kraulte Flints Stirn. Als der kleine Welsh-Cop-Ponywallach sie ungeduldig anstupste, musste Ava lächeln. Immerhin kannte sie ihren Flint nur zu gut, um zu wissen, wie sehr er in solchen Momenten unter Adrenalin stand. Er war nun mal ein Showman. Turniere waren seine Bühne. Liebevoll tätschelte sie ihrem ehemaligen Liebling den Hals, ehe sie sagte: »Hör mal, vertrau ihm einfach. Flint kann das im Schlaf! Wenn er erst mal die Turnierglocke gehört hat, gibt es für ihn kein Halten mehr. Also vergiss, was der Eisklotz gesagt hat. Mit der Gerte machst du ihn nur nervös.«

»Ehrlich?« Isabella sah sie mit großen Augen an.

Ava nickte. »Weißt du, was ich mir früher immer vorgestellt habe? Dass Flint und ich gemeinsam fliegen und alles total leicht ist. Und dann war es auch so. Vielleicht hilft dir das ja auch?«

Isabellas Gesichtszüge entspannten sich. »Klingt gut«, seufzte sie. »Auf jeden Fall besser als das, was die blöde Kuh von sich gibt.«

REITENISTWIEFLIEGEN

Es war keine große Überraschung. Isabella und Flint ritten einen sensationellen Durchgang und gewannen in ihrer Disziplin. Bei der Siegerehrung strahlte der Eisklotz zum ersten Mal seit Langem. Isabella schien ebenfalls erleichtert, und Flint, der war wieder die coole Socke, so wie Ava ihn in Erinnerung hatte.

Nur sie selbst fühlte sich komisch dabei. Nicht weil Flint gewonnen hatte – nein, das war es nicht. Etwas anderes bereitete ihr Kopfzerbrechen. Schließlich hatte sie dieses Mal Flint vor Frau Eisstätts strenger Hand noch schützen können ... aber was würde beim nächsten Mal sein? Nun, wo der Landeskader auf ihn wartete ... Plötzlich sah sie Eschenthal mit anderen Augen. Früher war es der Ort gewesen, wo sie immer sein wollte. Doch jetzt?

Ava dachte an das Forsthaus. Genau dahin hätte sie Flint am liebsten mitgenommen, aber das ging natürlich nicht. Flint gehörte nicht mehr ihr, sondern Isabella, und es war Isabellas Aufgabe, auf ihn zu achten.

Beim Verabschieden mussten ihr Freya und Sina deshalb versprechen, sich nicht nur selber in Zukunft bei Frau Eisstätt mehr durchzusetzen – sondern auch ein Auge auf Flint zu haben. Und natürlich, dass sie Ava in Cassisburg in den Sommerferien besuchen kamen.

»Klar doch! Machen wir! Schließlich wollen wir Silverhorse kennenlernen«, sagten sie grinsend. Ava hatte ihnen vorhin in der Sattelkammer heimlich erzählt, warum sie in letzter Zeit so beschäftigt gewesen war.

Als sie dann endlich im Auto saßen und der Gutshof hinter ihnen immer kleiner wurde, freute sich Ava tatsächlich auf zu Hause.

Zu Hause.

Als ihr klar wurde, dass sie damit nicht Eschenthal meinte, war es das erste Mal seit Ewigkeiten, dass die fiese Magenschnecke zu schrumpfen begann. Auf der Heimfahrt dachte Ava an Soraya. Skurrilerweise hatte ausgerechnet Frau Eisstätt sie vorhin auf eine Idee gebracht. Denn genau wie die Trainerin war auch Ava viel zu verbissen an die Sache herangegangen. Jetzt aber würde sie es anders machen. Sie musste bloß etwas finden, das Soraya Spaß machte ... etwas, womit sie sich wohlfühlte, weil die Silberstute das schon immer gemacht hatte ... und sie hatte da auch schon so eine kleine Idee, was das vielleicht sein könnte. Es war zwar riskant, aber einen Versuch war es wert.

»Wenn wir in Cassisburg sind, muss ich noch mal los«, sagte Ava vom Rücksitz.

Ihr Vater sah sie misstrauisch im Rückspiegel an. »Schon wieder Bio?«, wunderte er sich.

Ava nickte hastig.

Daraufhin drehte sich ihre Mutter glatt zu ihr um und begann zu schimpfen: »Also wirklich, seit Wochen brütet ihr über eurer Bioarbeit. Das wird langsam ziemlich unglaubwürdig. So eine Riesensache kann das doch nicht sein. Und wer ist überhaupt diese Lou? Wir haben sie noch gar nicht kennengelernt. Oder steckt in Wahrheit vielleicht ... ein Junge dahinter?« Ihre Mutter sah sie forschend an.

Verblüfft schüttelte Ava den Kopf. »Was? Nein, wie kommst du denn auf diese Idee? Lou geht mit mir in die Klasse. Du wolltest doch, dass ich neue Freunde kennenlerne, oder etwa nicht?«

»Was deine Mutter damit sagen will, ist, dass wir gern die Wahrheit von dir hören würden. Neuerdings bist du ja nur noch unterwegs«, kam Oskar Gildstein seiner Frau zu Hilfe. »Da dürfen wir uns schon Sorgen machen. Immerhin leben wir jetzt nicht mehr auf dem Land, sondern in der Stadt. Da ist vieles anders. Wir wissen gar nicht, wo du dich so rumtreibst. Und vor allem, mit wem! Außerdem könntest du deine Freundin ja auch mal mit zu uns nach Hause nehmen. Oder liegt es daran, dass du dich für unsere derzeitige Lebenssituation schämst? Ist *das* der Grund?«

»Hört mal, es ist wirklich wegen Bio«, rief Ava empört, weil ihre Eltern ihr anscheinend gar nichts zutrauten – oder eben jede Menge! Dabei lagen sie total daneben. »Nur damit ihr es wisst: Lou würde es bei uns lieben. Bei ihr zu Hause ist nämlich alles total abgehoben und nobel. Und im Gegensatz zu euch schäme ich mich nicht, dass wir jetzt weniger Geld haben!«

Als ihr Vater daraufhin schwieg und ihre Mutter betroffen in die Ferne starrte, wurde Ava bewusst, dass sie den letzten Satz, wie so oft, besser für sich behalten hätte. Die beiden waren auch so schon geknickt genug. Und Sorgen machten sie sich obendrein, auch wenn ihre Eltern so was von auf dem falschen Dampfer waren ... was auch ein bisschen ihre Schuld war, wurde Ava nun klar. »Also gut«, seufzte sie. »Da ist schon etwas ...«

»Ich hab's gewusst«, stöhnte ihre Mutter prompt auf. »Es steckt ein Junge dahinter, stimmt's?«

Ava verdrehte die Augen. »Also ehrlich, was du dir immer einbildest!« Sie grinste breit.

Das war früher der Lieblingsspruch ihrer Mutter gewesen, als Avas Instinkte für ihre Mum nichts als Hirngespinste gewesen waren. Da hatte ihre Mutter fast jeden Tag dieses *Was du dir immer einbildest* gestöhnt, und Ava hatte es gehasst. Zum Glück aber vertraute ihre Mutter ihr mittlerweile, und deshalb war es nun an der Zeit, mit der Wahrheit herauszurücken, das war sie den beiden schuldig.

Ava räusperte sich. »Nein, es ist kein Junge!«, sagte sie dann. »Wenn ihr es genau wissen wollt, es ist eine Stute. Ihr Name ist Soraya, und ich habe sie durch die Bioarbeit kennengelernt ... und jetzt ist sie mein ... *Pflegepferd* ...«, kam es wie aus der Pistole geschossen aus ihr heraus. Dann wartete sie mit Herzklopfen die Reaktion ihrer Eltern ab. Als jedoch keine kam, fügte sie rasch hinzu: »Und natürlich kostet das alles nichts. Ich packe stattdessen im Forsthaus mit an und darf auch umsonst reiten. Es ist also eine Win-win-Situation.« Ava grinste unsicher. »Toll, oder?«

Ihre Mutter starrte sie fassungslos an, ehe sie plötzlich schallend zu lachen anfing. »Oh, du liebe Güte! Das sind ja fantastische Neuigkeiten! Nicht nur, dass du wieder ein Pferd in deinem Leben hast – das freut mich natürlich sehr für dich. Aber weißt du was? Ich freue mich auch für mich! Weil ich jetzt weiß, dass ich nicht total durchgeknallt bin. Denn dieser ständige Pferdeduft in letzter Zeit …« Ihre Mutter stöhnte lachend. »Ich habe wirklich geglaubt, ich würde mir das alles einbilden. Wärst du mal eher mit der Wahrheit herausgerückt, dann hättest du mir echt Nerven gespart.«

Ava sah ihre Mutter entschuldigend an. »Tut mir leid, ich wollte noch abwarten, weil es bis vor Kurzem nicht sicher war, ob Soraya und ich überhaupt … na ja … zusammenpassen«, beendete sie den Satz. Dass Soraya blind war, behielt sie lieber immer noch für sich. Auch wenn ihre Eltern bisher extrem locker zum Thema Reiten eingestellt waren, war Ava sich nicht sicher, ob sie das auch weiterhin sein würden, wenn sie erst mal die ganze Wahrheit über Soraya erfuhren.

Paula Gildstein strahlte ihre Tochter an. »Was bin ich froh, dass du dich hier so toll einlebst, Ava. Ich bin so stolz auf dich. Wir beide sind stolz auf dich, nicht wahr, Oskar?!«

Ihr Vater nickte steif. »Ja klar«, sagte er hastig. »Das ist der Knaller!«

Ava jedoch spürte, dass kein einziges Wort ihres Vaters ernst gemeint war, aber zum Glück bekam ihre Mutter davon nichts mit.

Es war schon später Nachmittag, als Ava beim Forsthaus ankam. Die Reitschüler waren bereits weg, und auch von Elaf war keine Spur zu sehen. Aber dieses Mal machte es ihr nichts aus, dass niemand da war.

Sie wollte nur zu Soraya, am liebsten allein.

Und Ava schien Glück zu haben. Denn als Elsie gerade aus dem Forsthaus kam, trug sie ausnahmsweise keine Reithosen und Reitstiefel, sondern einen formellen Businessanzug. Und hätte Elsie dabei nicht so dermaßen gequält dreingeschaut, hätte Ava glatt losgeprustet, so seltsam sah sie aus. Schnell unterdrückte sie ein Lachen.

Die Pferdetrainerin schien das amüsierte Funkeln in Avas wasserblauen Augen dennoch zu bemerken.

»Jaja, lach du nur«, brummte sie sauer, als sie in High Heels auf ihr Auto zustakste. »Ich weiß selbst, wie dämlich ich damit aussehe. Aber heute ist so ein blöder Sektempfang im Rathaus, wo sich das *Who's who* von Cassisburg trifft. Dort werden die Firmengründungen des Jahres vorgestellt, und Großvater hat gemeint, es schadet nicht, wenn ich mich dort blicken lasse. Wo ich mich doch jetzt selbstständig gemacht habe.«

»Du siehst toll aus«, sagte Ava schnell. Auch wenn sie Elsies sonstige Klamotten, die schönen braunen Schnürstiefel, die beigen Reithosen und die ärmellose Lederweste, an ihr viel lieber mochte, machte Elsie in dem eleganten Hosenanzug ebenfalls eine gute Figur. »Ungewohnt, aber toll«, hängte sie aufmunternd dran.

Elsie brummte. »Glaub mir, ich würde viel lieber hierbleiben, aber Graps hat recht. Auch Pferdetraining ist ein Business. Und wenn ich an die Rechnung der letzten Heulieferung denke, dann sehe sogar *ich* das ein. Also, wünsch mir Glück, dass ich zumindest eine halbe Stunde dort ausharre. Ach ja, und weil du schon mal da bist, könntest du Graps netterweise beim Füttern zur Hand gehen? Er ist eben mit dem Jeep in den Wald gefahren. Einmal Förster, immer Förster«, lachte sie. »Aber er kommt bestimmt bald wieder, und dann würde er sich über eine helfende Hand sicher freuen. Du weißt ja, sein Knie ...«

»Klar, mach ich«, sagte Ava schnell und freute sich. Nach dem heutigen Tag in Eschenthal war es schön zu spüren, gebraucht zu werden. Außerdem verschaffte es ihr die nötige Zeit, die sie brauchte, um zu wissen, ob sie mit ihrer Vermutung richtiglag oder nicht. Sie winkte Elsie zum Abschied und lief dann aufgeregt zu Sorayas Paddock.

Das Silberpferd stand friedlich bei der Heuraufe und genoss die Abendsonne. Als hätte Soraya sie an ihrem Gang erkannt, hob sie den Kopf und spitzte die Ohren.

»Hey, Silverhorse«, wisperte Ava, und Soraya antwortete

mit einem zufriedenen Schnauben. Wie es schien, hatte die Stute schon auf sie gewartet. Als Ava unter dem Paddockzaun durchkletterte, kam Soraya prompt auf sie zu und schnupperte an ihren Taschen. Weil die jedoch dieses Mal leer waren, beschnupperte sie auch noch Avas Hände und ihr Gesicht.

»Sorry, ich hab wirklich keine Möhrchen dabei, hab sie in der Eile vergessen«, kicherte Ava, weil Sorayas Tasthaare unheimlich kitzelten. Dabei ging das Pferd so behutsam und liebevoll vor, dass Ava überhaupt keine Angst hatte, Soraya könnte sie dabei verletzen. Hier war sie das liebste Tier überhaupt, und solange man sie nicht an die Longe nahm oder sie am Führstrick durch die Gegend zerrte, war alles gut. Ava genoss daher einfach diesen Moment. Dann begann sie wie gewohnt Soraya zu striegeln und ihre Hufe zu versorgen. Als ihr Fell danach herrlich in der Sonne glänzte, brachte Ava zufrieden das Putzzeug zurück in den Stall.

Dabei fiel ihr auf, dass die Tür zur Sattelkammer offen stand. Sie hielt das für ein Zeichen und ging hinein. Hier waren die Sättel und Zaumzeuge von *Großvaters Pferden* untergebracht. Das Equipment für die Berittpferde hatte Elsie drüben im Ausbildungsstall gebunkert, wo auch der junge, schöne Hannoveraner stand.

Silvester hatte Ava neulich mal erzählt, dass das Forsthaus früher ein Gutshaus gewesen war, das zur Cassisburg oben gehört hatte. Mittlerweile aber war die Stadt im Besitz der beiden Ländereien, und so war aus der Burg mit der Zeit eine Sehenswürdigkeit und aus dem Gut ein Forsthaus geworden … tja, und jetzt würde das Gut ein Pferdezentrum sein, dachte Ava und lächelte bei dem Gedanken. Die Vorstellung, dass hier bald noch mehr Pferde trainiert werden würden, gefiel ihr über alle Maßen. Obendrein war die Lage des Forsthauses vortrefflich. Die Lichtung war groß genug, sodass die Pferde täglich ihren Koppelgang bekommen würden, und in den umliegenden Wäldern konnte man bestimmt herrlich ausreiten. Außerdem gab es auf dem riesigen Hof Platz genug.

Ja, das Forsthaus war wie gemacht für Elsies Pläne, und Ava freute sich, bald ein Teil davon zu sein. Denn Elsie würde bestimmt nichts dagegen haben, wenn Ava die Sommerferien, die schon in zwei Monaten begannen, einfach hier verbrachte und ihr ein bisschen zur Hand ging. Ach was! Elsie würde das total super finden und ihr tausend Dinge aufbrummen, die es zu erledigen galt, bis sie vor Müdigkeit abends kaum noch stehen konnte, aber das tat Ava ohnehin gern.

Sie war schließlich zu tausend Prozent ein Pferdemädchen. Da gehörte Abäppeln und Heuschleppen ebenso dazu wie Reiten. Vor allem aber konnte sie so immer bei Soraya sein. Und natürlich auch bei Lou und Elaf. Bei dem Gedanken hüpfte ihr Herz, doch sie verdrängte das Gefühl und das Kribbeln auf der Haut. Schließlich war sie heute wegen etwas anderem hier, als über das Gefühl nachzudenken, das sie jedes Mal verspürte, wenn sie an Elaf dachte.

Neugierig ließ Ava den Blick über die Namensschildchen streifen, die an den Wänden angebracht waren. Jedes Pferd hatte hier seinen eigenen Haken und Sattelhalter. Auch Guinevere, Gwendolin und Flauschbär. Sorayas Haken jedoch war leer. Auch der Sattel dazu fehlte.

Aber Ava ließ sich davon nicht entmutigen und griff stattdessen zu zwei Führstricken, die neben der Tür hingen. Dann schnappte sie sich einen der Reithelme, die für die Reitschüler zum Ausleihen auf einem Regal neben einem alten, klobigen Holzschrank aufgereiht waren, und marschierte entschlossen nach draußen. Diese einfache Ausrüstung musste für ihre Zwecke erst mal reichen. Auch Silvesters alter Jeep war noch nicht da, und das war mehr als gut.

Frohen Mutes ging Ava auf Soraya zu, dabei achtete sie wie immer darauf, sie vorher zu rufen, damit die Stute wusste, wer sich ihr näherte, und sich nicht erschreckte. Aber Soraya schien sie ohnehin längst gehört oder gerochen zu haben. Sie stupste Ava an die Seite, als wollte sie fragen, was sie denn heute noch so alles anstellen wollten.

»Keine Sorge, wir tun heute etwas, das du früher gern gemacht hast«, murmelte sie und spürte, wie ihr Herz dabei schneller schlug. Soraya aber stand so entspannt neben ihr, dass sie sich augenblicklich auch entspannte. Ava hängte die Führstricke seitlich am Lederhalfter ein und band sie zu provisorischen Zügeln zusammen. Dann führte sie Soraya an den Rand des Paddocks und kletterte auf das Roundpen-Paneel.

Als ob Soraya wusste, was Ava als Nächstes vorhatte, kam sie ihr mit der Kruppe wie selbstverständlich entgegen. Ava streichelte ihren Hals, ihre silbergraue lange Mähne und ihren weichen Rücken. Dabei musste sie wieder an den Traum denken. Dem Silberpferd plötzlich so nah zu sein, machte Ava jetzt doch nervös, aber zum Glück stand Soraya ganz still, als würde sie wissen, was Ava vorhatte.

Ava war klar, dass ihre Idee der blanke Wahnsinn war. Aber sie musste es wagen, um zu wissen, ob sie mit ihrem Bauchgefühl recht hatte oder nicht. Schließlich war Soraya jahrelang geritten worden. Und Silvester hatte selbst gesagt, wie toll sie unter dem Sattel gewesen war. Vom Rücken aus würde sie Soraya viel besser lenken können. Außerdem konnte sie so den Körperkontakt halten, den die Stute anscheinend für ihre Balance so dringend brauchte, um sich zurechtzufinden.

»Na, was meinst du?«, murmelte Ava und stemmte ihr Gewicht probehalber auf Sorayas Rücken.

Als die Stute mit einem ungeduldigen Kopfnickten reagierte, kam es Ava vor, als würde Soraya es gar nicht erwarten können, dass Ava endlich aufstieg. Prompt drehte die Stute den Kopf zu ihr und stupste sie an.

»Ich mach ja schon«, kicherte Ava verwundert, »aber nur oben sitzen, hörst du?« Vorsichtig schwang Ava ein Bein auf Sorayas Rücken. Als die Stute immer noch entspannt stehen blieb, ließ Ava vorsichtig ihr Gewicht sinken ... und plötzlich saß sie oben ... und es passierte nichts! Rein gar nichts! Soraya blieb ganz ruhig – so, als würde es das Normalste der Welt sein. Ava konnte es kaum fassen. Es war ein Wunder! Sie saß wirklich auf Sorayas Rücken. Sie spürte die Wärme, die von ihrem Körper ausging, und unfassbares Glück wie pures Gold durchflutete sie. Wäre jetzt dunkle Nacht gewesen und hätte der volle Mond am Himmel geleuchtet, wäre sie kein bisschen überrascht gewesen, wenn Sorayas Fell im Mondlicht geglitzert hätte. Es war zu schön, um wahr zu sein. Traumhaft schön! Und genauso fühlte es sich an, wie in ihrem Traum. Nicht einmal zu Flint hatte sie jemals eine so tiefe Verbindung gespürt. Ava schlang ihre Arme um Sorayas Hals und ließ ihren Kopf in die silbergraue Mähne sinken, während Tränen der Erleichterung über ihre Wangen kullerten. Soraya quittierte dies mit einem Schnauben, und ehe sich's Ava versah, ging das Pferd einfach los. Als hätte sie selbst entschieden, dass es jetzt an der Zeit war.

Ava erschreckte sich trotzdem, doch dann spürte sie wieder diese Verbindung, die ihr sagte, dass alles gut war. Soraya blieb gelassen und ruhig. Ava konnte es kaum glauben. Ihr Instinkt hatte sie nicht getäuscht! Soraya schien einfach mit der Bodenarbeit ein Problem gehabt zu haben, es hatte also gar nicht an Ava selbst gelegen. Und deshalb machte Soraya jetzt auch keine Mätzchen, als sie am Paddockzaun entlangritten. Im Gegenteil sogar. Das Reiten war für das Silberpferd nichts Neues. Das hatte Soraya auch schon vor ihrer Erblindung getan, und daher überforderte es sie auch nicht. Außerdem schien das Silberpferd Ava darin völlig zu vertrauen, und deshalb tat Ava es der Stute gleich. Langsam richtete sie sich auf und nahm die Zügel in die Hand. Wie von selbst ließ sich Soraya lenken. Ava brauchte nur ein klein wenig ihr Gewicht zu verlagern und in die gewünschte Richtung zu blicken, und schon reagierte Soraya. Zwar schwankte sie immer noch, aber vom Rücken aus konnte Ava nun viel besser mit ihren Beinen ihre Hinterhand einrahmen und Soraya augenblicklich korrigieren, wenn es nötig war. Gemütlich schlenderten sie am Paddockzaun entlang, dann machte sie eine ganze Parade, und Soraya blieb sofort stehen. Diese Übung wiederholte sie einige Male. Schritt. Halt. Schritt. Halt. Schritt. Halt. Soraya war so fein zu reiten, dass Ava nur ans Halten zu denken brauchte, um sie durchzuparieren. Einmal ausatmen und dem Pferd den Impuls geben, und schon stand sie. Ava war begeistert. Sogar das Schenkelweichen ging wie von Zauberhand, und Ava fielen wieder Silvesters Worte ein, als er einmal erzählt hatte, wie prächtig die Stute früher unterm Reiter gewesen war. Albertina hatte sie in der Tat hervorragend ausgebildet. Ganz bestimmt hatte Soraya S-Niveau, was so viel wie schwere Klasse bedeutete. Das war so ziemlich das höchste Niveau, das es in der Dressur zu erreichen gab. Ob sich Soraya auch im Trab so einfach lenken ließ? Der Paddock war zwar klein, aber nicht zu klein, dass man darin nicht ein paar Runden hätte traben können. Vorsichtig gab sie Soraya einen Impuls, und augenblicklich trabte die Stute an. Es war, als säße Ava auf Wolken. Ihr Gang war traumhaft schön. Absolut weich und angenehm zu sitzen. Als hätte Soraya gespürt, wie Avas Herz vor Freude hüpfte, fiel die Stute daraufhin in einen schönen, langsamen, versammelten Galopp. Ava konnte nicht anders. Sie öffnete unter ihrem Reithelm den Pferdeschwanz und ließ ihre Haare frei, damit sie im Wind flattern konnten, so wie sie es auch im Traum getan hatten. Sie spürte, wie die Last der letzten Monate von ihr abfiel. So leicht hatte sich Ava seit Ewigkeiten nicht gefühlt. Endlich konnte sie wieder fliegen.

#BLINDESVERTRAUEN

Gemächlich zuckelte der Jeep auf das Forsthaus zu, und Silvester summte einen alten Song aus dem Radio mit, als er abrupt auf die Bremse trat. Ein höllischer Schmerz durchzuckte sein verletztes Knie, und Silvester fluchte leise. Dann schüttelte er den Kopf. Träumte er, oder spielte ihm sein müdes Hirn eben einen bösen Streich? Misstrauisch kniff er die Augen zu, als das Bild abermals vor ihm auftauchte. Soraya galoppierte auf dem Paddock. Und auf ihrem Rücken saß ... Ava?!

»Herrschaftszeiten noch mal!«, rief er, als er sich vom Schreck erholt hatte, und sprang dann wie von Sinnen aufs Gas, obwohl auch das unsägliche Schmerzen bereitete, doch das war dem alten Förster im Augenblick ziemlich egal. Der Motor heulte auf, und Silvester Hennelly lenkte den klapprigen Jeep mit Höllentempo auf das Forsthaus zu. Dabei schlenkerte das Geländeauto gefährlich hin und her. So schnell war es seit Ewigkeiten nicht mehr den Feldweg entlanggerauscht, und kurz befürchtete Silvester, die

Rostlaube würde jeden Moment auseinanderfallen. Doch die Angst um Ava war größer als die um sein klappriges Dienstfahrzeug, also drückte er noch mehr aufs Gas, während zwei immer wiederkehrende Fragen abwechselnd in seinem Kopf aufeinanderprallten: *Was um alles in der Welt denkt sich dieses Mädchen dabei? Und schaffe ich es rechtzeitig, dem Unsinn ein Ende zu bereiten, ehe Schlimmes passiert?*

Als er endlich den Kiesplatz erreichte, sprang er aus dem Auto und humpelte, so schnell es mit seinem kaputten Knie ging, zum Paddock. Ava hatte zum Glück das Motorheulen gehört. Oder besser gesagt, Soraya hatte es gehört und die Ohren gedreht. So war Ava darauf aufmerksam geworden, dass Elsies Großvater zurückgekommen war. Sie hatte grade noch die nötige Zeit gehabt, um von Sorayas Rücken zu springen und die Führstricke von Sorayas Halfter zu lösen. Hastig versteckte sie noch den Helm unter Sorayas Heu, ehe Silvester Hennelly schon schnaufend vor ihr stand.

»Oh, hallo, Herr Hennelly! Sie sind ja schon da!«, grinste Ava verlegen und tat so, als würde sie Sorayas Schweif von einigen Strohhalmen befreien. »Na, war's schön ... ähm ... im Wald?« Hastig strich sich Ava die windzerzausten Haare aus dem Gesicht, doch das selige Grinsen konnte sie nicht verstecken. Immer noch hatte sie das Gefühl zu fliegen. Ihre Beine waren ganz schwummrig vor Glück.

Als sie jedoch Silvester Hennellys funkelnden Blick auffing, wurde ihr schlagartig klar, dass sie wohl doch nicht schnell genug gewesen war, und das Leuchten in ihrem Gesicht erlosch. So wütend hatte sie Elsies Großvater noch nie gesehen. Er sah aus wie ein zorniger Nikolaus, und Ava senkte schuldbewusst den Kopf.

»WAS HAST DU DIR NUR DABEI GEDACHT?!«, begann Silvester Hennelly da auch schon zu donnern, woraufhin Soraya erschrocken zur Seite sprang. »Oh, tut mir leid«, brummelte er verlegen und redete mit leiserer Stimme weiter: »Was hat du dir nur dabei gedacht? Gerade von dir hätte ich erwartet, dass du die Gefahr richtig einschätzen kannst. Du bist den Umgang mit Pferden gewohnt, und du kennst Soraya mittlerweile ...«

»Eben«, antwortete Ava schnell, ehe Silvester Hennelly noch mehr schimpfen konnte. Außerdem hatte Ava ihn längst durchschaut. Auch wenn er anfangs ziemlich unheimlich gewirkt hatte, war das schon lange nicht mehr der Fall. Ava wusste nur zu gut, dass Silvester Hennelly alles dafür tun würde, dass es Soraya gut ging. Der alte Förster hatte eben ein gutes Herz, das vor allem für Pferde schlug. Und besonders für Soraya. Deshalb war sich Ava sicher, dass er sie verstehen würde, wenn sie es ihm nur ausgiebig erklärte. Sie schenkte ihm ein entschuldigendes Lächeln und meinte: »Ich musste es einfach ausprobieren, verstehen Sie? Die Bodenarbeit hat überhaupt nicht geklappt, das wissen Sie selber nur zu gut. Aber nicht, weil Soraya gefährlich ist. Wir haben sie damit bloß überfordert. Oder hat Ihre Frau früher häufig Bodenarbeit oder Longierarbeit mit ihr gemacht?«

Silvester Hennelly starrte Ava fassungslos an, ehe er verdutzt den Kopf schüttelte. »Nein, nicht wirklich«, murmelte er. »Sie hat die meisten Übungen vom Sattel aus gemacht.«

»Sehen Sie«, antwortete Ava triumphierend. »Und deshalb hat Soraya auch keine Angst vor dem Reiten. Außerdem kann sie sich mit einem Reiter auf dem Rücken viel besser ausbalancieren. Sie ist dadurch entspannter und somit ungefährlicher.«

Silvester Hennellys Augen begannen plötzlich verdächtig zu glitzern, als Avas Worte zu ihm durchgedrungen waren. »Ich kann es nicht glauben, dass ich das sage, aber das klingt tatsächlich logisch«, brummte er verblüfft.

Ava sah ihn erleichtert an. »Dann sind Sie mir nicht böse?«

Elsies Großvater gab einen grunzenden Laut von sich. »Doch, weil du hättest warten sollen, bis *ich* da bin. Es hätte alles Mögliche passieren können.«

»Ist es aber nicht«, sagte Ava und hängte rasch dran: »Sie ist ganz lieb, und sie lässt sich fantastisch reiten. Ihre Frau hat sie toll ausgebildet! Ich zeige es Ihnen ...«

»Lieber nicht«, stöhnte Silvester Hennelly auf. »Wenn Elsie doch früher nach Hause kommt, haben wir beide ein Problem, darauf kannst du wetten!«

»Aber ...«, stammelte Ava und ließ die Schultern sinken. »Heißt das, dass ich sie nicht mehr reiten darf?«

Plötzlich schlich sich das vertraute verschmitzte Lächeln

auf Silvester Hennellys Gesicht, und er schmunzelte: »Doch, solange Elsie nichts davon mitkriegt. Zumindest, bis ich euch zwei selbst gesehen habe. Also, so richtig und nicht bloß mit zwei Führstricken.« Er nickte streng zu Avas Händen. »Komm mal mit.«

Silvester Hennelly steuerte auf die Sattelkammer zu, und Ava folgte ihm. Als sie sie betreten hatten, öffnete er den alten Holzschrank. Neugierig blickte Ava ins Innere. Sofort fiel ihr Blick auf den wunderschön verzierten braunen Ledersattel, der darin hing. Unzählige Turnierschleifen schmückten die Innenseite der Schranktür. In der Mitte klebte ein Turnierfoto von Albertina und Soraya. Ava klappte der Mund auf, als sie das Foto genauer betrachtete. Die beiden sahen in der Tat unglaublich harmonisch zusammen aus. Und obwohl sich Ava bisher nur mit viel Überwindung für Dressur begeistern konnte, wurde sie von diesem Bild förmlich in Bann gezogen. Soraya sah mit dem edlen Sattel und der moosgrünen Satteldecke aus Samt traumhaft schön aus. Und mit der barocken Showtrense erst! An dem Stirnriemen des edlen Zaumzeugs war eine goldene Kette befestigt, die sich elegant auf Sorayas Nasenrücken überkreuzte und an den Backenstücken endete. Dazu hatte die Silberstute die Mähne passend zu einem spanischen Zopf geflochten. Albertina war im gleichen Stil gekleidet. Sie trug eine beige Reithose und eine moosgrüne Reitjacke. Dazu braune, edle Schnürstiefel, wie solche, die auch Elsie gerne trug. Neugierig verharrte Ava auf Albertinas Gesicht. Elsies Großmutter war eine schöne Frau gewesen, mit ebenmäßigen Gesichtszügen und hohen Wangenknochen. Ava fand, dass Elsie ihr ziemlich ähnlich sah.

Silvester Hennelly musste Avas erstaunten Gesichtsausdruck bemerkt haben, denn als sie als Nächstes ehrfürchtig mit den Fingern über die Verzierungen des iberischen Sattels strich, erklärte er: »Damit sind Albertina und Soraya früher die Turniere geritten. Deshalb sieht der Sattel auch nicht wie ein gewöhnlicher Sattel aus. Er ist eher so eine Mischung aus Dressur- und Westernsattel. Working Equitation ist nämlich eine Arbeitsreitweise, die man sich von Rinderhirten aus Spanien, Portugal und Frankreich abgeguckt hat. Diese Reitweise ist tief verwurzelt mit der Folklore Südeuropas. Bei Working Equitation geht es also um Spaß und Abwechslung auf dem Dressurviereck.«

Augenblicklich schnellten Avas Augenbrauen in die Höhe. »Spaß auf dem Dressurviereck? Sind Sie sich da sicher?« Dressur hatte sie bisher nämlich immer zu Tode gelangweilt. Flint und sie waren Springer gewesen und liebten das Tempo und die Abwechslung. Am meisten aber störte sie an der Dressur, dass es vielen Reitern bloß darum ging, dabei gut auszusehen, während das Pferd seinen Kopf völlig unnatürlich einrollen musste. Und obwohl das gewaltsame Heranziehen des Kopfes mit den Zügeln ein absolutes No-Go war, kriegten diese Reiter dennoch immer wieder hohe Wertnoten auf den Turnieren, anstatt dass sie dafür disqualifiziert wurden. In Avas Augen war das nämlich reine

Tierquälerei, und mit Schrecken dachte sie an die Zeit zurück, als der Eisklotz mithilfe von Schlaufzügeln Flints Kopf ebenfalls mit Gewalt zur Brust gezogen hatte, nur damit er diese unnatürliche Kopfhaltung anzunehmen lernte. Ava jedoch hatte dabei nicht mitgemacht und sich geweigert, mit dermaßen fest angezogenen Schlaufzügeln zu reiten. Zum Glück ließ ihr die Trainerin es schließlich durchgehen, weil die beiden auf dem Springparcours ohnehin um Häuser besser waren als auf dem Dressurviereck.

Als hätte Silvester Hennelly Avas Gedanken erraten, fügte er hinzu: »Working Equitation hat nichts mit gewöhnlicher Dressur zu tun, musst du wissen. Bei dieser Disziplin geht es hauptsächlich darum, dass sich die Pferde ganz leicht reiten lassen, ohne Druck und Zwang. Beim Rindertreiben mussten sich die Rinderhirten früher schließlich auch auf ihre Pferde verlassen können. Da ging es nicht um irgendeinen Firlefanz, sondern um das Verdienen ihres täglichen Brots. Sie bildeten somit ein Team, eine Einheit. Die Pferde waren gut ausgebildet und ließen sich einhändig versammelt reiten. Dadurch waren sie nicht nur extrem wendig, sondern auch rittig und durchlässig. Diesen Ansatz hat man sich bei Working Equitation zunutze gemacht, und so ist eine eigene Turnier-Disziplin entstanden.« Wie zum Beweis kramte er ein paar Fotos aus dem Schrank. »Trainiert wird immer in vier Abschnitten. Klar, es gibt den Dressur-Trail. Aber sieh mal, es gibt auch den Stil-Trail, den Speed-Trail und die Rinderarbeit zu Pferd.«

Auf einem Foto sah man Albertina mit Soraya inmitten einer Rinderherde. Auf einem anderen hatte sie eine lange Stange in der Hand, um die sie mit Soraya herumgaloppierte.

»Das ist ein Treibstock, und den nennt man *Garrocha*«, erklärte Silvester Hennelly und blätterte zum letzten Foto. »Und das ist ein typischer Parcours mit Geschicklichkeitsübungen. Man muss Tore öffnen, über Brücken gehen, Slalom reiten …«

»Okay, okay«, gab Ava lachend zu. »Working Equitation ist wirklich anders als öde Dressur. Und das alles kann Soraya?«, fragte sie erstaunt.

Silvester Hennelly nickte stolz. »Zumindest, als sie noch nicht blind gewesen ist«, fügte er murmelnd hinzu. Er griff zu Avas Enttäuschung nicht nach der Showtrense, sondern nahm ein ganz normales Zaumzeug vom Haken. Auch der Turniersattel blieb auf dem Halter. Stattdessen tippte er auf einen alten Sattel darunter. »Nimm den hier mit! Und dann werden wir gleich herausfinden, wie viel Soraya in der Zwischenzeit an Können behalten hat.«

Das Pferd war wie ausgewechselt. Sogar Silvester Hennelly konnte es kaum glauben, wie selbstverständlich sich Soraya satteln und zäumen ließ. Dann führte Ava die Silberstute zum Reitplatz, und Silvester half ihr beim Aufsteigen.

»Aber anfangs nur Schritt, ja? Und bleib auf dem zweiten Hufschlag, nur zur Sicherheit, falls sie doch mit der Hinterhand ausfällt«, mahnte er streng.

Ava tat ihm den Gefallen. In Wirklichkeit aber wäre sie am liebsten mit Soraya einfach losgeprescht. Das Gefühl auf dem Rücken des Silberpferdes war abermals überwältigend, und Ava konnte es kaum glauben, dass ihr Traum endlich wahr geworden war. Soraya hatte trotz ihrer Blindheit so viel Leben in sich, und unter dem Sattel schien ihre ganze Lebensfreude mit einem Schlag zurückzukehren. Es war, als würde Ava für Soraya sehen. Und Soraya dafür für Ava schweben.

Ava spürte, dass auch Soraya am liebsten losgaloppiert wäre, aber dann hätte Elsies Großvater mit Sicherheit einen Schreckanfall gekriegt, und das wollte sie um jeden Preis verhindern. Jetzt musste sie Eindruck schinden! Folgsam ließ sie Soraya am langen Zügel gehen, und die Silberstute machte wunderbar mit. Man merkte Soraya richtig an, wie gut ihr die Bewegung tat. Nach unzähligen Minuten schien sich auch Silvester Hennelly zu entspannen.

»Okay, sie scheint sich wirklich daran zu erinnern«, murmelte er vom Rand des Reitplatzes. »Also, wenn du willst, dann leg mal den zweiten Gang ein. Sie ist jetzt aufgewärmt. Aber pass trotzdem auf, hörst du?«

»Aye, aye, Captain«, sagte Ava lachend und nahm behutsam die Zügel auf. Dann gab sie Soraya den Impuls. Sofort fiel die Stute in einen schönen Arbeitstrab, und Ava hatte überhaupt keine Mühe, sie zu lenken. Soraya schien auf die kleinste Regung Avas zu reagieren. Es reichte ein leichtes Kopfdrehen, und Soraya trabte wie auf Schienen in die gewünschte Richtung. Sogar der fiese Slalom, der ihnen zuletzt vom Boden aus so zu schaffen gemacht hatte, klappte nun mit links. Diese Art zu reiten war völlig neu für sie. Noch nie hatte sie ein derart feines Pferd unter dem Sattel gehabt. Ava genoss jede Sekunde, wenngleich sie höllisch aufpasste, Soraya rechtzeitig die Richtung vorzugeben. Aber seit dem Bodentraining hatte sich ihr Timing verbessert. Auch auf Stimmhilfe reagierte Soraya augenblicklich, und so gab es beim Reiten jetzt auch keine Probleme.

»Es ist ein Wunder«, stammelte Silvester Hennelly, als Ava schließlich vor ihm durchparierte. Soraya war die ganze Zeit über ruhig und gelassen geblieben. »Von oben scheinst du ihre Hinterhand viel besser dirigieren zu können.« Vorsichtig strich er über die Mähne der Stute. Soraya nahm es geduldig in Kauf, vielleicht weil sie wusste, was auf dem Spiel stand? Zumindest kam Ava das so vor. Silvester Hennelly war zu Tränen gerührt. »So nah war ich ihr seit Ewigkeiten nicht mehr«, nuschelte er.

Als die Stute daraufhin ungeduldig mit dem Kopf schlug, grinste Ava. »Sie sagt, sie findet das auch ganz toll, aber jetzt will sie endlich galoppieren.«

»Sagt sie das?!« Silvester Hennelly grinste ebenfalls. »Na, dann tut, was ihr nicht lassen könnt. Aber nur eine kleine Runde!«

Ava nickte. Doch dann wurden aus der kleinen Runde viele große Runden. Soraya konnte gar nicht genug davon bekommen und Ava ebenfalls nicht. Das Silberpferd hatte so großen Spaß daran, dass Ava mit ihr um die Wette glühte. Und dabei fiel es ihr wie Schuppen von den Augen! Na klar! Soraya machte deshalb so eifrig mit, weil sie sich nun endlich wieder frei bewegen konnte! Endlich konnte sie über den Sandplatz fegen, ohne Gefahr zu laufen, über etwas zu stolpern oder in einen Zaun zu donnern. Sonst stand sie ja nur auf ihrem Paddock rum. Mit einem Reiter auf dem Rücken aber konnte Soraya wieder unbekümmert laufen. Deshalb vertraute ihr die Silberstute so bereitwillig – weil Ava für sie das Sehen übernahm! Diese Erkenntnis traf sie wie ein Blitz. Sofort wollte sie das Silvester Hennelly mitteilen. Doch als sie zum Schritt durchparierte und auf Elsies Großvater zuritt, durchfuhr Ava ein eiskalter Schauer.

Neben dem weißbärtigen Mann stand Elsie Hennelly. Ihr Gesicht war kreidebleich, und ihr Blick hätte nicht tödlicher sein können. Als sie dann einfach wortlos davonrauschte, sackte Avas triumphierendes Hochgefühl wie ein nasser Sack in sich zusammen, und eine ungeahnte Angst übermannte sie.

Würde Elsie ihr Soraya im Zorn nun wegnehmen?

Als Elsie das Forsthaus betrat und in ihr Schlafzimmer hochging, um sich umzuziehen, schloss sie für einen Augenblick die Augen und versuchte sich zu beruhigen. In ihrem Kopf wütete ein Sturm der Gefühle, der sie beinah übermannte. In ihrem Inneren brodelte es so sehr, dass sie sich am liebsten unter der Bettdecke verkrochen hätte. Doch unten in den Stallungen warteten mehr als ein Dutzend hungriger Pferde auf ihr Abendessen. Es blieb ihr nichts anderes übrig, als sich der Wirklichkeit zu stellen. Aber davor hatte sie schreckliche Angst. Wenn sie sich jedoch mit dem Umziehen Zeit ließ, würde Ava schon nach Hause gefahren sein. Dann musste sie zumindest dem Mädchen nicht gegenübertreten. Nach allem, was eben vorgefallen war, schaffte sie es nicht, Ava reinen Wein einzuschenken, ohne dabei die Fassung zu verlieren. *Soraya und sie ... die beiden ... hatten ausgesehen ... als ...* Elsie schüttelte den Kopf, als sie sich dabei ertappte, Graps' Hirngespinste herbeizuwünschen. Das Märchen vom silbernen Pferd war bloß eine Gute-Nacht-Geschichte für sie gewesen, als sie noch klein gewesen war. Jetzt hingegen war sie erwachsen und hatte die volle Verantwortung zu tragen. Doch diese Last erdrückte Elsie Hennelly beinah.

Ava brachte Soraya zurück in ihre Box. Die Silberstute war nach der Bewegung entspannt und zufrieden wie noch nie. Sie schnaubte mehrmals ab und schnüffelte zärtlich an Ava, als wollte sie sagen: »Kopf hoch! Das wird schon wieder. Du musst Elsie einfach klarmachen, wie toll das mit uns zweien klappt, und dann wird sie bestimmt verstehen, dass wir das am besten gleich morgen wiederholen sollten!«

Zärtlich legte Ava ihren Kopf an Sorayas silberne Stirn. »Keine Sorge, ich werde für uns beide kämpfen«, murmelte sie und ging bleiernen Schrittes hinüber zum Ausbildungsstall, wo Elsie grade die Abendfütterung erledigte. Elsies Großvater stand daneben und redete wie wild auf seine Enkelin ein. Elsie sagte kein Wort, sondern presste fest die Lippen aufeinander. Nach ihrer Gesichtsfarbe zu urteilen, kochte sie immer noch vor Wut.

Ava straffte die Schultern. Am besten war, sie brachte es so schnell wie möglich hinter sich, denn die Ungewissheit war noch unerträglicher. Sie machte einen Schritt nach vorn, als sie Silvester eben sagen hörte: »Es war wie in der Legende, und wäre der Huldernebel dabei noch heraufgekrochen, hätte ich Gänsehaut gekriegt. Ach was, ich hab sie gekriegt.« Er lachte nervös. »Und dir ist es ebenso ergangen, gib es ruhig zu, dass du daran gedacht hast. Ich habe doch gesehen, wie du sie angestarrt hast. Nicht mal Albertina konnte sie so reiten! Die zwei haben eine Verbindung zueinander, von der wir nur träumen können. Du weißt selber, wie selten so etwas vorkommt. Das darfst du ihr nicht wegnehmen, keinem von beiden.«

Wie angewurzelt blieb Ava hinter der Tür stehen und spähte durch den Spalt.

»Es war leichtsinnig«, knurrte Elsie. »Und dein Märchen ist eben … na ja, nur ein Märchen. Und nicht die Wirklichkeit.«

Ihr Großvater nickte stumm. »Aber ist es nicht viel wichtiger, dass Soraya wieder Vertrauen fasst?«, fragte er behutsam. »Wollten wir das nicht *alle*?«

»Sicher, aber … darum geht es doch gar nicht. Es geht um

dein blödes Märchen und deine verdammte Gutgläubigkeit. Denn jetzt steht unser aller Schicksal auf dem Spiel.«

»Was meinst du damit?«, fragte Elsies Großvater irritiert.

Elsie ließ die Heugabel sinken. »Es war ein Fehler, zu der Veranstaltung zu gehen«, seufzte sie endlich, und ihre blasse Gesichtsfarbe bekam einen zornigen Rotton. »Dem Anschein nach ist das Haushaltsbudget der Stadt in letzter Zeit ziemlich erschöpft. Deshalb hat der Stadtrat beschlossen, ein paar Immobilien loszuwerden, ehe sie noch mehr rote Zahlen schreiben. Unter anderem soll das Forsthaus verkauft werden ...«

»Was?« Silvester Hennellys Stimme hallte Unheil bringend durch die Stallgasse. »Aber wir haben den Mietvertrag auf Lebenszeit ...«

Eine bleierne Stille folgte, ehe Elsie den Kopf schüttelte. »Nur, solange du als Förster für die Stadt gearbeitet hast. Nachdem du aber jetzt in Rente bist«, erklärte sie erschöpft, »hat sich die Rechtslage geändert. Natürlich haben die im Vorfeld alles abgeklärt. Der Bürgermeister hatte *rein zufällig* heute gleich seinen Anwalt im Schlepptau, der mich zwischen Sekt und Lachsbrötchen in Kenntnis gesetzt hat, dass ich vor Gericht keine Chance hätte, sollte ich auf die Idee kommen, das Mietrecht einklagen zu wollen.« Elsie sah ihren Großvater an. »Es tut mir leid, Graps, aber sie wollen 850 000 Euro. Wenn ich die Summe bis Ende des Sommers nicht auftreibe, wird das Forsthaus offiziell zum Verkauf angeboten.«

850 000 Euro?, dachte Ava beklommen. Das war eine Riesensumme Geld. Wenn Silvester und Elsie nicht zufällig Millionäre waren, hatten sie so viel Geld garantiert nicht auf der hohen Kante. Und als Pferdetrainerin verdiente man längst nicht so viel, um diesen Batzen auf die Schnelle zusammenzubekommen.

»Diese Sauhunde«, knurrte Silvester Hennelly aufgebracht. »Sie hatten gesagt, wir können in Miete bleiben. Ein ganzes Leben lang habe ich für die Stadt geschuftet, und jetzt das?!«

Elsie lächelte traurig. »Aus diesem Grund haben sie mir ja auch das Vorkaufsrecht angeboten«, sagte sie nun etwas milder. »Wenn der Verkauf des Forsthauses erst mal über eine Immobilienfirma läuft, kann der Wert ins Dreifache steigen. Das weißt du so gut wie ich. Die Lage hier ist vortrefflich und ihr Angebot somit ein reiner Freundschaftsdienst an dir.«

Ihr Großvater knurrte abgestoßen. »Von wegen.«

»Doch, ist es«, sagte Elsie harsch. »Aber da ist noch etwas«, fügte sie leise hinzu, und Ava musste die Ohren spitzen, um sie zu verstehen. »Wie es der Zufall will, war auch der Bankdirektor der hiesigen Bank im Rathaus anwesend. Also habe ich die Gunst der Stunde genutzt und ihm von meinem Geschäftsmodell der Soulhorsefarm erzählt. So will ich das Pferdezentrum nämlich nennen.« Sie lachte nervös. »Es soll ein Ort für die Pferdeseele werden. Doch ob das jetzt noch so werden wird, da bin ich mir nicht mehr sicher.

Denn obwohl mir der Bürgermeister versichert hat, dass der Bankdirektor zufällig ein großer Pferdenarr sei und ich daher bestimmt auf offene Ohren stoßen werde mit meinem Projekt, war eher das Gegenteil der Fall. Er hat abgeblockt und mein Geschäftsmodell bloß belächelt. Hat gemeint, diese Soulhorsefarm sei ein Hirngespinst, eine Träumerei, mit der kein Geschäft zu machen sei. Keine Bank der Welt würde mir je dafür einen Kredit geben … und deshalb solle ich besser auf die Ressourcen meines Vaters zurückgreifen. Der wüsste schließlich, wie man es zu Erfolg im Pferdesport bringt.« Die letzten Worte spuckte Elsie förmlich aus.

»Erfolg im Pferdesport«, grunzte nun Silvester genauso verächtlich. »Ja, und auf welche Kosten? Dass die Pferde mit zehn Jahren zum Schlachter gehen, weil sie kaputte Beine haben? Aus Peter ist ein Pferdeschinder geworden. Das hat nichts mit Springtechnik zu tun.«

Elsie nahm die Heugabel wieder in die Hand. »Mir brauchst du das nicht zu sagen, Graps. Auch in tausend Jahren werde ich Dad nicht um Hilfe bitten, nach all dem, was in Luxemburg vorgefallen ist. Aber wenn bis dahin kein Wunder geschieht, weiß ich nicht, wie wir das Forsthaus retten können.« Sie blickte ihrem Großvater in die Augen. »Ich bin also nicht auf euch böse. Ava kann Soraya so lange reiten, bis … na ja, so lange es eben geht …« Elsies Stimme brach ab.

Hinter der Tür aber stand Ava. Nur mit Mühe konnte sie ihren Beinen befehlen, sich leise davonzustehlen.

#ANDRABLAU

Am nächsten Morgen war Ava hellwach. Besser gesagt, war sie noch immer wach. Die ganze Nacht lang hatte sie kein Auge zugetan. Als es draußen jedoch hell wurde, hielt sie es nicht länger aus. Sie griff nach dem Handy und schickte erst Lou, dann Elaf eine WhatsApp. Und zwar dieselbe eindringliche Nachricht:

SOS! Um 10 Uhr im Forsthaus, es ist dringend!

Dann machte sie sich leise aus dem Staub, ehe ihre Eltern noch mal darauf bestehen konnten, einen Teil der Pfingstferien für einen Familienausflug zu nutzen. Auf den Küchentisch hinterließ sie einfach eine Notiz, wie sie es schon früher immer getan hatte. Darauf stand: *Bin im Stall.*

Dann schlüpfte sie in ihre Reitsachen und schwang sich aufs Rad.

Die frische Morgenluft tat gut. Die Temperaturen waren in den letzten Tagen ordentlich in die Höhe geschnellt. Es war das erste Mal in diesem Jahr, dass Ava ohne ihre Reitjacke unterwegs war. Der Mai zeigte sich von seiner schönsten Seite. Der Wald erwachte zu neuem Leben, die Apfelbäume blühten, und das Gras sprießte in sattestem Grün. Der Nebenarm der Andra, den die Leute hier Hulder nannten, gurgelte munter vor sich hin. Dennoch konnte sie sich für diese Pracht nicht wirklich begeistern. Ihre Gedanken waren ständig bei dem belauschten Gespräch von gestern.

Als sie mit dem Rad ankam, trat Elsie grade aus der Reithalle. Die Pferdetrainerin sah immer noch schrecklich niedergeschlagen aus. Ihr sonst so lebhaftes Gesicht hatte eine graue Farbe angenommen.

Als Ava vor ihr abbremste, zwang sich Elsie zu einem raschen Lächeln. »Schon so früh aus den Federn? Hattest wohl Sehnsucht nach dem Feenpferd, was?!«

»Feenpferd?«, fragte Ava irritiert.

»Hat dir Graps diese Legende nicht erzählt? Das wundert mich. Mich hat er früher ständig damit genervt.«

»Was ist denn ein Feenpferd?«, hakte Ava nach.

Elsie seufzte. »Ach, den Bären lässt du dir besser von ihm selbst aufbinden. Er kann das tausendmal besser als ich. Wenn er die Geschichte erzählt, klingt sie beinah glaubhaft.« Elsie sah sie prüfend von der Seite an. »Du bist gestern so schnell abgehauen?!«

Ava nickte flüchtig. »Ging nicht anders. Es wäre sonst dunkel geworden. Meine Eltern bestehen darauf, dass ich bei Nacht nicht alleine durch den Wald in die Stadt fahre.«

»Klingt vernünftig, aber dadurch konnte ich dir nicht sagen, wie traumhaft du gestern auf Soraya ausgesehen hast. Klar, du bist ein großes Risiko eingegangen. Und es wäre mir lieber gewesen, du hättest mich vorher gefragt. Andererseits hätte ich dann bestimmt *Nein* gesagt, und dann hätte ich euch beide um eine große Sache gebracht.« Elsie schenkte Ava ein unbeholfenes Lächeln. »Von mir aus kannst du sie also jederzeit reiten. Das scheint ihr wirklich gutzutun! Vorhin, als ich sie auf den Paddock geführt habe, hat Soraya mich doch tatsächlich gnädigerweise mal nicht getreten – wie nett von ihr!«, hängte sie ironisch dran.

»Ehrlich?« Avas Gesicht hellte sich auf.

»Hab mir schon gedacht, dass dir diese Nachricht gefallen könnte«, lachte Elsie. »Und ich könnte mich auch glatt dran gewöhnen. Von mir aus hast du also grünes Licht. Und wenn das gestern nicht so rübergekommen ist, tut mir das leid. Ich war etwas von der Rolle ... dieser Sektempfang ...«

Ava wartete, bis Elsie weitererzählte, was sie aber nicht tat. Und so sagte auch sie nichts, weil sie ja ohnehin längst alles wusste. Stattdessen versorgte Ava Soraya und half Elsie mit den anderen Pferden, bis endlich Lou und Elaf eintrudelten. Lou sah noch ziemlich verschlafen aus. Elaf hingegen wie immer toll. Prompt schlug Avas Herz schneller, als er mit breitem Lächeln auf sie zukam.

»Na, wo brennt's denn?«, fragte er grinsend. »Hat Soraya versehentlich die Schubkarre gefressen, oder ist sie wieder vom Paddock abgehauen?«

»Weder noch«, murmelte Ava und deutete den beiden an, mit ihr mitzukommen. »Weißt du zufällig, wo wir reden können?«, fragte sie Elaf, als Elsie außer Hörweite war.

Lou blinzelte sie mit müden Augen an. »Dann war deine Nachricht also doch ernst gemeint? Was ist denn los?«

»Nicht hier«, flüsterte Ava und suchte Elafs Blick. »Und?«

Der Junge mit den rabenschwarzen Haaren überlegte einen Augenblick, dann nickte er. Er ging ein Stück die Schotterstraße entlang, auf der Soraya vor gar nicht mal so langer Zeit auf die Autobahn zugerast war. Ava kam es dennoch wie eine Ewigkeit vor, so viel war inzwischen passiert. Als Nächstes zweigte er ab und folgte einem Waldweg, bis er vor einem Jägerhochsitz stehen blieb.

»Silvesters geheimes Versteck«, grinste Elaf und kletterte die Leiter hoch. »Hier können dich nur die Vögel hören und vielleicht ein paar Käfer.« Ava und Lou folgten ihm neugierig. Als sie die Luke erreicht hatten und den Kopf in das Innere des Holzhäuschens steckten, waren sie überrascht, wie gemütlich *Silvesters Versteck* von innen wirkte.

»Wie ein Baumhaus«, staunte auch Lou und ließ sich auf die Bank fallen. »Und der Proviant ist auch schon da, wie praktisch!« Sie zog ein Säckchen Karamellbonbons aus dem Regal. »Boah, ich hab eh noch nicht gefrühstückt.« Sie nahm sich ein Bonbon und steckte es genüsslich in den Mund. »Dass eins fehlt, fällt bestimmt nicht auf, solange ihr mich nicht verpetzt«, fügte sie grinsend hinzu.

Seit einiger Zeit wirkte Lou wie ausgewechselt. Früher

hätte sie jetzt kaum was gesagt. Grade wenn Elaf in der Nähe war. Doch je häufiger sich die drei im Forsthaus trafen, umso mehr schien sie auch Elaf gegenüber aufzutauen, und Ava war heilfroh darüber. Wäre sie nicht mit Lou und Elaf befreundet, hätte sie niemanden, dem sie davon erzählen konnte, welche Sorgen sie plagten. Sie quetschte sich also neben Lou auf die Bank, und Elaf machte es sich auf einem Schemel gegenüber gemütlich. Als die beiden sie fragend anblickten, wusste Ava aber dann plötzlich nicht, wie sie anfangen sollte. Sie blickte zum Fensterchen hinaus, durch das Silvester mit Sicherheit die Tiere des Waldes beobachtete. In der Tat war die Aussicht von hier oben eine Wucht. Die Krone der mächtigen alten Zeder, in die der Hochsitz gebaut war, wölbte sich wie eine schützende Hand über sie und ließ sie mit dem Grün um sie herum verschmelzen. Der Baum verströmte einen würzigen Duft, und Ava schloss die Augen.

»Schieß endlich lo-os«, stöhnte Lou und gab dann ein hysterisches Grunzen von sich. »Oh, bitte nicht! Das mit dem Schießen hab ich nicht so gemeint. Ich kann Jäger nicht ausstehen! Dieses Geballer – wenn ihr mich fragt, sollte das verboten sein.«

»Keine Sorge, Silvester ist Förster, kein Jäger«, meinte Elaf bloß.

Lou seufzte erleichtert. »So ein Glück! Kurz habe ich gedacht, der alte Kauz ist ein Massenmörder. Aber jetzt mal im Ernst, raus mit der Sprache! Du hast hoffentlich einen triftigen Grund, warum ich ausgerechnet an einem Sonntag schon vor dem Mittagessen aufgestanden bin.«

»Ja, du machst es ja wirklich spannend.« Elaf sah Ava interessiert an.

»Wenn es bloß so wäre«, seufzte sie und erzählte endlich, was los war. Zuerst freuten sich Lou und Elaf für sie, dass Ava bei Soraya endlich den Durchbruch errungen hatte. Doch als sie weitersprach, wurden ihre Mienen immer betroffener.

»Das wundert mich nicht, dass Elsie den Kredit nicht bekommt«, murrte Elaf schließlich.

Lou zuckte mit den Schultern. »Klar, 850 000 Euro kriegt man nicht einfach so … das ist viel Geld, würde ich meinen.«

»Aber Elsie ist in der Szene berühmt«, erklärte er. »Sie redet nicht gern darüber, aber ich habe sie schon häufig telefonieren gehört. Die Leute rufen von überall an, um ihr Pferd von ihr trainieren zu lassen. Ihr Terminkalender ist randvoll bis nächstes Jahr. Das müsste für die Bank als Sicherheit doch reichen. Aber natürlich nicht für Kronbeek, diesen schmierigen Kerl!«

Ava und Lou rissen gleichzeitig die Augen auf. »Du meinst, Kronbeek, wie Florentine Kronbeek?«

Elaf nickte. »Ihr Vater ist der Oberboss der hiesigen Bank und zugleich ganz dick mit Bertram Rauewitz. Zuletzt habe ich Florentine im Gang lästern gehört. Rauewitz soll es gar nicht gut finden, dass Elsie in Cassisburg Fuß fassen will. Schließlich bietet er auch Reitstunden und Beritt an. Es ist offensichtlich, dass Elsie ihm mit ihrem Pferdezentrum das Geschäft streitig machen wird. Ria war früher bei ihm im Springstall, aber der Unterricht war eine Katastrophe. Rauewitz ist total turniergeil, und genauso sind auch seine Reitstunden. Von *Reiten macht Spaß* hat der noch nie was gehört. Zum Glück hat sie ja jetzt Flauschbär ... oder soll ich sagen, sie *hatte* Flauschbär?«

Daran wollte Ava gar nicht denken! Wenn die Hennellys tatsächlich das Forsthaus verlieren würden, was wurde dann aus Soraya? Auch wenn sie einen hohen Ausbildungsgrad hatte, wer würde schon ein blindes Pferd kaufen wollen? Mit diesem Temperament?

Zum Glück war die Sache jedoch nicht völlig aussichtlos, denn es gab da eine Möglichkeit. »Elsie hat gestern von ihrem Vater gesprochen«, sagte Ava deshalb. »Er heißt Peter Hennelly. Anscheinend hat der das Geld, aber Elsie will ihn nicht darum bitten. Weißt du, warum?« Sie blickte Elaf an.

Doch er zuckte ratlos mit den Schultern. »Anscheinend ist er irgendein berühmter Springreiter ...«

»Nein, das gibt's nicht!« Mit einem Schlag war Ava plötzlich klar geworden, warum ihr der Name *Hennelly* die ganze Zeit über so bekannt vorgekommen war. »*Pete Hennelly* ist Elsies Vater? Ich glaub, mich tritt ein Pferd! Wisst ihr, wie berühmt der ist? Der hat vor etlichen Jahren Olympiagold im Mannschaftsbewerb gewonnen und gilt als einer der besten Springreiter weltweit. Der Eisklotz träumt seit Ewigkeiten davon, ihn mal für ein Trainingswochenende nach Eschenthal zu kriegen. Bislang ist das aber am nötigen Kleingeld gescheitert. Er soll mehrere Tausend verlangen … pro Teilnehmer!«

Als Lou hörte, welch fette Gage Elsies Vater regelmäßig einstreifte, fing sie wie wild an, auf ihrem Handy herumzutippen. Als sie fündig geworden war, hielt sie es Ava unter die Nase. »Ich glaube, ich weiß, warum Elsie sein Geld nicht haben will. Der scheint ziemlich grob zu sein. Laut diesem Forum da ist er derzeit als Trainer tätig, weil er eine mehrjährige Turniersperre bekommen hat. Er darf also gerade gar nicht auf Turnieren starten …«

Ava überflog die Zeilen. Die Berichte, die von Pete Hennelly im Netz kursierten, beschrieben einen harten, gefühlskalten Reiter, der sein eigenes Wohl über das des Tieres stellte. Jetzt begriff sie, warum Elsie nichts mit ihm zu tun haben wollte, auch wenn er ihr eigener Vater war. Und würde sie sein Geld annehmen, käme das einem Blutgeld gleich – Ava hätte genauso reagiert, wenngleich das bedeutete, dass sie nun um eine Lösung ärmer waren. »Und was jetzt?«

Elaf zuckte mit den Schultern, und Lou blickte gleichermaßen ratlos drein.

»Sorry, ich hab keine Ahnung. Und dazu beisteuern kann ich auch nichts, selbst wenn ich wollte. Ich hab mein ganzes Erspartes gerade ausgegeben«, seufzte sie. Wofür, verriet sie nicht, aber Ava wusste ohnehin, dass sie damit ihr Weitwinkelobjektiv bezahlt hatte.

Elaf hingegen sparte auf ein neues Downhill-Bike, und Ava war ohnehin blank. Sie konnte gar nichts dazu beitragen … nicht mal einen winzigen Teil der Riesensumme … oder vielleicht … doch?

Eine Idee durchzuckte sie. »Dann müssen wir das Geld eben im Sommer verdienen«, rief sie plötzlich und sprang auf. »Auf Eschenthal gibt es in den Sommermonaten immer ein Ferienprogramm. Da dürfen die Kinder nicht nur reiten, sondern auch Mähne flechten und mit den Ponys Geschicklichkeitsspiele spielen. Ich habe früher oft mitgeholfen, ich weiß also, wie so was funktioniert. Um die Kleinen bei Laune zu halten, braucht man keine ausgebildete Pferdetrainerin zu sein. Die meisten von ihnen sind sowieso mit Elsies Anweisungen überfordert. Die wollen einfach einen schönen Tag auf dem Pferdehof verbringen.« Sie strahlte die beiden an. »Na, was sagt ihr dazu? Das könnten wir doch übernehmen! Seid ihr dabei?«

Elaf antwortete zuerst. »850 000 Kröten in sechs Wochen Schulferien, also in 42 Tagen, das macht ungefähr 20 000 pro Tag. Und wenn du einen Fuffi pro Tag nimmst, bräuchten wir 400 Ponys, um …«

»Sag mal, bist du Mathegenie, oder was?«, rief Ava aufgebracht dazwischen, als ihr klar wurde, worauf Elaf hinauswollte. Ihre Idee war absolut unrealistisch. Das wurde nun auch deutlich, und das ärgerte sie. »Wenn du so gut rechnen kannst, warum hast du dann überhaupt die Klasse wiederholt?«, knurrte sie. Als sie jedoch seinen Blick auffing, merkte sie, wie gemein das eben von ihr gewesen war. »Tut mir leid«, sagte sie rasch. »Ich hätte das nicht sagen sollen ... es ist mir einfach rausgerutscht ... so was passiert mir ständig ... du weißt schon ... *Ava wie Lava* ...« Sie lächelte schuldbewusst, doch eine bleierne Stille drängte sich zwischen sie.

»Kohle hin oder her«, sagte Lou nach einer Weile des Schweigens. »Willst du wirklich den ganzen Sommer lang den Babysitter spielen? Außerdem, was wird Elsie dazu sagen? Wie ich sie kenne, wird sie bestimmt nicht davon begeistert sein, wenn ab jetzt jeden Tag hier die Hölle los ist.«

Elaf seufzte. »Lou hat recht. Elsie findet schon die Pony-Samstage schrecklich anstrengend. Außerdem muss sie sich ja auch um die Berittpferde kümmern.«

»Und wenn *ich* die Pony-Samstage in Zukunft übernehme?« Ava ließ nicht locker. Ihr Kampfgeist ließ das nicht zu. Es stand zu viel auf dem Spiel! Auch wenn sie niemals diesen Haufen Geld in einem Sommer verdienen konnte, war es zumindest ein Anfang, ein Wille. Warum sahen das Lou und Elaf nicht ein? Wieder spürte sie die kalte Wut, die ihr die Kehle hochkroch, doch dieses Mal bekam sie sie unter Kontrolle. Sie holte tief Luft, ehe sie mit klarer Stimme fortfuhr: »Ich könnte die Reitstunden samstags einfach verdoppeln, also vormittags und nachmittags Stunden anbieten. Den Pferden macht das nichts aus, wenn sie zweimal am Tag geritten werden. Ein bisschen mehr Bewegung tut Guinevere und den anderen sogar gut. Somit hätten wir zumindest schon mal doppelt so viel Geld wie vorher. Und wenn das gut läuft und ich mich nicht allzu blöd beim Unterrichten anstelle, können wir in den Ferien immer noch zusätzliche Ponytage anbieten. Das ist besser, als nichts zu tun und gleich kampflos aufzugeben«, hängte sie knurrend dran und reckte das Kinn.

»Und wie willst du die Kinder anlocken?«, fragte Lou schließlich. »Willst du ihnen bei Rauewitz auflauern und sie hierherkarren? Oder gar in der Schule Werbung dafür machen?«

Ava zuckte mit den Schultern. »Wieso nicht? Das mit der Werbung ist eine gute Idee! Am besten ist, wir verteilen gleich in der ganzen Stadt Flugzettel. Wenn sich daraufhin die Leute bei Elsie melden, bleibt ihr nichts anderes übrig, als auf mein Angebot einzugehen.«

Elafs Miene hellte sich endlich wieder auf. »Du, das könnte wirklich klappen«, murmelte er erstaunt. »Und wisst ihr was? Die Flugzettel können wir bei uns im Café drucken. Meine Eltern haben einen riesigen Farbdrucker genau für solche Zwecke im Büro stehen. Und wenn wir noch dein Foto draufpacken, werden sie uns die Bude einrennen.« Er schenkte Lou ein strahlendes Lächeln.

Lou aber wirkte plötzlich wie versteinert. In ihrem limonengrünen Shirt sah sie ganz käsig aus, und ihre nutellafarbenen Augen blickten Ava anklagend an. Dann schüttelte sie den Kopf. »Großes Pferde-Ehrenwort, von wegen«, murmelte sie. Ohne eine weitere Erklärung kletterte sie die Holzleiter hinunter, und weg war sie.

»Hä? Hab ich was Falsches gesagt?«, fragte Elaf und schaute Lou kopfschüttelnd hinterher. »Das Foto von Soraya und dir, das ist doch genial?!«

Ava antwortete nicht. Natürlich wusste sie, warum Lou eben so sauer geworden war. Aber hätte sie es Elaf erklärt, hätte sie Lou erst recht verraten. Das alles war doch bloß ein doofes Missverständnis. Und wäre ihre Freundin eben nicht einfach so kopflos davongelaufen, hätte Lou selbst gecheckt, dass sie niemals ein Sterbenswort verraten hatte. Zu keinem. Auch nicht zu Elaf. Ava konnte Geheimnisse gut für sich behalten. Schließlich hatte sie nicht mal Lou erzählt, dass Elaf mit Sicherheit XluX war. Denn Elaf hatte bestimmt seine Gründe, warum er nicht wollte, dass jemand sein Geheimnis lüftete.

Außerdem hatte sie ohnehin andere Sorgen! Soraya und die anderen Pferde würden schon bald ihr Zuhause verlieren, wenn sie nichts dagegen unternahm. Dass Lou ausgerechnet jetzt so eine Nummer abzog, anstatt ihr zu helfen, ärgerte Ava maßlos. Abermals reckte sie das Kinn. »Ich glaube, die Flugblätter kriegen wir auch ohne Foto hin!«, sagte sie knurrend.

Es war ein seltsames und zugleich schönes Gefühl, als Ava mit Elaf, Schulter an Schulter, durch die Innenstadt zog. Es war das erste Mal, dass sie mit ihm alleine war. Also, so richtig. Ohne Soraya. Der Gedanke machte sie nervös.

Auch Elaf war nicht mehr so selbstsicher wie sonst. Was

bestimmt daran lag, dass Ria vorhin im Café ihrer Eltern laut gebrüllt hatte: »MAMA! PAPA! ELAFS FREUNDIN IST DA!«

Zum Glück waren Elafs Eltern taktvoller und ließen sie in Ruhe, sobald sie sich am Computer zu schaffen gemacht hatten, um die Flugblätter zu kreieren.

Jetzt hatte jeder von ihnen einen Packen Zettel in der Hand und tackerte sie an jede Litfaßsäule, an jede Plakatwand, die sich ihnen in den Weg stellte.

Dann gingen Ava und Elaf weiter runter zur Andra. An der Uferpromenade war mächtig viel los. Auf dem Beachvolleyballplatz lieferten sich ein paar Leute ein Match. Familien picknickten im Schatten der Bäume. Auch die ersten Eisverkäufer des Jahres nutzten das schöne Wetter und tingelten mit ihren Wägelchen am Flussufer entlang. Ava und Elaf holten sich ebenfalls ein Eis und setzten sich damit ans Wasser. Die Andra war ein schöner Fluss. Sie war tiefblau, und es ging eine unglaubliche Ruhe von ihr aus.

»Echt schön«, seufzte Ava deshalb und vergaß für einen Moment ihre Sorgen.

Auch Elaf starrte aufs Wasser. Nach schier endlosen Sekunden murmelte er: »Deine Augen haben dieselbe Farbe.«

Überrascht blinzelte Ava ihn an. Das war echt süß von ihm, so was zu sagen. »Und deine sehen aus wie der Wald«, murmelte sie deshalb.

Elaf lächelte. Als sich ihre Blicke kreuzten, spürte Ava das Kribbeln auf ihrer Haut. Elaf schien es genauso zu gehen, denn fast gleichzeitig richteten sie ihre Aufmerksamkeit wieder aufs Wasser.

Es war schon spät, als sie endlich mit dem Aufhängen der Flugblätter fertig waren. Als sie zurück zur Innenstadt gingen, zögerte Elaf plötzlich. Ava folgte seinem Blick und sah vor ihnen eine Gruppe Jugendlicher auf ihren Downhill-Bikes auf sie zukommen. Sie lachten und fuhren freihändig nebeneinander her. Alle trugen einen Rückenprotektor und Fullface-Helme und waren von oben bis unten mit Matsch vollgespritzt. Als sie näher kamen, bremste einer von ihnen ab und klappte den Schild von seinem Helm hoch.

»He, Elaf, altes Haus, schon lange nicht mehr gesehen! Was treibst du denn hier? Hast du meine Nachricht nicht gekriegt? Ich hab dir geschrieben, weil wir eine neue Strecke oben auf der Cassisburg ausfindig gemacht haben, und ich dachte, da willst du sicher dabei sein?!«

Ava hatte das Gefühl, dass sie den Jungen schon mal in der Schule gesehen hatte. Wenn sie sich recht erinnerte, hieß er Paul und ging in die Achte, also in Elafs ehemalige Klasse.

»Mir ist was dazwischengekommen«, antwortete Elaf ausweichend. »Außerdem ist mein Bike sowieso hinüber, das weißt du doch. Und so schnell kriege ich es auch nicht mehr zusammengeflickt, der ganze Rahmen ist verbogen.«

Paul klopfte Elaf aufmunternd auf die Schulter, aber nicht ohne vorher Ava ausgiebig gemustert zu haben. »Dann komm doch einfach jetzt mit. Wir wollen noch rüber zur alten Skateranlage, um ein paar BMX-Tricks auszuprobieren. Du kannst ja mein Bike nehmen. Und *sie* kann auch mit, wenn sie will.«

»*Sie* heißt Ava«, sagte Ava.

»Paul«, sagte Paul.

»Ich weiß«, sagte sie.

»Seid ihr jetzt fertig?«, grinste Elaf.

Paul grinste ebenfalls. »Und? Kommt ihr mit?«

Elaf zuckte mit den Schultern und sah Ava an.

»Geht ruhig. Ich will sowieso nach Hause«, antwortete sie.

»Da lässt du dir aber was entgehen. Elaf ist der Beste von uns«, meinte Paul, und Ava spürte, dass er das ernst meinte.

Elaf jedoch lachte bitter. »Genau, gerade deshalb ist ja auch mein Bike hinüber, weil ich so gut bin«, sagte er trocken und rammte die Hände in die Hosentaschen. »Hat's nicht überlebt, den Unfall damals, ich hatte schon etwas mehr Glück.«

Fassungslos starrte Ava ihn an. »Ehrlich? Das ist ja schrecklich!«

»Was? Dass er noch lebt?«, scherzte Paul.

Ava ignorierte ihn. Stattdessen blieb ihr Blick an Elafs Narbe hängen, und eine böse Vorahnung beschlich sie, wobei ihr die dumme Bemerkung von heute Vormittag jetzt noch mehr leidtat. Doch jetzt war nicht der richtige Zeitpunkt, um Elaf danach zu fragen. Stattdessen verabschiedete sie sich und ging einfach. Schließlich hatte sie genau gespürt, wie peinlich Elaf eben dieses ungeplante Aufeinandertreffen mit seinen Bike-Freunden gewesen war. Also half sie ihm, indem sie ihm die Entscheidung abnahm und sich verdünnisierte.

#FEENPFERD

Ava nutzte die Ruhe des Morgens, um mit Soraya auf dem Sandplatz zu reiten. Je länger sie im Sattel saß, umso leichter und freier fühlte sie sich. Die Sorgen schienen wie weggeblasen, als sie über den Sandplatz schwebten. Das Wetter war prächtig. Keine Wolke trübte den Himmel, und wäre Soraya nicht blind gewesen, hätte sie am liebsten nach dem Training noch einen Ausritt mit ihr gemacht. Doch das ging natürlich nicht. Auch wenn Soraya sich auf dem Reitplatz super zurechtfand, würde das im Gelände gänzlich anders sein. Vertrauen hin oder her.

Aber davon ließ sich Ava nicht die Laune verderben. Auch Soraya schnaubte zufrieden, und das war für Ava ohnehin das schönste Lob. Schließlich zählte für sie eine Sache am allermeisten: *Happy horse of course.*

Also trabte sie noch mal an, wechselte dann durch den Zirkel und galoppierte punktgenau in der Mitte bei X an, als plötzlich jemand Beifall klatschte und somit die morgendliche Ruhe zerstörte.

Soraya erschreckte sich und machte einen panischen Satz nach rechts. Um Haaresbreite wäre Ava in die Einzäunung galoppiert, hätte sie nicht ohnehin auf den zweiten Hufschlag gewechselt. Zum Glück reagierte die Silberstute prompt auf Avas äußeren Schenkel und machte einen weiteren Satz nach links. Dann blieb sie wie versteinert stehen und blähte die Nüstern.

»Himmel noch mal, wie konnte ich das vergessen? Ich Depp!« Hinter dem Busch, woher der Beifall gekommen war, fluchte nun jemand. Als Ava darauf zuritt, schob sich ein weißbärtiger Kopf aus den Blättern.

»Was tun Sie denn da?«, fragte Ava irritiert.

»Ich wollte euch nicht stören«, murmelte Silvester Hennelly verlegen und stakste unbeholfen aus dem Dickicht.

Ava grinste. »Von wegen. Sie wollten gucken, ob wir alleine zurechtkommen, stimmt's?«

Ertappt senkte Elsies Großvater den Kopf. »Vielleicht ein bisschen«, nuschelte er. »Und das wäre wohl auch so gewesen, wenn ich nicht ... na ja, geklatscht hätte. Tut mir leid, dass ich euch erschreckt habe. Ich hab das schon ganz vergessen. Soraya hatte schon immer ein kleines Problem damit.« Er verzog den Mund zu einem schelmischen Schmunzeln. »Ich werde das Klatschen in Zukunft also lieber sein lassen, auch wenn ihr beide Beifall verdient hättet.«

Ava lachte, doch dann fiel ihr etwas ein. Es gab nämlich noch einen anderen Grund, warum Ava schon frühmorgens in den Pfingstferien im Forsthaus war. »Haben sich heute zufällig ein paar neue Reitschüler angemeldet?«, fragte sie begierig. Immerhin hingen in der Stadt nun Hunderte von Flugzetteln herum, die man nicht so einfach übersehen konnte.

Silvester Hennellys buschige weiße Augenbrauen schnellten verwundert in die Höhe. »Wieso?«

»Ach, nur so«, antwortete Ava abweichend. »Ein paar Leute von der Schule haben mich gefragt, ob ich jemanden wüsste, der guten Reitunterricht gibt. Da habe ich ihnen Elsies Handynummer gegeben.«

Der alte Mann schüttelte den Kopf. »Nein, bisher nicht. Aber ein paar neue Reitschüler würden nicht schaden.« Sein Blick verfinsterte sich.

Kurz überlegte Ava, ob sie ihm von dem belauschten Gespräch und den Flugzetteln erzählen sollte, doch anscheinend wollten weder Silvester noch Elsie über ihre finanziellen Sorgen reden, was ihr ziemlich bekannt vorkam. Ihre Eltern hatten es schließlich genauso gehalten und alles vor ihr verschwiegen. Stattdessen fragte sie: »Wissen Sie eigentlich, was ein Feenpferd ist?«

Silvester Hennellys Augen hellten sich augenblicklich auf. »Sicher«, nickte er. »Aber ich bin überrascht, dass du das weißt.«

Ava schwang sich vom Sattel und lockerte den Sattelgurt. »Weiß ich auch nicht, aber ich würd's gern wissen. Als Entschädigung, für den Schreck von vorhin.« Sie grinste breit.

Silvester Hennelly lachte. »Also gut. Dann sattle dein

Pferd ab und komm später in die Küche. Ich muss allmählich das Mittagessen kochen.«

Als Ava nach ihrer morgendlichen Arbeit das Forsthaus betrat, staunte sie nicht schlecht. Es sah von innen genauso märchenhaft aus, wie es von außen versprach. Die Möbel waren zwar altmodisch, passten aber zum Rest des Hauses. Am besten gefiel ihr, dass überall Pferdesachen rumhingen. Schon im Flur baumelten anstatt Jacken Halfter an den Kleiderhaken, und ein Sattel hing auf dem Treppengeländer. Eine Abschwitzdecke lag über einem Stuhl, und mehrere Paar Reitstiefel standen der Reihe nach in einem Schuhregal.

»Komm ruhig rein«, rief Silvester Hennelly.

Ava folgte der Stimme. Die Küche war groß und gemütlich. In der Mitte stand ein schwerer Eichentisch mit zwei langen Bänken an den Seiten. Auf dem Tisch dampfte eine Schüssel mit Kartoffeln.

»Kannst du pellen?«, fragte Silvester prompt, der eifrig in einem Topf am Herd rührte.

Obwohl Kartoffelpellen nicht zu Avas Lieblingsbeschäftigungen zählte, gab sie keinen Mucks von sich. Schließlich wollte sie die Geschichte hören, und verbrannte Fingerkuppen schienen der Preis dafür zu sein. Also tat sie, was Elsies Großvater befahl, und rammte die Gabel in eine Kartoffel, während sie Silvesters tiefer Stimme lauschte.

»Also«, begann er, »damit du die Legende verstehst,

musst du ein bisschen über unsere Stadtgeschichte Bescheid wissen, das Feenpferd ist nämlich eng damit verwoben. Die Stadt wurde einst von einem ziemlich mutigen Burgherrn regiert, der oben in der Cassisburg lebte. Sein Name war Mertlin, Freiherr von Cassisburg. Man sagte Mertlin nach, dass er ein gutes Herz hatte und so auch für seine Leute sorgte. Die Menschen aus seinem Reich waren also mit ihrem Burgherrn zufrieden. Doch eines Tages geschah ein Unglück. Freiherr Mertlin war auf die Jagd gegangen, aber als abends sein Pferd alleine zur Burg zurückkehrte, vermuteten die Leute Schreckliches. Die ganze Nacht lang suchten sie nach ihrem Herrn, und als der Morgen graute, hatte man beinah die Hoffnung aufgegeben, ihn noch lebend in den weitläufigen Wäldern zu finden, denn zu dieser Zeit gab es noch Wölfe und Bären hier. Da kam ihnen auf einmal in den morgendlichen Huldernebeln – und zwar genau auf der Lichtung, wo mittlerweile das Forsthaus steht«, Silvester Hennelly machte eine dramatische Pause, drehte sich zu Ava hin und raunte, »ein silberfarbenes Pferd entgegen. Sein Fell soll im vergehenden Mondlicht geglitzert haben, und es schwebte lautlos über die feuchten Wiesen. Auf seinem Rücken trug es den schwer verletzten Burgherrn. Das Silberpferd hatte Mertlin das Leben gerettet, doch niemand konnte später herausfinden, woher das Pferd überhaupt gekommen war. So vermutete man schließlich, dass sich hier auf der Lichtung wohl ein Feenhügel befindet, da, wo die Hulder eine Schlinge macht und die Wiesen sich aufwerfen. Denn Feenpferde werden nur sichtbar, wenn das Schicksal sie ruft, und dann erkennst du sie immer an ihrer flachsfarbenen Mähne, die wie gesponnenes Silber wirkt.« Er machte eine Pause. »Seitdem besitzt das Stadtwappen von Cassisburg ein silbernes Pferd als Wappentier, obwohl die wenigsten Einwohner wissen, dass es sich dabei eigentlich um ein Feenpferd handelt. Oben auf der Burgruine ist es noch in Stein gemeißelt, das Feenpferd von damals. Als Dank für seine treue Dienerschaft ließ Freiherr Mertlin von Cassisburg auf der Lichtung später ein Gutshaus errichten, wo die Menschen Arbeit fanden und ein sicheres Leben führten. Der eigentliche Zweck des Gutshauses war aber ein anderer. So munkelt man, dass das Gutshaus gebaut wurde, um den Feenhügel in Zukunft vor Zerstörung zu beschützen. Denn das soll das Feenpferd damals als Dank verlangt haben, und das wurde auch bis jetzt eingehalten. Du kannst dir also vorstellen, wie überrascht Albertina und ich vor etlichen Jahren waren, als wir Soraya zum ersten Mal gesehen haben. Sie war bei einer Pferdeauktion vorgestellt worden, doch niemand wollte sie haben, weil sie sich aufführte wie eine Furie. Wir mussten sie einfach ins Forsthaus holen.« Er lachte. »Es war Schicksal.« Dann aber rümpfte er die Nase. »Sag mal, was riecht denn hier so komisch?« Silvester Hennelly schwenkte den Kochlöffel in der Luft und drehte sich um. »Herrschaftszeiten, die Bratlinge!« Hastig zog er das verkohlte Etwas vom Feuer. »Na, dann gibt es wohl nur Bratkartoffeln zu Mittag«, seufzte er.

Ava saß in Sorayas Heuraufe auf dem Paddock und sah ihr beim Fressen zu. Die Silberstute schien nichts dagegen zu haben, dass Ava in ihrem Essen lag. Eigentlich genoss sie es, denn ab und an zog Ava ein Möhrenstück aus der Hosentasche und hielt es Soraya hin.

Dann ließ sie sich wieder ins Heu sinken und sah den Wolken beim Vorüberziehen zu. Dabei klangen Silvesters Worte in ihren Ohren. Die Geschichte war ihrem Traum so verdammt ähnlich, dass das glatt gruselig war. Bisher hatte sie gedacht, ihr Unterbewusstsein habe ihr mit dem Traum einfach sagen wollen, dass sie keine Angst davor haben sollte, Soraya zu reiten. Doch jetzt war sie sich nicht mehr so sicher, ob das die wahre Bedeutung des Traums war.

Feenpferde werden nur sichtbar, wenn das Schicksal sie ruft, hatte Silvester gesagt. Das klang ziemlich abgedroschen. Andererseits hätte Ava gerade jetzt alles dafür gegeben, wenn Soraya wirklich ein Feenpferd war, das sie vor dem Schicksal beschützte, ihr Zuhause zu verlieren.

Als Ava klar wurde, dass sie damit nicht nur Sorayas Zuhause meinte, meldete sich prompt die fiese Magenschnecke zurück. Das Forsthaus war in der Zwischenzeit auch ihr Zuhause geworden, wie es einst Eschenthal gewesen war, und im Stillen fragte sie sich, ob sie somit der verwundete Burgherr im Traum war? Wenn ja, war es dann ihre Aufgabe, den Feenhügel zu beschützen?

Sie ließ den Blick über die Lichtung schweifen. Ganz hinten am Waldrand auf Guineveres Koppel, wo sich diese kleine Insel mit der geschnitzten Bank befand, waren tatsächlich mehrere Aufwölbungen in der Wiese zu sehen. Das Gras dort war lang, aber Guinevere und die anderen Stuten betraten die Hügel nie. Warum? Weil ihnen das Gras dort nicht schmeckte, oder war es aus Respekt, jenen gegenüber, die die Menschen nicht sehen konnten? Pferde hingegen schon?

Ava musste über sich selbst lachen, als sie sich bei diesen abstrusen Gedanken ertappte, in den unebenen Stellen nun auch einen Feenhügel zu sehen. Ihr Gehirn schien schon so verzweifelt zu sein, dass sie tatsächlich begann, an Silvesters Geschichte zu glauben. Andererseits, war das so verwunderlich?

Endlich hatte sie angefangen, sich in Cassisburg wohlzufühlen, da schien schon wieder alles in die Brüche zu gehen. Es war ihr bewusst, dass es sich dabei um reines Wunschdenken handelte – nur leider hatte das meist nichts mit der Wirklichkeit zu tun. Am liebsten hätte sie jetzt mit Lou darüber gequatscht, aber die musste ja noch immer sauer auf sie sein. Und dennoch vermisste Ava ihre Freundin schrecklich. Lou hatte die Gabe, Dinge auf den Punkt zu bringen. Sie würde Ava im Handumdrehen diese Feenflausen austreiben. Und genau das brauchte sie jetzt. Deshalb gab sie sich einen Ruck und schrieb ihr.

Können wir reden? Vermiss dich! *herz*

Lou antwortete prompt.

Ok, in einer halben Stunde oben auf der Ruine. *herz*

Wie es schien, ging Lou der Streit ebenfalls auf die Nerven. Erleichtert krabbelte Ava aus dem Heu. Wenn sie gleich losfuhr, hatte sie noch Zeit, nach dem steinernen Wappen zu suchen, von dem Silvester gesprochen hatte. Nicht dass sie seiner Geschichte misstraute. Aber sicher war sicher. »Wünsch mir Glück«, rief sie Soraya zu, doch die hatte grade nur Fressen im Sinn.

Lou war schon da, als Ava keuchend die Allee hochgestrampelt kam. Die Burgruine war von der Nähe aus betrachtet noch imposanter, und Ava spürte bei jedem Schritt die Vergangenheit in den Schatten der alten Mauern. Auf einer der Restmauern saß Lou und ließ die Beine baumeln, die in zweifarbigen Chucks steckten. Einer war rot, der andere grün. Lou-Style eben, und Ava musste lächeln.

Ava ging auf ihre Freundin zu, doch die war so mit ihrem Smartphone beschäftigt, dass Lou sie gar nicht kommen hörte. Ava blieb hinter ihr stehen und linste über ihre Schulter. Lou scrollte eben auf Insta durch und blieb auf einem der Profile kleben. *Theofficialxlux.*

»Wahnsinn, schon 3000 Likes«, murmelte Lou.

»Was? Nur?«, meinte Ava trocken.

Sie hatte ihre Freundin nicht erschrecken wollen, doch

Lou schoss daraufhin derart in die Höhe, dass sie beinah ihr Handy in den Burggraben fallen ließ. »Bist du wahnsinnig?«, stöhnte sie dann, als sie wieder Luft bekam. »Du kannst dich doch nicht einfach so von hinten anschleichen? Noch nie was von Burggespenstern gehört?«

»Sorry«, grinste Ava und kletterte zu ihr auf die Mauer. »War keine Absicht.« Sie hockte sich auf die Mauer und beugte sich zu ihr rüber. »Zeig mal.«

Zögernd hielt Lou ihr das Handy hin.

Neugierig wischte Ava durch XluXs Fotogalerie. Beim letzten Foto, das erst in der Nacht ins Netz gestellt worden war, blieb sie verblüfft hängen. »Es gibt ein neues? Vom Skatepark?«

Lou nickte. »Und schon 3000 Likes. Krass, oder?«

Ava klappte der Mund auf. »Voll krass«, bestätigte sie, obwohl sie etwas ganz anderes damit meinte. Denn das alles konnte nun wirklich kein Zufall mehr sein! Elaf war gestern mit seinen Freunden dorthin gegangen – und jetzt war eine Aufnahme davon im Netz! Dem Foto nach zu urteilen, hatte sie aber nicht viel versäumt. Die Halfpipes und die Rampen waren in einem derart schlechten Zustand, dass Ava sich nicht vorstellen konnte, dass die Anlage überhaupt noch benutzt wurde. Wie es schien, musste auch hier die Stadt sparen, und Ava fragte sich im Stillen, ob Elaf grade deshalb dieses Foto eingestellt hatte. Ein eigenartiger Sog ging von dem Schnappschuss aus. #neuandra stand darunter, mehr nicht.

Als Ava die Zeilen las, wurde ihr mulmig zumute. Ihr Vater arbeitete zufälligerweise für eines dieser Unternehmen, das in Cassisburg vorhatte, ein neues Industrieviertel zu errichten. Dafür mussten aber mehrere Hektar bisher unberührtes Land weichen, das den Stadtbewohnern bis jetzt als Naherholungsgebiet gedient hatte. Sie hatte zuletzt ihre Eltern darüber sprechen hören, weil ihrem Vater selbst nicht wohl bei der Sache war, so viel intakte Natur zu zerstören. Aber deswegen den Job zu kündigen, konnte er sich auch nicht leisten. Schließlich hatten sie jede Menge Schulden zu tilgen. Und ein anderer Standort kam für das geplante Industrieviertel nicht infrage, weil ein neues Wasserkraftwerk an der Andra dafür sorgen sollte, dass künftig genügend Strom für den Gewerbepark zur Verfügung stand. Daher auch der Name *Neu-Andra*, so sollte nämlich das Industrieviertel heißen. Ava starrte auf die Zeilen. War das der eigentliche Grund, warum Elaf XluX erfunden hatte? »Macht er das, weil er nicht will, dass Neu-Andra gebaut wird?«, murmelte sie.

Lou zuckte bloß mit den Schultern.

»Meinst du, er hat etwas damit zu tun? Und warum knipst er dann nur hässliche Dinge?« Ava kräuselte die Stirn. »Nein, da muss mehr dahinterstecken.« Aber noch hatte sie keine Ahnung, was Elaf im Schilde führte. Sie guckte ihre Freundin an. »Hallo? Hörst du mir überhaupt zu? Ich rede mit dir, falls du das nicht mitbekommen haben solltest …?«

»Bin ich Hellseher, oder was?«, murrte Lou und steckte das Handy weg. »Mann, vielleicht will er einfach auf irgendetwas aufmerksam machen, was weiß ich. Zumindest behaupten die das im Stadtanzeiger. Darin haben sie ihn heute glatt als den *Rächer von Cassisburg* bezeichnet, weil auch die diesem Neu-Andra-Projekt skeptisch gegenüberstehen. Und vielleicht kann dieser XluX ja wirklich was damit bewirken. Ihm folgen mittlerweile schon über 50 000 Leute.« Es war nicht zu übersehen, wie sehr Lou sich wünschte, dass es so war, und wieder einmal beschlich Ava das Gefühl, dass ihre Freundin XluX insgeheim doch ziemlich gut fand – was im Endeffekt hieß, dass sie Elaf gut fand. Als bei Ava der Groschen fiel, sah sie ihre Freundin entsetzt an.

Lou runzelte die Stirn. »Was ist?«

Hastig schüttelte Ava den Kopf und ignorierte das Ziepen in ihrem Bauch. Es war lächerlich, deswegen eifersüchtig zu sein. Klar, sie hatte Gefühle für Elaf. Aber das hieß noch lange nicht, dass er ebenso für sie empfand. Vielleicht war es sogar umgekehrt, und Elaf war in Wirklichkeit in Lou verknallt und benutzte Ava nur, um an sie ranzukommen. Schließlich war er von Lous Foto völlig geflasht gewesen. Die beiden hatten somit ein gemeinsames Hobby, auch wenn Lou von Elafs Fotoleidenschaft bisher nichts wusste … und davon würde Ava bestimmt auch weiterhin nichts erzählen. Keinem von beiden. Sollten Elaf und Lou wirklich zusammenkommen, mussten sie das allein hinkriegen. Freundschaft hin oder her. Stattdessen erklärte sie

Lou, wie es dazu gekommen war, dass Elaf von dem Foto wusste, und erzählte dann auch noch, was sonst so passiert war, während Lou es vorgezogen hatte, auf Tauchstation zu gehen.

Als sie fertig war, guckte Lou ziemlich verlegen. »Ups«, murmelte sie und grinste unter ihrem Vogelnest. »Dann hab ich mich wohl danebenbenommen.«

»Nur ein kleines bisschen«, sagte Ava und war froh, dass zwischen Lou und ihr jetzt alles wieder gut war. Zumindest in dieser Sache. Dann erzählte sie aufgeregt von dem Feenpferd und von den Flugblättern.

Daraufhin öffnete Lou ihren Rucksack. Der war bis obenhin voll mit zerknülltem Papier. »Ich wollte mich sowieso bei dir melden, weil ich dir das hier zeigen wollte. Kein Wunder, dass sich keiner bei Elsie gemeldet hat. Da hat jemand ganze Arbeit geleistet. Der Boden der Innenstadt war heute Morgen voll davon.«

Ava griff nach einer Papierkugel. Als sie sie auseinanderstrich, riss sie die Augen auf. »Jemand hat unsere Flugblätter abgerissen? Alle? Aber wer macht denn so was?«

Lou schnaufte. »Jemand, der was dagegen hat, dass Elsie das Forsthaus kauft?«

»Du meinst, dieser Kronbeek? Oder nein, etwa Rauewitz?«

Lou zuckte mit den Schultern. »Wär doch möglich.«

Ava nickte betrübt. »Und was machen wir jetzt? Noch mal aufhängen? Ich weiß nicht, ob Elafs Eltern uns das ein weiteres Mal erlauben. Wir haben gestern die ganzen Druckerpatronen aufgebraucht.«

Lou verdrehte ihre Nutella-Augen. »Das ist sowieso Schnee von gestern. Heutzutage läuft alles übers Netz.«

»Wie meinst du das?«, fragte Ava hoffnungsvoll. Denn es klang so, als hätte Lou eine Idee. Und tatsächlich.

Ihre Freundin kramte erneut ihr Smartphone hervor. »Überleg doch mal. Alle hängen mittlerweile am Handy. Da schaut sowieso keiner auf die Plakate. Im Netz, das ist der beste Platz für Werbung, und abreißen kann man sie auch nicht.« Lou grinste schlau. »Was ist also, wenn wir es wie XluX machen und ein Profil für Elsie auf Insta anlegen? Das kostet nichts, außer Zeit.« Sie tippte auf ihr Handy und ließ einen Triumphschrei von sich. »Ha! Der Name Soulhorsefarm ist tatsächlich noch frei.«

»Und was willst du da einstellen? Fotos von Müll?«, fragte Ava nüchtern.

Lou seufzte. »Ich hab nachgedacht. Ihr könnt meine Fotos von mir aus haben. Unter einer Bedingung: Niemand darf erfahren, dass die von mir sind. Ich will nicht, dass mir da jemand reinpfuscht. Ich übernehme auch gern das Hosting und alles …«

Weiter kam Lou nicht, weil Ava ihr im nächsten Moment stürmisch um den Hals fiel. »Das würdest du wirklich tun?«

Lou grinste schief. »Ich kann nicht versprechen, ob es auch klappt. Aber Soraya und du, ihr beide seht wirklich so aus, als kämt ihr eben aus dem Feenreich getrabt. Dazu noch Silvesters Geschichte ...«, sie zeigte mit dem Finger nach oben, »denn stimmen tut sie, zumindest was das Wappen angeht.«

Als Ava hochblickte, sah sie es deutlich vor sich. Das silberne Pferd mit wehender Mähne mitten auf dem Burgturm. Dabei kribbelte es in ihrem Bauch. Es war eindeutig ein Hoffnungskribbeln.

»Weißt du, was das Beste daran ist?«, sagte Ava erleichtert. »Jetzt musst du immer mit mir ins Forsthaus kommen, um Soraya zu fotografieren.«

Lou lachte. »Du meinst, zur Soulhorsefarm?«

Ava nickte feierlich. »Ja, genau. Zur Soulhorsefarm!«

Die nächste Zeit wurde für Ava zur Zerreißprobe. Lou hatte zwar ganze Arbeit geleistet und in Windeseile einen Account erstellt, doch dann passierte nichts. Rein gar nichts! Die Followerzahlen waren erbärmlich. Da half es auch nicht, dass Ava Lou ständig damit löcherte, ob die Abonnentenzahl denn auf magische Weise schon in die Höhe geschnellt war. Aus diesem Grund hatte sie sich eigentlich selbst einen Account erstellen wollen, dann wäre es zumindest ein Follower mehr gewesen, doch ausgerechnet jetzt musste ihr doofes Handy anfangen herumzuspinnen. Also musste Lou für sie gucken. »Und?«, fragte Ava und linste auf Lous Smartphone.

»Immerhin schon dreiundvierzig«, seufzte Lou, als sie

am ersten Tag nach den Pfingstferien in der Mittagspause in die Kantine gegangen waren. Sie hatten sich gemeinsam eine Pizza Margarita bestellt und kauten nun lustlos darauf herum.

»Hör mal, an deinen Fotos liegt das bestimmt nicht«, tröstete Ava ihre Freundin. Denn es war ganz bestimmt nicht Lous Schuld, dass so wenige am *Feenpferd von Cassisburg* interessiert waren. Lous Aufnahmen waren traumhaft schön. Avas Freundin hatte begonnen, die Bilder zu bearbeiten, sodass die Fotos nun noch mystischer und noch geheimnisvoller rüberkamen. Und dennoch schien sich niemand dafür zu interessieren. Lou war deswegen ziemlich geknickt. Auch wenn sie nicht wollte, dass sie mit den Pics in Zusammenhang gebracht wurde, hätte sie nichts gegen ein bisschen mehr Begeisterung gehabt. »Das ist so was von verdreht«, murrte Ava deshalb sauer. »Die Müllfotos von XluX sind der Hit, aber deine, die viel schöner sind, stinken ab. Ich kapier's einfach nicht.«

Lou antwortete nicht. Dieses Mal schien auch sie ratlos zu sein.

BLINDHORSE

Ava hatte schon gar nicht mehr daran geglaubt, doch urplötzlich kam Schwung in die Sache.

Sie bemerkte, dass etwas anders war, als eines Morgens alle begannen, sie in der Schule anzustarren. Und zwar nicht, weil sie *die Neue* war. Nein, in ihren Blicken lag so etwas wie echtes Interesse und Bewunderung.

Zuerst dachte sich Ava nichts dabei, doch als Teresa und Betty sie auf dem Mädchenklo anlächelten und sagten: »Wahnsinn! Ein blindes Pferd zu reiten! Das ist unglaublich, wie du das machst«, wurde Ava doch hellhörig.

»Wie? Woher wisst ihr das?«, fragte sie.

Ihre Mitschülerinnen lachten.

»Schon klar, du willst nicht drauf angesprochen werden«, meinte Teresa dann.

Und Betty sagte: »Glaubst du, dass ich dort auch mal eine Reitstunde kriegen kann? Diese Soulhorsefarm sieht auf den Fotos total gemütlich aus. Ich reite eigentlich gerne, aber zu Rauewitz will ich nicht mehr ...« Betty brach ab, als

Avas wasserblaue Augen tomatengroß wurden. »Was ist? Warum guckst du so?«

»Ihr habt den Account entdeckt?«, japste Ava verblüfft. »Auf Insta?«

Teresa nickte. »Ja, dieser XluX hat ihn verlinkt«, raunte sie dann ehrfurchtsvoll. »In seiner Story. Mit #feenpferdvoncassisburg. Kennst du XluX etwa? Weißt du, wer er ist?« Hastig schüttelte Ava den Kopf, worüber Teresa ziemlich enttäuscht war. »Jedenfalls hat die Soulhorsefarm jetzt schon über tausend Abonnenten«, fügte sie beiläufig hinzu, während Avas Augen noch größer wurden. »Bisher kannte ich die Geschichte vom Feenpferd noch gar nicht, aber sie klingt interessant. Gut, dass ihr sie auf den Account gestellt habt. Und wer macht eigentlich diese Wahnsinnsfotos von dir?«

»Jemand vom Hof«, nuschelte Ava in Gedanken versunken, während ihr Herz raste. Sie konnte nur an eines denken: *XluX hatte sie verlinkt!!! Und sie damit gerettet!!!* Ihr Herz flatterte aufgeregt.

»Wisst ihr was, das finde ich total gut!«, trällerte Betty plötzlich. »Rauewitz hat doch nur deshalb Reitschüler, weil sie sonst alle zum nächsten Stall nach Umstedt fahren müssten, und der liegt 30 Kilometer entfernt. Aber wenn hier jetzt ein neuer Reithof seine Tore öffnet, kann sich *Bad Bert* warm anziehen. Die Schulpferde sind dort genauso unter Strom wie er. Die haben fast keinen Koppelgang, stehen nur in ihren Boxen, und wenn sie dann mal laufen dürfen, führen sie sich unterm Reiter auf wie die Irren. Einmal, da ist ein Pferd mit mir durchgegangen, und wisst ihr, was Bertram Rauewitz dazu gesagt hat? Er hat mich derart zur Schnecke gemacht, dass meine Mutter im Auto das Gebrülle noch hören konnte. Und das, obwohl die Autotüren verschlossen waren, die Musik aufgedreht und der Parkplatz mindestens hundert Meter von der Reithalle entfernt war. Kommt also ja nie auf die Idee, am Innenzügel zu ziehen, wenn Bad Bert Unterricht gibt. Nicht mal, wenn das Pferd mit dir durchgeht, sonst ... He, wo rennst du denn auf einmal hin?«

Ava drehte sich hastig zu Betty um. »Du, das mit der Stunde geht sicher klar. Gib einfach Bescheid, wann es dir passt. Aber ich muss jetzt dringend was erledigen, wir sehen uns!« Und wie der Blitz rannte sie aus dem Klo rüber ins Klassenzimmer. Auch wenn Betty und Teresa es bestimmt nett meinten, stand Ava der Sinn grade so gar nicht nach Klo-Geplänkel. Viel wichtiger war: XluX hatte sie verlinkt! Und sie hatten schon tausend Abonnenten! Endlich schien Schwung in die Sache zu kommen. Das musste sie unbedingt Lou erzählen! Und sich heimlich bei Elaf bedanken!

Doch die beiden waren noch nicht da, als sie ins Klassenzimmer stürmte. Bestimmt aber hatten sie die Sensation längst mitgekriegt. Immerhin stellte ihre Freundin derzeit fast täglich neue Fotos auf den Account. Und XluX alias Elaf wusste ohnehin Bescheid, immerhin hatten sie diesen Wahnsinns-Abonnenten-Regen nur ihm zu verdanken.

Aufgeregt ging Ava zurück in den Korridor, als ihr auch

schon der Held des Tages entgegenkam. Elaf steuerte direkt auf sie zu. Ava wäre ihm am liebsten um den Hals gefallen. Stattdessen zog sie ihn an der Hand in eine ruhige Nische. Dann blickte sie in seine waldgrünen Augen, in die sie so gerne versank, und wisperte: »Danke, dass du das gemacht hast!« Noch immer hielten sie sich an den Händen. Keiner von ihnen kam auf die Idee loszulassen.

Elaf sah sie lange an, ehe er mit rauer Stimme antwortete: »Ich weiß nicht, was du meinst.«

Einen kurzen Augenblick spürte Ava, wie traurig sie darüber war, dass er ihr immer noch nicht genügend vertraute, ansonsten hätte er ihr spätestens jetzt die Wahrheit gesagt, und zwar, dass *er* XluX war. Doch dann verscheuchte sie den Gedanken. Der Moment war einfach zu kostbar. Und Elafs Geste auch. Denn wenn es ihm wirklich so wichtig war, unerkannt zu bleiben, dann war er mit dem bloßen Verlinken schon ein großes Risiko eingegangen. Und das nur wegen ihr. Das war schon ziemlich romantisch!

Und hätten die beiden nicht zufällig um acht Uhr morgens in einem menschenvollen Schulgang gestanden, hätten sie sich vielleicht sogar geküsst. Da war so ein Gefühl … als würde die Luft um sie herum vibrieren und alles in Vergessenheit geraten … dann aber schellte die Schulglocke so irre laut, dass Ava erschrocken Elafs Hände losließ.

In dem Moment kam Florentine auf die Klassentür zugesteuert. Als sie die beiden so vertraut am Fenster stehen sah, wurde ihr Blick düster. »Elaf, lass lieber die Finger von der«, fauchte sie. »Lava ist eine von denen, die glauben, wenn sie die Welt retten, wird sie davon ein Stückchen besser, dabei ist das Gegenteil der Fall. Ein blindes Pferd zu reiten, ist der größte Schwachsinn, den es gibt. Der Gaul gehört zum Schlachter, aber mich fragt ja keiner.«

»Nein, tun wir nicht«, knurrte Elaf plötzlich ziemlich wütend und stellte sich beschützend vor Ava.

Ava hatte es glatt die Sprache verschlagen. Fassungslos starrte sie auf Florentine. Wie konnte man nur so bösartig sein?

Obwohl Ava geglaubt hatte, dass das schon fies war, wurde sie eines Besseren belehrt. Denn es ging noch schlimmer. Je mehr Leute Ava in der Schule auf die blinde Soraya ansprachen, umso neidischer und fieser wurde Florentine.

Dadurch begann sich etwas zu verändern. Ava konnte gar nicht genau sagen, wie und wann es dazu gekommen war. Aber plötzlich waren die Uncoolen in der Klasse, die sich früher niemals getraut hätten, sich gegen das rothaarige Mädchen aufzulehnen, gar nicht mehr so eingeschüchtert. Florentine büßte an Macht ein, und das ärgerte sie über alle Maßen. Am meisten fiel die Verwandlung bei Teresa und Betty auf. Sie waren die Ersten, die plötzlich lieber mit Ava und Lou abhingen, als bloß das geduldete Anhängsel von Florentine zu sein. Dann gesellten sich auch noch ein paar andere aus der Klasse hinzu. Lou war anfangs ziemlich misstrauisch, doch bald merkte sie, dass vor allem Teresa und Betty echt in Ordnung waren. Sie hatten sich bislang bloß nicht getraut, der bisher so beliebten Klassensprecherin die Stirn zu bieten. Jetzt hingegen waren sie in der Überzahl und Florentine dagegen mit einem Mal machtlos. Nur Nivo klebte weiterhin an Florentine und verhielt sich wie ein Kotzbrocken, doch seine Stänkereien waren jetzt viel leichter zu ertragen. Soraya hatte es zumindest hier geschafft, ein kleines Wunder zu vollbringen. Und auch wenn Ava sich längst an die Außenseiterrolle gewöhnt hatte, fand sie es trotzdem schön, dass dies nun wieder anders wurde. Vor allem aber schöpfte sie neue Hoffnung.

Nach der Schule saßen Ava und Lou auf dem Roundpen-Paneel und sahen Soraya am Paddock beim Fressen zu, als Elsie auf sie zugesteuert kam.

»Jetzt drehen alle durch«, stöhnte sie und lehnte sich neben Ava gegen den Paddockzaun.

»Was ist denn?«, fragte Lou neugierig.

Als Elsie antworten wollte, klingelte wie zum Beweis ihr Handy. Wutschnaubend kramte sie das bimmelnde Handy aus ihrer Hosentasche: »So geht das jetzt schon den ganzen Tag. Alle wollen plötzlich Reitstunden haben. Es ist wie verhext! Zuerst passiert ewig nichts, und dann …« Sie berührte das Display und nahm das Gespräch an. »Elsie Hennelly hier«, sagte sie in geschäftstüchtigem Ton und rollte dabei mit den Augen.

Ava und Lou sahen sich verschmitzt an. Lous Idee funktionierte also wirklich. Elsie konnte sich anscheinend vor Anfragen kaum noch retten.

Doch als Ava als Nächstes hörte, wie Elsie ins Handy sprach: »Tut mir leid, ich muss Ihnen absagen. Ich kann keine neuen Reitschüler mehr annehmen. Ich biete nur am Samstagvormittag Unterricht an, weil ich ansonsten hauptberuflich Pferde ausbilde …«, fingen Ava und Lou wie wild vor ihr mit den Armen zu rudern an. Elsie runzelte die Stirn. »Ähm, ja, das ist wirklich schade, aber warten Sie mal kurz …« Sie legte die Hand auf den Lautsprecher. »Was ist denn?«, fragte sie verdutzt.

»Nicht absagen«, riefen die beiden im Chor. »Dann war unsere Idee ja völlig umsonst …«

Als Elsies Augen daraufhin zu Schlitzen wurden und sie dem Anrufer sagte, dass sie gleich zurückrufen würde, begriffen die beiden Freundinnen, dass sie sich grade verplappert hatten, und zwar allererster Sahne!

»Raus mit der Sprache«, befahl Elsie prompt, als sie aufgelegt hatte. »Ich hab's ja gleich gewusst, dass das nicht normal ist, was hier grade abgeht. Erst nachmittags war ein Suchtrupp kleiner Mädchen da, die alle das Feenpferd sehen wollten. Und vorhin hat prompt ein Spaziergänger behauptet, wir müssten die Stutenkoppel verlegen oder am besten gleich von hier wegziehen, damit der Feenhügel seine Ruhe hat. Das war vielleicht ein Spinner!« Elsie rollte mit den Augen. »Also, ich höre?«

Ava und Lou grinsten entschuldigend, dann erzählten

sie alles. Auch vom belauschten Gespräch, und sie erzählten natürlich auch davon, dass Ava dazu bereit wäre, den Anfängerunterricht in Zukunft zu übernehmen. Natürlich mithilfe von Lou und Elaf. Und von ihrer Idee, ein Sommerprogramm auf die Beine zu stellen, erzählten sie auch.

»Ich würde nämlich alles dafür tun, dass Soraya ihr Zuhause behalten kann«, sagte Ava zum Abschluss mit fester Stimme.

»Vergiss bloß Flauschbär nicht«, fügte Lou rasch hinzu. »Der will auch weiterhin hier wohnen!«

Als Elsie und Ava sie verwundert ansahen, zuckte Lou mit den Schultern. »Guckt nicht so! Der Kleine ist mir eben ans Herz gewachsen. Zuletzt hab ich ihm ein Kunststück beigebracht. Er kann jetzt *Ja* und *Nein* sagen. Niedlich, oder?«

»Du hast *was?*«, staunte Ava.

Lou hob beleidigt den Kopf. »Ist das so ungewöhnlich? Meine Katze kann das schon lange, und Flauschbär scheint ähnlich verfressen zu sein. Mit den richtigen Leckerlis kriegt man den Trick ganz leicht hin. Der einzige Unterschied zwischen den beiden ist, dass meine Katze als Belohnung Trockenfutter kriegt und Flauschbär eben Möhren.«

Ava schüttelte lachend den Kopf. »Lou, du bist der Hammer! Ich habe zu Hause ein Buch über Zirkuslektionen. Wenn du willst, leih ich es dir, dann kannst du Flauschbär noch mehr Kunststücke beibr…«

»Schluss jetzt!«, rief Elsie dazwischen und sah die beiden Mädchen streng an. »Seit ihr beide auf den Hof gekommen seid, ist man nirgends mehr vor euch sicher! Ihr seid ja sturköpfiger als ich.« Sie guckte böse, doch dann schlich sich ein mildes Lächeln auf ihre Lippen. »Zum Glück«, hängte sie dran.

Ava stöhnte erleichtert auf. »Dann bist du uns nicht böse?«

Elsie grummelte. »Na ja, es wäre schon schön gewesen, wenn ihr mich vorher gefragt hättet …«

»Aber dann hättest du bestimmt *Nein* gesagt«, beendete Ava ihren Satz. »Stimmt's?«

Elsie lachte seufzend. »Vermutlich.« Sie sah Ava und Lou an. »Und ihr wärt wirklich dazu bereit, eure Freizeit zu opfern? Ohne dass ich euch dafür bezahle?«

Ava und Lou nickten rasch.

Elsie wirkte plötzlich richtig erleichtert. »Wisst ihr, das könnte nämlich wirklich klappen, euer Vorschlag ist spitze! Anfragen haben wir derzeit genug, und den Ponys würde mehr Bewegung auch nicht schaden. Und wer weiß, wenn das Sommerprogramm gut läuft, dann haben die vom Stadtamt vielleicht ein Einsehen. Schließlich zählt das Reiten zu den gesündesten Sportarten, gerade für Kinder. Das sollte denen was wert sein. Mhm, am besten erstelle ich gleich mal einen Plan«, sagte sie und stiefelte voller Tatendrang davon.

Lou sah Elsie hinterher. Als sie außer Hörweite war, stöhnte sie auf. »Puh, da hatten wir eben großes Glück! Elsie muss ziemliches Muffensausen haben, sonst hätte sie uns mit Sicherheit auseinandergenommen.«

Ava nickte. Sie fand auch, dass sie grade überraschend glimpflich davongekommen waren, was bewies, wie sehr Elsie auf ihre Hilfe angewiesen war.

Aufgedreht von den letzten Ereignissen ging sie rüber zu Sorayas Paddock, nachdem Lou Flauschbär noch eine Möhre zugesteckt und sich dann verabschiedet hatte. Wie immer rief sie Soraya vorher beim Namen, und die Silberstute hob den Kopf und spitzte die Ohren. Als Ava bei ihr angelangt war, gab Soraya ein freudiges Schnauben von sich.

»Stell dir vor, ich hab tolle Neuigkeiten«, jubelte sie.

Soraya schien Ava daraufhin mit ihren milchigen Augen anzusehen, und es war, als blickte das Pferd in ihr Herz.

Verwirrt schüttelte Ava den Kopf. »Ach so, du kennst mich wohl schon viel zu gut, als dass du das nicht längst gespürt hättest, dass etwas im Busch ist, hab ich recht, meine Schöne?«

Soraya schnaubte wieder. Ava schlang lachend die Arme um ihren Hals und steckte seufzend die Nase in Sorayas warmes Silberfell. Nun legte auch Soraya ihren Kopf auf Avas Schulter, so als würde die Stute sie ebenfalls umarmen. Avas Herz platzte fast vor Liebe. »Hör mal, ich werde dich niemals im Stich lassen. Irgendwie wird schon alles gut werden, versprochen!«, murmelte sie dann in Sorayas Silberohr und nahm sich fest vor, ab jetzt wirklich alles zu geben, um die Soulhorsefarm zu retten, komme, was wolle.

»Niemals hätte ich gedacht, dass ich das sage«, stöhnte Ava, nachdem sie ihren ersten Pony-Samstag hinter sich gebracht hatte. »Aber ich glaube, ich kann den Eisklotz jetzt fast ein bisschen verstehen.« Sie ließ sich in der Sattelkammer erschöpft auf einen Stuhl plumpsen und trank gierig aus ihrer Wasserflasche. »Reitschüler können sooo mühsam sein!«

Elaf und Lou, die sie den ganzen Tag über beim Unterrichten tapfer unterstützt hatten, waren ebenfalls platt.

»Ich hab gar nicht gewusst, dass kleine Kinder so anstrengend sein können«, jammerte Lou und gähnte.

»Ich schon«, murmelte Elaf grinsend, weil irgendwo auf dem Hof noch seine kleine Schwester herumwuselte.

»Ach was, Ria ist super«, knurrte Lou und knetete sich die Schläfen. »Die hört wenigstens zu, wenn man ihr was sagt.«

Ava grinste. War ja klar, dass Lou die kleine Ria in Schutz nahm. Immerhin waren die beiden mittlerweile so etwas wie Verbündete geworden, wenn es darum ging, Flauschbär das Ponyleben am Hof so angenehm wie möglich zu gestalten. Hier ein bisschen Grasen, dort einen Apfel, und immer schön sein Fell striegeln … Und obwohl Ava ebenfalls völlig platt war, war sie dennoch mit sich zufrieden. Das Unterrichten hatte im Großen und Ganzen gut geklappt, was in erster Linie daran lag, dass die Ponys unglaubliche Geduld mit den Reitschülern an den Tag gelegt hatten. In der Reithalle gingen sie brav im Gänsemarsch auf dem Hufschlag, ohne zu mucken oder zu buckeln. Es war, als spürten sie ebenfalls, was auf dem Spiel stand. Immerhin hatten sie heute glatte 250 Euro verdient. Ava wedelte stolz mit den Geldscheinen. »Jetzt fehlen nur noch …«

»849 750«, antwortete Elaf wie aus der Pistole geschossen.

»Ach, nur?!«, grinste Lou und biss in einen Schokoriegel, den sie aus ihrem Rucksack gezaubert hatte.

Im nächsten Moment kam Elsie herein. »Ach, da steckt ihr also«, sagte sie und musste lachen, weil die drei wie müde Heringe dreinblickten. »Die haben euch aber ganz schön geschafft«, feixte sie. »Aber keine Sorge, das Feedback war super. Eure Idee scheint echt zu klappen.« Wie zum Beweis überreichte Ava Elsie das Geld.

»Danke, das ist echt … toll von euch, dass ihr … das macht«, nuschelte die Pferdetrainerin verlegen und steckte das Geld in die Hosentasche. »Ihr habt echt was gut bei mir.« Elsie senkte den Kopf. Es war nicht zu übersehen, wie unangenehm ihr die Situation war.

»Schon gut«, sagte Ava deshalb rasch. »Hauptsache, die Soulhorsefarm wird Wirklichkeit.«

Elsie nickte langsam. »Deswegen wollte ich ohnehin mit euch reden«, sagte sie und ließ sich ebenfalls auf einen Stuhl fallen. »Ich hatte gerade einen interessanten Anruf. Das Mädchen hat gesagt, sie ist eine Freundin von euch. Jedenfalls will sie ihren Holsteiner Catalan von mir zur Korrektur reiten lassen. Bald findet das Cassisburg-Championat drüben bei Rauewitz statt. Es ist eines der angesehensten Turniere der Region, und dafür soll ich Catalan turnierfit kriegen. Anscheinend ist er in letzter Zeit etwas aufmüpfig, und sie selbst bekommt das alleine nicht hin.« Elsie kräuselte die Stirn. »Eigentlich wollte ich absagen. Ich bin derzeit voll, und Catalan steht obendrein bei Rauewitz …« Elsie machte eine Pause, dann aber straffte sie die Schultern. »Jedenfalls hat eure Freundin aber einen echt guten Preis genannt. Und jetzt bin ich mir unsicher, ob ich das Angebot nicht besser doch annehmen soll. Ihr wisst ja, wie dringend wir das Geld derzeit bräuchten.« Sie blickte in die Runde. »Sie heißt Florentine, eure Freundin. Kennt ihr sie?«

In der Sattelkammer wurde es mit einem Mal so still, dass man eine Stecknadel hätte fallen hören. Ava, Lou und Elaf sahen einander ungläubig an.

»Florentine will, dass du ihr Pferd trainierst?«, japste Lou schließlich als Erste. »Das kann nur eins bedeuten. Die blöde Kuh führt was im Schilde!«

Elaf nickte betrübt, ehe er Elsie erklärte: »Wir gehen zwar in dieselbe Klasse, aber Freunde sind wir nicht, und das hat auch einen Grund. So eine wie Florentine willst du nicht auf dem Hof haben, glaub mir! Außerdem kenne ich diesen Bertram Rauewitz. Er ist ein echt skrupelloser Typ. Bestimmt stecken die beiden unter einer Decke.«

Ungläubig schüttelte Elsie den Kopf. »Ihr meint, Rauewitz hat Florentine dazu angestiftet, mich auszuspionieren? Klar, von Rauewitz hört man keine guten Sachen, aber so was Abgefahrenes traue ich selbst ihm nicht zu. Meint ihr nicht, dass ihr übertreibt?«

Wenn es doch nur so wäre, seufzte Ava in Gedanken. Doch ihr Instinkt hatte sie in letzter Zeit so gut wie nie im Stich gelassen, vor allem was Soraya anging. Bei ihr konnte sie so sein, wie sie wirklich war. Deshalb sagte sie: »Ich befürchte auch, dass da mehr dahintersteckt. Seit wir den Account für dich angelegt haben, schäumt Florentine vor Wut. Sie kann es schlecht ertragen, nicht die Hauptattraktion in der Schule zu sein. Sie würde alles dafür tun, mir eins auszuwischen, damit sie wieder alle unter ihrer Fuchtel hat. Und wenn Elaf recht hat, und Rauewitz ist ein ebenso mieser Typ wie sie, dann ist es nicht weiter verwunderlich, dass Florentine Kronbeek und Bertram Rauewitz etwas aushecken. Irgendwer muss schließlich die Flugzettel abgerissen haben. Das kann kein Zufall gewesen sein …«

»Moment mal!«, rief Elsie dazwischen und riss die Augen auf. »Sagtest du eben Kronbeek? Wie Bankdirektor Kronbeek?«

»Jep, das ist ihr Vater«, murrte Elaf mit Grabesstimme.

Und Lou fügte noch knurriger hinzu: »Wenn du den Bankheini schon blöd gefunden hast, dann warte mal ab, bis du seine Tochter kennenlernst. In unserer Klasse gibt es nur einen, der noch fieser ist. Aber zum Glück hat Nivo nichts mit Pferden am Hut. Vor dem sind wir zumindest hier in Sicherheit.«

»Ja, lass lieber die Finger von Catalan«, sagte Ava.

Elsie jedoch seufzte betrübt. »Es tut mir leid«, sagte sie dann, »aber wenn das so ist, kann ich den Auftrag unmöglich ausschlagen. Versteht ihr denn nicht? Wenn ich Catalan hinkriege, wird mir Kronbeek am ehesten den Kredit gewähren – wenn ich jedoch das Pferd seiner Tochter ablehne, kommt das einem Todesurteil gleich. Kronbeek hat viel Macht in Cassisburg. Mir bleibt gar keine Wahl ... Auch wenn ich jetzt von euch das Unmögliche verlange, bitte ich euch dennoch darum. Ihr wisst, was auf dem Spiel steht. Seid also um Himmels willen nett zu Kronbeeks Tochter, solange Catalan hier ist. Das ist unsere einzige Chance. Alles hängt nun davon ab«, murmelte sie, sah die drei eindringlich an und ging dann eiligen Schrittes davon, um jenen Anruf zu tätigen, der einem Verrat gleichkam. Aber einen anderen Ausweg sah Elsie nicht.

»Und?«, fragte Bertram Rauewitz, als Florentine ihr neues iPhone zurück in die Gesäßtasche ihrer Reithose steckte. »Hat sie angebissen?«

Florentine lächelte gnädig. »Nach der Summe, die ich ihr genannt habe, konnte sie nicht anders. Niemand ist so dämlich, so viel Geld auszuschlagen.«

Bertram Rauewitz nickte zufrieden. »Wäre Catalan nicht schon so versaut, täte mir der Gaul glatt leid, dass er nun zu diesen Stümpern muss.«

Florentine lachte hell, doch dann zog sie eine beleidigte Schnute. »Was soll das denn heißen?«

Der grauhaarige Mann mit dem raspelkurzen Haar sah das rothaarige Mädchen abschätzig an. »Dass du das Turnier knicken kannst«, brummte er. »Ich lass dich doch nicht wirklich unter meinem Namen am Cassisburg-Championat antreten. Das wäre eine Blamage sondergleichen.«

Florentine sah Herrn Rauewitz mit großen Augen an. »Aber mein Vater will unbedingt. Wenn ich nicht starte ...«

Bad Bert – so wie er heimlich von seinen Schülern genannt wurde, und darauf war er mächtig stolz – zuckte gleichgültig mit den Schultern. Schließlich hatte er hart für seinen Ruf und Erfolg gearbeitet, den würde er sich von Kronbeeks Göre bestimmt nicht vermiesen lassen. Er sah der Rothaarigen abschätzig in die Augen. »Dann hättest du eben mehr trainieren müssen. Außerdem kriegt Silvesters Enkelin Catalan ohnehin nicht fit fürs Turnier. Du hast den Gaul derart kaputtgemacht, dass das in der kurzen Zeit niemals zu beheben sein wird. Das Championat ist ja schon in sechs Wochen. Sag deinem Vater am besten, Elsie hätte das Training verbockt, dann bist du aus der Schusslinie. Von mir wird er die Wahrheit bestimmt nicht erfahren, solange du dich an die Abmachung hältst und mir alles berichtest, was dort so vor sich geht. Nur für alle Fälle, sollte sich dein Vater doch weichkochen lassen und den Kredit rausrücken.«

Florentine nickte nun erleichtert. Insgeheim hatte sie nämlich schreckliche Angst vor dem Holsteinerwallach, doch ihr Vater wollte unbedingt, dass sie im Springsport ebenso erfolgreich wurde wie der Rest der Familie. Denn schon seit Generationen waren die Kronbeeks Springreiter gewesen, und hätte sich ihr Vater vor einigen Jahren nicht einen komplizierten Wirbelbruch zugezogen, wäre er es bestimmt noch immer. So aber musste sie jetzt – Kronbeeks einziger Nachwuchs – die Familientradition fortführen, ob sie wollte oder nicht. Florentine straffte die Schultern. »Also gut, ich mache meine Arbeit – wenn Sie Ihre machen. Vergessen Sie nur nicht, was wir ausgemacht haben.«

DIEGROSSECHANCE

»Ach, du Scheiße! Geht es noch protziger?« Lou kniff die Augen zu und blickte finster zur Straße. Dort schob sich eben ein riesiger Pferdetransporter die Einfahrt herauf. An den Seiten prangte in großen Lettern SPRINGSTALL RAUEWITZ. Dahinter rollte ein dicker SUV, in dem Herr Kronbeek höchstpersönlich am Steuer saß, auf dem Beifahrersitz thronte Florentine.

»Jetzt weiß ich, warum Florentine so eingebildet ist«, flüsterte Lou, als Florentines Vater direkt unter ihnen das Auto parkte und erhobenen Hauptes ausstieg. »Der ist ja genauso! Hat voll die Glatze, aber kämmt sich die restlichen Haare drüber, damit es niemand sieht. Und erst, wie der angezogen ist – als hätte er ein Geschäftsmeeting auf'm Pferdehof. Echt peinlich!«

Ava und Lou hatten sich zur Sicherheit auf dem Heuboden verschanzt, als sie gehört hatten, dass Catalan an diesem Sonntagmorgen ankommen würde. Denn auch wenn Elsie von ihnen wollte, dass sie sich mit Florentine nicht in die Wolle kriegten, war das eindeutig zu viel verlangt. Also blieb ihnen nichts anderes übrig, als ihrer Mitschülerin so lange aus dem Weg zu gehen, bis sie wieder verduftete. Und das ging am besten auf dem Heuboden. Von der Heuluke aus konnten die beiden Mädchen alles überblicken, ohne selbst gesehen zu werden.

Als hätte Herr Kronbeek Lou gehört, rümpfte er prompt die Nase und murrte: »Auch wenn sie die Tochter von Pete Hennelly ist, bin ich mir nicht sicher, ob das die richtige Entscheidung gewesen ist. Sieh nur, wie es hier aussieht!« Er ließ den Blick über die wilden, hügeligen Koppeln schweifen.

Florentine schenkte ihrem Vater ein breites Lächeln. »Dad, du willst doch, dass ich den Cassisburg-Pokal nach Hause bringe, oder? Wie du damals ... vor wie vielen Jahren war das noch gleich?«

Herr Kronbeek drückte seinen Rücken durch. »Vor vierzehn«, sagte er stolz. »Und vor fünfzehn, und die Jahre davor auch.«

Florentine lächelte gelangweilt. »Sicher, wie konnte ich das nur vergessen«, säuselte sie und hakte sich bei ihrem Vater unter. »Dann vertraue auf Bertram Rauewitz. Das tust du doch sonst auch. Wenn er sagt, nur Elsie kriegt ihn wieder hin, dann wird das schon so sein.«

Florentines Vater nickte unsicher. »Schon, aber diese Entscheidung wundert mich dennoch. Ich dachte immer, die zwei alten Streithähne können sich seit Jahren nicht ausstehen, und jetzt schickt Bertram uns ausgerechnet zu Silvester Hennellys Enkelin in die Pampa?« Er knöpfte seine Anzugjacke zu, die er auch sonntags trug. »Aber gut, ich will mal nicht so kleinkariert sein«, sagte er und ging forschen Schrittes auf Elsie zu, die ihnen bereits entgegenkam.

»Silvester und Bertram kennen sich?«, raunte Lou verwundert.

Ava jedoch antwortete nicht, ihre Augen waren längst zum Pferdetransporter rübergewandert. Der Fahrer hatte eben die Rampe heruntergelassen, und heraus trat ein freundlich dreinblickender Apfelschimmel mit talerförmigen Fellflecken und grauer Mähne. Er schien noch sehr jung zu sein, weil er noch nicht ausgeschimmelt hatte, aber dennoch ging Catalan ohne Probleme neben dem Mann her. Doch kaum sah er Florentine, wurde der Wallach nervös.

Der Arme, dachte Ava prompt. Es war nicht zu übersehen, dass Catalan vor Florentine Angst hatte. Er wich ständig aus und legte die Ohren an, sobald sie sich ihm näherte.

»Sehen Sie«, fauchte sie schrill, als es ihr nicht gelang, Catalan am Strick zu nehmen. »So ist er schon seit Monaten!«

Bevor sich Catalan noch mehr aufregte, nahm Elsie ihn kurzerhand selbst am Strick. »Schon gut, ich habe genug gesehen«, sagte sie und führte ihn souverän nach hinten zum Ausbildungsstall.

Herr Kronbeek schien sichtlich beeindruckt und folgte Elsie.

Florentine jedoch schäumte vor Wut. »Miroslav«, bellte

sie prompt den armen Fahrer an, als ihr Vater um die Ecke gebogen war. »Steh nicht blöd rum, sondern hol den Sattel und die Trense aus dem Transporter. Ich will, dass Catalan ausschließlich mit seinen Sachen geritten wird. Nicht dass er hier noch einen Satteldruck bekommt.«

Miroslav, der Fahrer, nickte mürrisch und stiefelte wenig später mit einem edlen Springsattel unterm Arm und einem Zaumzeug in Richtung Ausbildungsstall. Unter dem Sattel funkelte die Schabracke im Sonnenlicht. Sie war schwarz und mit Glitzersteinen übersät. Auch der Stirnriemen vom Zaumzeug glitzerte genauso wie Florentines Reitjacke. Miroslavs Klamotten hingegen waren so schäbig, dass sie bei jedem Schritt drohten auseinanderzufallen. Ava und Lou blickten dem ungleichen Duo hinterher.

»Sag mal, kann das sein, dass Catalan Florentine nicht ausstehen kann?«, fragte Lou nachdenklich.

Ava nickte traurig. Doch wie Elsie das wieder geradebiegen sollte in so kurzer Zeit und vor allem mit Florentine, die bestimmt kein bisschen einsichtig sein würde, war ihr ein Rätsel. Sie schüttelte ihren goldblonden Pferdeschwanz. »In Elsies Haut möchte ich jetzt nicht stecken«, seufzte sie.

Elsie hatte Catalan ein paar Tage Ruhe gegönnt, ehe sie ihn zum ersten Mal ritt, dabei konnte sie tatsächlich keine großen Fehler an ihm entdecken.

»Der ist total prima«, erklärte sie ratlos, als Ava abends gekommen war, um mit Soraya ein paar Runden auf dem

Sandplatz zu drehen. Sie hatte gehofft, Florentine zu später Stunde nicht mehr am Hof anzutreffen, und genauso war es auch. Nur Silvester Hennelly sah ihnen wie meistens von seinem Klappstuhl aus zu und gab hie und da seinen Senf dazu, aber eigentlich saß er hier, weil er den beiden einfach gerne beim Reiten zuguckte. Denn Soraya war nicht wiederzuerkennen. Seit Ava begonnen hatte, die blinde Silberstute zu reiten, war das Pferd wie ausgewechselt. Und das erfüllte ihn mit sichtlichem Stolz.

Daher war er jetzt auch nicht allzu mürrisch, als Elsie versuchte, sich bei ihrem Großvater einen Rat einzuholen. Er sah sie mit seinen hellen, wachen Augen milde an und meinte: »Du weißt selbst nur zu gut, dass es nicht am Pferd liegt. Aber ich hatte dich von Anfang an gewarnt, und hättest du auf mich gehört und diesen Auftrag nicht angenommen, hättest du jetzt auch kein Problem damit.«

Elsie seufzte. »Das weiß ich doch selber. Sag mir lieber, was ich tun soll?«

Silvester gab sich einen Ruck. »Ava soll ihn reiten. Vielleicht zeigt er unter einem anderen Reiter eine Macke.«

Elsie lächelte ihren Großvater erleichtert an. »Was täte ich nur ohne dich«, sagte sie dankbar und gab ihm einen Kuss auf die Wange. Dann fragte sie Ava, ob sie sich zutrauen würde, Florentines Catalan zu reiten.

So kam es, dass Ava wenig später auf Florentines Pferd in der Reithalle über ein paar Cavaletti sprang. Ava spürte, wie sehr sie es vermisst hatte, einfach aus reiner Freude über die Hindernisse zu fegen. Der grauschimmelige Wallach machte wunderbar mit, auch wenn er ohne Zweifel noch jung und unerfahren war. Doch das hieß noch lange nicht, dass Catalan verritten oder gar widerspenstig war. Im Gegenteil. Der junge Holsteiner war für sein Alter schon jetzt ein ausgezeichnetes Springpferd und mit Sicherheit viel zu gut für Florentine.

»Hab ich mir's doch gedacht«, brummte auch Elsie, als Ava mit Catalan wenig später über den ersten Steilsprung flog. »Am Pferd liegt es nicht. Was mache ich denn jetzt? Ich kann doch Kronbeek nicht verklickern, dass seine Tochter nicht reiten kann?«

Ava visierte fröhlich den nächsten Sprung an, als sie im Augenwinkel sah, dass sich etwas auf der Tribüne bewegte. Sie dachte sich nicht viel dabei und sprang mit Catalan über den Oxer. Dann steuerte sie auf die Trippelbarre zu. Der Wallach galoppierte, ohne zu mucken, darauf zu, doch im nächsten Augenblick machte er einen gewaltigen Haken nach links. Ava hob es aus dem Sattel, sie verlor dabei einen Steigbügel und landete prompt im Sand.

»Hast du dir wehgetan?«, rief Elsie erschrocken, während Catalan wie ein wild gewordener Stier durch die Halle buckelte. Nur mit Mühe gelang es Elsie, den Wallach einzufangen.

Ava schüttelte den Kopf und klopfte sich den Sand von der Hose. »Alles gut«, murmelte sie und stand auf. Sie war schon früher vom Pferd gefallen. Daher wusste sie, der Sturz würde ein paar blaue Flecke ergeben, aber sonst schien alles in Ordnung zu sein. Sie bewegte ihre Arme und Beine. Zum Glück hatte der Rückenprotektor das meiste abgefangen. Dann schüttelte Ava verwundert den Kopf. »Was ist denn so plötzlich in ihn gefahren? Er war doch vorher noch so …« Da sah sie wieder eine Bewegung. Genau auf Höhe der Trippelbarre tauchte nun ein roter Haarschopf hinter der Bande auf.

Florentines Kopf war rot vor Zorn, und Ava fragte sich, wie lange ihre Mitschülerin wohl schon gelauscht hatte. Ihrem Gesichtsausdruck nach zu urteilen, schon sehr lange, dachte Ava.

»Das nennen Sie Pferdetraining?«, blaffte Florentine prompt. Augenblicklich fing Catalan wieder zu steigen an, als er Florentine sah. Ava riss die Augen auf. »Klar, er ist wegen dir so ausgerastet!«, rief sie wütend, und am liebsten wäre sie dieser schrecklichen, eingebildeten Kuh an die Kehle gesprungen, weil Florentine das mit Sicherheit mit Absicht gemacht hatte, doch Elsies flehender Blick hielt sie zurück.

»Ich wollte nur mal sehen, wie er sich unter einem anderen Reiter verhält«, sagte Elsie beschwichtigend und tätschelte Catalan den Hals. »Aber wenn du jetzt da bist, kannst du das ja übernehmen.«

»Sicher nicht«, knurrte Florentine. »Ich breche mir doch nicht den Hals. Was glauben Sie, warum er bei Ihnen steht? Machen Sie gefälligst Ihre Arbeit, oder soll ich meinem Vater ausrichten, dass Sie Catalan als Schulpferd missbrauchen?« Florentines Stimme war nun so eisig geworden, dass sogar Elsie schwieg. Daraufhin rauschte sie wie eine Furie aus der Halle, und Catalan beruhigte sich wieder.

»Was hat sie dir nur angetan?«, murmelte Ava zum zitternden Catalan, als die Reithallentür krachend ins Schloss gefallen war.

»Wenn das nur unsere einzige Sorge wäre«, seufzte Elsie bedrückt.

Die Tage vergingen, und über dem Forsthaus breitete sich eine seltsame Stimmung aus. Es schien, als würden alle plötzlich auf rohen Eiern laufen, sobald Florentine auftauchte. Ava hatte sich deshalb angewöhnt, Soraya nur mehr dann zu reiten, wenn die Oberzicke nicht in der Nähe war. Auf Florentines abschätzige Bemerkungen über Sorayas Blindheit konnte sie gern verzichten, auch wenn sich die Silberstute unter dem Sattel immer besser machte. Es war unglaublich, wie fein dieses Pferd auf Reiterhilfen reagierte. Und je häufiger sie gemeinsam trainierten, umso intensiver – ja, klarer wurde ihre einzigartige Verbindung. Manchmal gab es Momente, in denen Ava völlig vergaß, dass Soraya nichts mehr sehen konnte. Da durchströmte sie bloß unbändige Freude, und alle Sorgen und Ängste waren mit einem Schlag vergessen. Doch der Moment hielt nur so lange an, bis Ava das Training mit Soraya beendete. Kaum stieg sie von Sorayas Rücken, holte sie die Realität wieder ein – und die zeigte sich nur zu gern durch Florentine Kronbeeks fieses Grinsen, wenn ihre Mitschülerin den Hof betrat. Sogar Elsie wirkte schon ziemlich am Ende, da sich bei Catalan kein Durchbruch einstellen wollte. Der sonst so freundliche Wallach wurde augenblicklich zum Albtraumpferd, sobald Florentine sich ihm näherte. Doch Florentine schien das gar nicht mitzukriegen. Ava hatte sogar den Eindruck, das rothaarige Mädchen wollte im Grunde gar nicht beim Turnier antreten und tat deshalb alles, um Catalan noch mehr aus dem Konzept zu bringen. Wenn Elsie nämlich mit den beiden arbeitete, stellte sich Florentine so dämlich an, dass Catalan daraufhin umso mehr aus der Haut fuhr. Ständig riss sie an seinem Zügel oder schrie ihn an, wenn er bloß mit den Ohren wackelte. Fast hatte Ava den Eindruck, ihre verhasste Mitschülerin machte das mit Absicht, doch das war völlig unlogisch! So, wie Ava Florentine einschätzte, wollte das rothaarige Mädchen unbedingt das Turnier gewinnen ... nur warum stellte sie sich dann derart bescheuert an?

Dieser seltsame Widerspruch fiel sogar Lou auf, die sonst nicht viel Ahnung von Pferden hatte. Doch auch sie wunderte sich, wie man sich gegenüber einem Pferd nur derart danebenbenehmen konnte. War es deshalb möglich, dass Florentines Plan ein ganz anderer war?? Nämlich ihrem Vater zu beweisen, dass Elsie eine schlechte Pferdetrainerin war, damit sie den Kredit nicht kriegte, weil Rauewitz das so wollte? Auch auf die Gefahr hin, dass ihre Mitschülerin dadurch auf das Championat verzichten musste? Andererseits ritt Florentine so miserabel, dass Ava nicht mal eine Sekunde dran glaubte, der versnobte Rotschopf hätte eine reale Chance aufs Siegertreppchen. Selbst wenn Catalan unter Elsies Training zum Wunderpferd mutierte, würde Florentines reiterliches Können alles wieder vermasseln. Beim Springen ging es um kleinste Details, auf die es zu achten galt, und das traute Ava der Zicke nie im Leben zu. Dieser Plan würde Florentine also gar nicht mal so schlecht reinpassen, denn dadurch entging sie am Cassisburg-Championat einer Riesenblamage, so viel stand fest.

Ava erzählte Lou schließlich von ihrem Verdacht, woraufhin Lou murrte: »Ja, wir müssen die unbedingt loswerden!« Sie hatten sich wieder mal im Heuboden verschanzt, weil Florentine eben am Forsthaus aufgetaucht war. Es war mittlerweile Anfang Juni geworden und die Luft unter dem Dach nun drückend heiß. »Außerdem frage ich mich, wie sie es schafft, immer dann aufzutauchen, wenn Elsie mit Catalan alleine arbeiten will. Es ist fast so, als ob sie jedes Mal Bescheid bekommt, wenn Elsie ihn trainiert ...« Lou brach plötzlich mitten im Satz ab. »Boah, diese falsche Schlange«, zischte sie aufgebracht. »Ich glaube, ich weiß jetzt, wie sie das anstellt.« Avas Freundin sprang auf.

Entgeistert blickte Ava Lou an. »Nie im Leben würde jemand vom Hof dieser Zicke helfen. Du musst dich irren!«

Doch Lous Nutella-Augen funkelten listig. »Das hab ich auch nicht behauptet, dass ihr *jemand* hilft, sondern *etwas*.«

»Hä?« Avas Augenbrauen schnellten in die Höhe, doch Lou zog ihre Freundin einfach an der Hand mit.

»Komm!«, sagte sie. »Ich zeig es dir. Wenn ich recht habe, dann werden wir die blöde Kuh ganz schnell auffliegen lassen.«

Verdattert kletterte Ava hinter Lou die Heubodenleiter hinunter. Ihre Freundin schielte wie eine Doppelnull-Agentin um die Ecke. »Die Luft ist rein«, flüsterte sie und rannte hinüber zum Ausbildungsstall. Elsie wollte heute mit Florentine und Catalan ein paar einfache Bodenübungen machen. Also kein Reiten, sondern reine Vertrauensarbeit, damit Florentine und Catalan endlich zueinanderfanden. Doch als Florentines wütende Stimme aus der Reithalle schrillte, wusste Ava, dass Elsies Plan nicht aufgegangen war.

Lou machte indes leise die Tür zur Sattelkammer auf und flitzte hinüber zu Catalans Sattel, der vor lauter Prunk und Strass nicht zu übersehen war. Aufgeregt nestelte sie am Sattelblatt herum und zog triumphierend ein kleines schwarzes Kästchen aus einer Tasche hervor, die geschickt in der Schabracke eingearbeitet war. »Ich hab's doch gewusst«, knurrte sie und funkelte Ava grimmig an. »Diese falsche Schlange hat einen GPS-Tracker in Catalans Sattel installiert, um ihn mit ihrem iPhone zu überwachen. Deshalb taucht sie immer dann auf, wenn Elsie mit ihm trainiert. So kann sie immer schön dazwischenfunken, dieses Biest!«

Ava starrte auf das Ding in Lous Hand. »Boah, wie fies!

Also stimmt es, dass Rauewitz und sie unter einer Decke stecken. Das ist doch Beweis genug, dass wir recht haben!«, zischte sie dann.

Doch Lou schüttelte den Kopf. »So was hat heutzutage jeder. Meine Mum hat mir früher einen in die Kitatasche gesteckt. Die blöde Kuh wird sich also bloß rausreden, wenn wir sie damit konfrontieren, und behaupten, sie hätte Angst um ihren hübschen Glitzersattel gehabt und deshalb den GPS-Tracker als Diebstahlschutz installiert.« Lou knurrte. »Nein, wenn wir Florentine drankriegen wollen, müssen wir sie auf frischer Tat ertappen. Nur so können wir ihrem Vater und allen anderen beweisen, dass es nicht an Elsies Training liegt, sondern an Florentine selbst.«

Lou hatte recht. In der Schule posaunte Florentine längst herum, wie schrecklich die Soulhorsefarm doch sei und wie sehr der Insta-Account deshalb alle belügen würde. Bestimmt erzählte Florentine ihrem Vater den gleichen Mist, und diesem Rauewitz ebenso.

Als die Stimmen aus der Halle lauter wurden, steckte Lou hastig den GPS-Tracker zurück in die Tasche. Eilig verließen sie die Sattelkammer.

»Zumindest wissen wir jetzt, wie wir sie in Zukunft vom Hof fernhalten«, meinte Lou, als die beiden wieder rüber zum Forsthaus gingen. »Elsie braucht dazu nur den Tracker aus der Satteltasche zu nehmen, wenn sie mit Catalan in Ruhe trainieren will, und schon kriegt Florentine nichts davon mit.«

Ava nickte. Das klang zumindest ein bisschen tröstlich, aber eine Lösung war das sicher nicht, und das sagte sie auch.

Doch Lou grinste wieder einmal schlau. »Na, ich bin dafür, wir schlagen sie mit ihren eigenen Waffen«, antwortete ihre Freundin frech. »Meine Mum hat vor einiger Zeit eine Wildtierkamera gekauft. Die kann ich mir bestimmt für eine Weile ausborgen. Ich werde sie gleich morgen in der Nähe von Catalans Paddock installieren. Mit ein bisschen Glück tappt Florentine in die Falle, und dann erwischen wir sie eiskalt, wie sie dem armen Catalan das Leben schwer macht. Ich meine, der hat doch nicht umsonst so Panik … irgendwas wird sie mit dem armen Kerl schon heimlich anstellen, dass der jedes Mal so austickt, wenn er sie sieht.«

»Vielleicht ist er einfach schlau und hat längst durchschaut, dass sie eine blöde Schnepfe ist«, grinste Ava.

»Hatte Elsie euch nicht drum gebeten, keinen Streit mit der Rothaarigen anzufangen?«, brummte plötzlich eine Stimme hinter ihnen.

Erschrocken fuhren Ava und Lou herum. Silvester saß auf der Gartenbank vor dem Haus zwischen den Rosenranken und blickte sie beide prüfend an.

Lou biss sich schuldbewusst auf die Lippen, doch Ava reckte das Kinn. Wenn sie das Forsthaus retten wollten, war es an der Zeit, dass sie alle gemeinsam an einem Strick zogen. Und da gehörte Elsies Großvater ebenso dazu. Deshalb erzählte sie Silvester jetzt prompt von Lous Fund.

Dabei nickte er bedächtig. »So etwas Ähnliches habe ich schon vermutet«, seufzte er und zog schließlich einen Zettel aus seiner Hosentasche. »Kommt, setzt euch mal zu mir. Ich muss euch etwas zeigen«, sagte er und faltete das Blatt Papier auseinander. Es war die Turniereinladung vom Cassisburg-Championat, das am vorletzten Juniwochenende ausgerechnet auf dem Anwesen von Rauewitz stattfinden würde.

»Und?«, fragte Ava verdutzt, als sie auf der wackeligen Gartenbank hockten.

Der alte Mann tippte mit dem Finger auf das Kleingedruckte. »Schaut mal genau! Sie veranstalten nicht nur das berühmte Springturnier und die Dressurbewerbe, sondern erstmalig auch ein Working-Equitation-Turnier«, erklärte er und klang mit einem Mal total aufgeregt. »Das ist *die große Chance*, versteht du nicht?! Wenn du mit Soraya daran teilnimmst, wirst du die Klasse der Jungen Reiter mit Leichtigkeit gewinnen. Dazu noch euer Social-Media-Kanal …« Er schmunzelte, als Lou die Augen aufriss. »Ja, auch Methusalems wie ich sind nicht von gestern und kennen Instagram.« Silvester kicherte amüsiert. »Ich frag mich dabei nur, wer ständig diese märchenhaften Fotos von Soraya macht.« Er zwinkerte Lou zu, die daraufhin glatt errötete.

Ava jedoch hörte gar nicht richtig zu. In ihrem Kopf hämmerte es. Und auch in ihrem Bauch rumorte es. Sie wusste, was Silvester Hennelly von ihr wollte, doch das war der blanke Irrsinn. Sie sollte beim Turnier starten? Weil das *die große Chance* war? War er jetzt völlig verrückt geworden? Ava spürte, wie sich alles in ihr aufbäumte, als sie bloß daran dachte. Sie wollte Soraya diesem Stress auf keinen Fall aussetzen, den es auf Turnieren automatisch gab. Und irgendwie sich selbst auch nicht. Sie hatte die letzte Zeit unglaublich genossen. Es war das erste Mal in ihrem Leben, dass sie einfach aus reiner Freude ritt, ohne irgendwelche Schleifen oder Medaillen vor Augen zu haben. Diese neu gewonnene Freiheit wollte sie auf keinen Fall aufs Spiel setzen, nur weil Elsies Großvater der Meinung war, Ava und Soraya könnten das Cassisburg-Championat in ihrer Leistungsklasse gewinnen und dadurch den Traum von der Soulhorsefarm retten. Andererseits war Soraya in der Tat das beste Pferd, das sie je geritten hatte. Die blinde Stute war Ava nicht nur zur Seelenverwandten, sondern auch zur Lehrmeisterin geworden. Die Silberstute beherrschte spielend alle Lektionen, fliegender Galoppwechsel, Piaffe, Passage ... die Klasse der Jungen Reiter würde für das Silberpferd ein Kinderspiel sein, immerhin war Albertina früher mit ihr in viel höheren, schwierigeren Klassen gestartet. Nur ... würde Silverhorse mit den Turnierbedingungen überhaupt zurechtkommen? Immerhin war Soraya blind ... und zu viel Stress war für ihre Augenerkrankung auch nicht gut. Derzeit hatte die Silberstute zwar keinen weiteren Entzündungsschub, doch das konnte sich jederzeit ändern. Und das wollte Ava auf keinen Fall riskieren! Mit Soraya am Turnier teilzunehmen, kam somit überhaupt nicht infrage. Doch dann musste Ava plötzlich an den Zeitungsartikel denken, den sie vor nicht allzu langer Zeit im Internet entdeckt hatte. Darin war von einem blinden Turnierpferd berichtet worden, das ebenfalls an ERU erkrankt war und dennoch weiterhin auf Turnieren startete. Es war grundsätzlich also möglich, dachte sie im Stillen, doch eine noch viel wichtigere Frage war: *Wollte sie das überhaupt? Und vor allem: Wollte es Soraya?*

Ava spürte, wie ihr Bauch auf diese Frage deutlich mit NEIN antwortete, doch im nächsten Moment blickte Silvester Hennelly sie so eindringlich an, dass sie innehielt.

»Tu es für Elsie«, flehte er, als hätte er ihre Gedanken erraten. »Und für Soraya. Ich weiß sonst keinen anderen Ausweg. Es ist unsere einzige Hoffnung, das Ruder doch noch herumzureißen. Glaubt ihr denn wirklich, dass Kronbeek Elsie jemals den Kredit gewähren wird? Elsie wird Catalan nicht turnierfit kriegen, solange Kronbeeks Tochter ihn am Championat reiten soll. Die Göre hat doch überhaupt keine Ahnung von Pferden. Habt ihr sie schon mal reiten sehen? Sie reißt den armen Catalan ständig im Maul, weil sie keine ruhige Hand hat, und reitet dann auch noch mit viel zu scharfen Sporen«, schnaubte er erbost und fuhr etwas milder fort: »Doch wenn du das Turnier gewinnst – und das wirst du –, dann besteht zumindest ein Funken Hoffnung, dass ein Wunder geschieht und Kronbeek ein Einsehen hat, oder eben eine andere Bank, die auf uns aufmerksam wird. Aber wenn wir uns nicht wehren, wird Kronbeeks Tochter es über kurz oder lang schaffen, Elsies Ruf zu zerstören.

Kronbeek hat in der Reitszene gewaltigen Einfluss, und Rauewitz sowieso.«

»Aber Soraya ... sie ist doch gar nicht ausreichend fit für ein Turnier«, stammelte Ava. »Wie soll ich denn das in so kurzer Zeit hinkriegen?«

Silvester Hennelly fing auf einmal an wie ein Weihnachtsbaum zu strahlen. »Wenn das deine einzige Sorge ist, dann wird es Zeit, dass ich euch Albertinas Erfolgsgeheimnis verrate«, kicherte er wie ein kleines Kind und stand auf, um seinen Jeep zu holen.

Albertinas Erfolgsgeheimnis. Als Ava aus dem alten Jeep kletterte, verschlug es ihr beinah den Atem, als sie es vor sich sah. Auch Lou sagte nichts, in ihren Augen glitzerte es jedoch verdächtig. Ava kannte ihre mittlerweile beste Freundin gut genug, um zu wissen, dass Lou am liebsten auf der Stelle die Kamera gezückt hätte, um dieses Bild einzufangen, das sich vor ihnen bot. In einem Tal zwischen tausend Bäumen erhoben sich wie von Zauberhand plötzlich orangehelle Dünen aus Sand. Dazwischen befanden sich schurgrade Senken, so groß wie Reitplätze.

Silvester Hennelly trat neben sie und ließ zufrieden den Blick schweifen. »Das ist der Grund, warum Albertina und Soraya so erfolgreich gewesen sind«, sagte er. »In dieser stillgelegten Sandgrube haben sie trainiert.« Er deutete auf einige Konstruktionen in einer der Senken. »Das da ist ihr Trail-Parcours gewesen, und dort drüben«, er deutete in die andere Richtung, wo sich ein kleiner, schmaler Pfad durch die Sträucher der Dünen schob, »dort hat sie an Sorayas Ausdauer und Kondition gearbeitet. Also, Dünen rauf, Dünen runter! Nichts stärkt den Rücken und die Hinterhand mehr als das.« Er ging ein paar Schritte bis zur nächsten Sanddüne. »Und danach ein kühles Bad.« Er lächelte traurig, als ihn die Erinnerung übermannte. Hastig drehte er sich weg und räusperte sich. Ava und Lou spähten neugierig über die Düne. Unter ihnen befand sich ein kleiner See, und Ava konnte kaum glauben, was für ein Paradies sich hier die ganze Zeit im Wald vor ihnen versteckt hatte. Überwältigt ließ sie den Blick über die außergewöhnliche Landschaft schweifen, die einem das Gefühl gab, plötzlich in einem fernen, fremden Land zu sein. »Und sie durfte das ganze Gelände nutzen?«, fragte Ava verblüfft.

Silvester Hennelly nickte. »Die Sandgrube befindet sich im Besitz der Stadt und gehört wie die Burg und das Gutshaus zu den umliegenden Wäldern. Als Förster war ich für das Gebiet verantwortlich. Und als die Sandgrube geschlossen wurde, schaffte ich es, dass sie zum Naturschutzgebiet erklärt wurde. Hier brüten unzählige Vogelarten, auch Wildbienen leben hier, doch ein bisschen Reiten macht der Natur nichts aus, solange man auf sie achtet.« Er deutete auf den weichen Sand unter ihnen. »Ich würde also meinen, dass das immer noch der ideale Trainingsplatz für ein Pferd ist. Besonders für eines, das blind ist. Der Boden ist weich und eben, sie kann also nicht stolpern und …«

»Sie meinen, ich dürfte sie hier reiten, wenn ich wollte?«, japste Ava aufgeregt dazwischen, als der Groschen bei ihr gefallen war.

Silvester Hennelly nickte schmunzelnd. »Mit dem richtigen Training und gutem Futter hat sie bald die Muskeln aufgebaut, die sie fürs Turnier braucht. Vorausgesetzt, du willst mich überhaupt als deinen Trainer und am Turnier starten?«

Ava wusste nicht, wie ihr geschah. Noch immer überwältigt von dieser einmaligen Gelegenheit, nickte sie, obwohl ihr Bauch noch schmollte.

Lou atmete daraufhin erleichtert auf, dann jedoch runzelte sie die Stirn. »Sie werden das hier aber nicht Florentine zeigen, oder?«

Silvester Hennelly fing schallend an zu lachen. »Im Leben nicht«, sagte er.

SILBERBLUT

Lou seufzte zufrieden. Sie lag auf einer der vielen Sanddünen der Sandgrube und streckte alle viere von sich. »Ich will hier nie wieder weg!«, schnurrte sie. Dabei leuchteten ihre zweifarbigen Chucks fröhlich zwischen den Gräsern hervor. Ava musste lachen.

Auch sie fühlte sich hier so frei wie schon lange nicht mehr. Die Sandgrube war einfach ein spitzenmäßiger Ort, aber noch mehr lag es daran, dass Soraya hier so unheimlich zufrieden wirkte. Es war, als hätte sich die Silberstute die ganze Zeit an diesen Ort zurückgesehnt. Soraya zeigte im Gelände überhaupt keine Angst oder Scheu, sondern zockelte zufrieden hinter Ava her, während sie mit Halfter und Strick den schmalen Pfad durch die Sträucher wanderte. Dennoch achtete Ava stets darauf, Soraya mithilfe ihrer Stimme rechtzeitig auf einen Stein oder eine Vertiefung aufmerksam zu machen. Das klappte mittlerweile so gut, dass Ava sich kurze Zeit später schließlich auch an den Trail-Parcours heranwagte.

Lou sah ihnen belustigt von der Düne aus zu. »Du klingst, als hättest du eine Geheimsprache für sie erfunden«, grinste sie, als Ava vor dem Brückenpodest stand und Soraya mit bloßen Stimmkommandos auf das Podest dirigierte. »Klingt wie ein Songtext: *Steig-Ho-Steh! Weiter-Langsam-Geh! Hey, oh, Silverhorse! You are the greatest horse of course!*«, dichtete Lou hinzu.

Ava schüttelte lachend den Kopf. Von wegen, Lou war keine Künstlerseele! Nie zuvor hatte sie jemanden getroffen, in dessen Kopf so viele Ideen auf einmal sprudelten. Irgendwann würde sie ihre Freundin davon überzeugen, endlich zu ihren großartigen Fotos zu stehen. Doch jetzt galt es erst mal, das Turnier zu gewinnen und das Forsthaus zu retten. »Hast du gehört, Silverhorse?«, wisperte sie zärtlich in Sorayas silbernes Ohr und gab den nächsten Befehl, damit die Stute ihr zweites Vorderbein auf das Podest stellte. »Wenn du so weitermachst, glaube sogar *ich* daran, dass wir es tatsächlich schaffen könnten!« Soraya machte mittlerweile so toll mit, dass Ava im Grunde längst vergessen hatte, dass die Silberstute blind war. Die beiden kommunizierten auf eine eigene Art und Weise, die in der Tat einer Geheimsprache gleichkam. Es war die Sprache des Herzens, und so gelang es Ava schließlich, ganz behutsam und mit bloßer Stimme Soraya auf die schmale Trail-Brücke zu lotsen, ohne dass die Silberstute in Panik geriet.

Als Soraya endlich mit allen vier Hufen auf dem Podest stand, rief Lou: »Warte mal! Diesen Moment muss ich für die Ewigkeit festhalten. Die Meute wird begeistert sein.« Sie zog schnell die Kamera aus dem Rucksack.

Ava hingegen waren die Klicks oder Likes in diesem Moment so was von egal. Sie spürte nur die tiefe Liebe zu diesem Pferd, die sich wie ein warmer Sommerregen anfühlte. Ava schöpfte Mut. Vielleicht hatte Silvester recht, und ein Turniersieg würde ihnen tatsächlich zu neuen Möglichkeiten verhelfen. Zumindest wollte sie fest daran glauben. »Ich denke, wir sind jetzt so weit, den Trail zu reiten«, sagte sie.

Die nächste Zeit trainierte Ava jede freie Minute, und Lou und Elaf begleiteten sie, so oft es ging, zur Sandgrube. Es war ein unglaubliches Vergnügen, mit Soraya über die Dünen zu schweben. Wenn das Wetter es zuließ, planschten sie danach im Wasser und legten sich anschließend in den warmen Sand. Außer Soraya, die graste zwischen ihnen. Sie waren wie eine kleine Herde geworden, und wäre Sorayas Zuhause nicht bedroht gewesen, hätten es die glücklichsten Momente in Avas Leben sein können. So aber schwebte ständig das dunkle Fragezeichen über ihnen, das Ava nicht mal in solchen Momenten wie diesen gänzlich loswurde.

Zum Glück stellte sich Elsies Großvater als unglaublicher Lehrer heraus. Seine Trainingsmethoden waren zwar etwas ungewöhnlich, doch der Erfolg gab ihm recht. Innerhalb der nächsten drei Wochen hatte sich Soraya beinah zu jenem Pferd entwickelt, das es vor einem Jahr noch gewesen war. Dazu Lous magische Fotos … *Soraya im Wasser, Soraya auf einer Sanddüne, Soraya im gestreckten Galopp ... Soraya beim Grasen, während Ava Kniebeugen machte, weil Silvester darauf bestand, dass auch sie turnierfit wurde ...* die Followerzahlen explodierten förmlich auf dem Soulhorsefarm-Kanal. Halb Cassisburg fieberte plötzlich mit ihnen mit und auch sonst eine ganze Menge pferdebegeisterter Leute im Netz.

Dementsprechend brummte endlich das Geschäft mit den Pony-Samstagen, und dank Lous Gewieftheit hatten sie nun Ruhe vor Florentine. Denn wenn Elsie mit Catalan trainieren wollte, nahm sie dazu den GPS-Tracker einfach aus seinem Versteck, legte ihn in die Sattelkammer, und Florentine kriegte nichts davon mit. So blieben sie wenigstens die meiste Zeit von ihr verschont. Ganz konnte Elsie Florentine vom Forsthaus jedoch nicht fernhalten, immerhin hatte sie einen Auftrag zu erfüllen. Auch wenn mittlerweile feststand, dass Avas Mitschülerin am Cassisburg-Championat nicht antreten würde.

»Tja, was soll ich sagen, mein Vater ist schwer enttäuscht von Ihnen«, sagte Florentine eines Tages, als Elsie schweren Herzens den GPS-Tracker doch in der Satteltasche gelassen hatte und das rothaarige Mädchen zwanzig Minuten später auch schon in der Reithalle stand. »Ich kann mir nicht vorstellen, dass Sie tatsächlich eine Pferdetrainerin sind. So, wie Catalan sich hier entwickelt hat, sollten Sie sich besser nach einem anderen Beruf umsehen«, giftete sie.

Elsie biss sich vor Zorn auf die Unterlippe und versuchte

krampfhaft, professionell zu bleiben, was ihr nur halb gelang, schließlich hatte sie schon viel zu lange um des lieben Friedens willens den Mund gehalten. »Dein Vater kann jederzeit herkommen und sich selbst ein Bild von Catalans Trainingsfortschritt machen«, erwiderte Elsie in frostigem Ton. »Denn seltsamerweise springt dein Pferd unter jedem anderen Reiter tadellos. Und würdest du nur einen Funken von Interesse zeigen, würde dir das selbst auch irgendwann mal gelingen.«

Ava, Lou und Elaf, die gerade an der Reithalle vorbeimarschierten, blieben wie versteinert stehen. Sogar von hier draußen spürte man das gefährliche Knistern in der Luft.

»Oweia«, murmelte Lou prompt. »Hat Elsie das gerade wirklich gesagt? Das wird Miss Ich-bin-die-Coolste garantiert nicht auf sich sitzen lassen.«

Und tatsächlich rauschte ihre Mitschülerin im nächsten Moment auch schon wutentbrannt aus der Halle. Als ihr klar wurde, dass die drei ihre Unterhaltung gehört hatten, funkelte sie böse und fauchte Ava an: »Sag deinem Feenpferd Adieu. Diese Stümperin da drin wird nie wieder einen Auftrag kriegen, dafür sorge ich.«

»Sei dir da mal nicht so sicher«, antwortete Elaf gelassen. »Unterm Schlussstrich zählt der Erfolg, das müsstest du doch am allerbesten wissen.«

Florentine hielt inne. »Wie meinst du das?«, fragte sie und schüttelte irritiert ihr rotes langes Haar, was Florentine immer tat, wenn sie Elaf erblickte, fiel Ava plötzlich auf.

Doch zum Glück war Elaf dagegen völlig immun. Er zuckte stattdessen mit den Schultern. »Na, so wie ich es gesagt habe. Ava wird auf dem Cassisburg-Championat allen beweisen, wie toll Elsie ihre Arbeit macht, und dann bin ich gespannt, wer deinen Lügen noch glauben wird.«

Florentine sah den schwarzhaarigen Jungen ungläubig an, ehe ihr Blick zu Ava rüberwanderte. »Du trittst *wirklich* am Turnier an? Das war kein Fake, um Follower zu kriegen? Auf eurem beschissenen Kanal?«

Ava schüttelte den Kopf, woraufhin Florentines Wangen mit einem Schlag schrecklich blass wurden, ehe sie wie eine Furie davonrauschte.

Fassungslos blickte Ava ihr hinterher. Sie hatte nicht die geringste Ahnung, warum das rothaarige Mädchen ständig so gereizt war, aber es musste für seine Bösartigkeit einen triftigen Grund haben, anders konnte sich Ava ihr Mitgefühl, das sie plötzlich für Florentine empfand, kaum erklären.

Und dann war er da, der letzte Abend vor dem Turnier.

Im Forsthaus war ein hektisches Durcheinander ausgebrochen. Silvester parkte den Pferdeanhänger vor Sorayas Paddock. Und Elsie kam sogar mit in die Sandgrube, um Ava letzte Tipps zu geben. Doch bald setzte sich die Pferdetrainerin neben Lou und Elaf in den Sand und streckte die Beine von sich.

»Du hattest recht, Graps«, rief sie ihrem Großvater zu, der am Rande des Trail-Parcours stand und Ava nicht aus den Augen ließ. Auch Elsie sah fasziniert zu, wie Ava mit Soraya zuerst den Dressur-Trail ritt und sie dann das blinde Pferd fehlerfrei durch den Stil-Trail dirigierte. Und das war in der Tat eine Meisterleistung. Immerhin galt es in dieser Disziplin, nicht nur den Slalom und die Brücke zu meistern, viel kniffliger war es, den Pferch zu bewältigen und den Krug aufzuheben, der auf einem kleinen Tischchen stand und den Soraya gern mal mit ihrer Hinterhand umkippte. Doch auch das gelang ihnen mittlerweile fehlerfrei, und dabei sahen sie obendrein auch noch so harmonisch miteinander aus, dass Elsie glatt ein zufriedenes Seufzen von sich gab. Die Working-Equitation-Richter würden morgen begeistert sein, das war ihr eben in dem Moment klar geworden, als Ava mit Soraya in einem gesetzten Galopp vorüberritt. Die beiden verkörperten alles, worum es bei Working Equitation ging, nämlich um eine ruhige, losgelassene Reitweise, gepaart mit Harmonie und Schwung. Das Mädchen hatte in wenigen Wochen das geschafft, was sie selbst nicht für möglich gehalten hatte. »Mit allem!«, lachte Elsie deshalb, und dabei war ihre Stimme voller Stolz.

Währenddessen klangen Elsies Worte in Avas Ohren. Dieses Lob war wunderbar zu hören, zugleich aber machte es ihr auch Angst. Es hing vom morgigen Tag so verdammt viel ab! Was, wenn sie versagte? Wenn sie es nicht schaffte, Soraya die nötige Sicherheit zu geben?

Als sie zurück zum Forsthaus gingen, spürte Ava die damit verbundene Last auf ihren Schultern. Gedankenversunken ließ sie sich ein Stück weit zurückfallen und ging mit Soraya alleine weiter, während die anderen gut gelaunt und voller Zuversicht auf das Forsthaus zusteuerten. Irgendwann drehte sich Elaf um und kam auf sie zu. Prüfend musterte er sie von der Seite. In seinen waldgrünen Augen lag ein Ausdruck, den Ava nur zu gut kannte. Schließlich hatte in den letzten Tagen ihr Spiegelbild ebenfalls damit begonnen, sie beim Zähneputzen mit dem gleichen brennenden Ausdruck im Badezimmerspiegel anzustarren.

Elaf räusperte sich, ehe er zum Sprechen ansetzte. »Es ist schon Sieg genug, dass du das überhaupt machst«, sagte er dann leise, aber auch so eindringlich, als würde er aus Erfahrung sprechen. Doch als sie ihn fragend ansah, war der Schatten in seinen Augen zurückgekehrt, und Ava wusste, dass sie nicht mehr aus ihm herausbekommen würde.

Seit dem Moment im Schulkorridor waren sie sich nicht mehr so nahe gekommen, und vielleicht war das auch besser. Avas Bauch grummelte auch so bereits vor Aufregung. Außerdem würde Elaf schon von selbst mit der Wahrheit über XluX herausrücken, wenn er der Meinung war, Ava davon erzählen zu wollen. Und bis dahin hatte sie genügend andere Sorgen. Um ehrlich zu sein, war ihr XluX derzeit ohnehin nicht wichtig. Deshalb nickte sie ihm jetzt einfach zu und begann, nachdem sie ebenfalls das Forsthaus erreicht hatten, Soraya für das morgige Turnier herzurichten.

Als die Silberstute wenig später wie aus dem Ei gepellt auf dem Sattelplatz stand, pfiff Elsies Großvater anerkennend.

»Schick, schick«, sagte er und blickte auf das silberne Pferd, das mit geölten Hufen und gewaschenem Schweif in der Abendsonne glänzte. »Und was wirst *du* morgen anziehen?«

Ava blickte auf ihre verdreckten Klamotten und zuckte mit den Schultern. »Na, das hier nicht. Aber ich habe ja noch mein Turnierdress von früher«, antwortete sie. »Und anstatt der weißen Reithose ziehe ich einfach eine schwarze an.« Ava hatte sich nämlich im Internet schlaugemacht. Laut Turnierrichtlinien mussten die morgigen Starter mit Kleidung in gedeckten Farben antreten, denn nicht nur die Reitweise, sondern auch die Erscheinung des Reiters galt als ein Bestandteil des Kulturgutes, das bei Working Equitation großgeschrieben wurde. Zum Glück aber nahm man das in der Klasse der Jungen Reiter noch nicht so genau, eine schwarze Reithose und eine schwarze Jacke reichten hierfür völlig.

Silvester Hennelly schüttelte dennoch den Kopf. »Habe ich mir's doch gedacht. Komm mal mit«, sagte er und humpelte rüber zur Sattelkammer. Vor dem alten Holzschrank blieb er stehen und öffnete ihn. Bedächtig zeigte er auf die moosgrüne Samtjacke, die darin hing. Es war die Jacke vom Foto! »Wenn du wirklich Eindruck bei den Richtern schinden willst, dann zieh die hier an.« Er nahm die Jacke vom Bügel und überreichte sie ihr. Als Ava zögernd hineinschlüpfte, passte sie überraschenderweise wie angegossen, und Silvester brummte zufrieden. »Die hat mal Albertina gehört, aber ich hab sie für dich umschneidern lassen. Damit reitest du nicht nur nach iberischer Art, du siehst jetzt auch ganz danach aus. Immerhin sollt ihr doch auch optisch zusammenpassen, Soraya und du.« Wie zum Beweis griff er dann zur Showtrense und zum iberischen Sattel. Sogar ein traumhaft schönes Vorderzeug kramte er aus dem Schrank. »Damit sattelst du sie morgen, ihr zwei kriegt also den perfekten Look. Sollen sie sich doch alle bei Rauewitz in den Hintern beißen, wenn sie euch sehen!« Dabei glitzerten Silvesters Augen verdächtig wässrig.

Ava hörte gar nicht richtig hin, sondern starrte auf die Sachen und wusste nicht, was sie sagen sollte. Diese Geste war ungemein großzügig! Schließlich war das alles einmal Albertinas Besitz gewesen, und jetzt durfte sie die Sachen benutzen. Unbeholfen umarmte sie den weißbärtigen Mann und rannte dann zu den anderen, um Sattel und Zaumzeug gleich an Soraya auszuprobieren. Als die Silberstute schließlich fertig gesattelt und gezäumt in der Abendsonne stand, blieb Ava vor Staunen die Spucke weg. Auch Lou und Elaf schwiegen andächtig.

Soraya sah aus wie das Feenpferd!

Vielleicht war das ja der Grund, warum Ava plötzlich mitten in der Nacht völlig schweißgebadet aufwachte, weil Sorayas Bild als Feenpferd wild in ihrem Kopf herumspukte. Der Wunsch, dass die schöne Silberstute in Wirklichkeit ein echtes Feenpferd war, das die Lichtung und das Forsthaus rettete, war einfach zu groß, zu übermächtig und leider auch viel zu unwirklich. Vielleicht klopfte ihr Herz deshalb jetzt so angstvoll, weil alles bloß eine große Wunschvorstellung war und Ava schrecklich nervös?

Oder war es doch etwas anderes, das sie aus dem Schlaf gerissen hatte? Es fühlte sich so an, als wäre eben etwas Schreckliches geschehen, nur was? Abscheuliche Bilder quälten sie, und Ava brauchte einen Moment, bis sie realisierte, dass sie eben geträumt hatte und deshalb aufgewacht war. Oh ja, jetzt konnte sie sich wieder erinnern, sie hatte geträumt! Vom Feenpferd auf der Lichtung. Doch dieses Mal hatte der Traum eine schreckliche Wendung genommen. Blutrote Bilder flammten vor ihrem geistigen Auge auf, und Ava schnürte es die Kehle zu, als sie sich besann. Denn im Traum hatte Soraya wie sonst auf der Lichtung gestanden, dabei glitzerte ihr Fell magisch im Mondlicht, und Ava saß glückselig auf ihrem Rücken. Doch als sie Sorayas silbernen Hals streicheln wollte, färbte sich ihre Hand plötzlich blutrot. Das Feenpferd ging zu Boden, brach unter Avas Gewicht zusammen, während Sorayas Blut aus einer klaffenden Wunde floss und damit die Erde tränkte. Ava aber konnte nichts dagegen tun ... es war einfach zu viel Blut ...

Entsetzt schnappte sie nach Luft. Der Traum war so echt gewesen, dass sie panisch ihre Hand am Laken abwischte. Dabei rutschte ihr Handy unter einem der Kissen hervor, und ein seltsamer Drang überkam sie. Ava konnte sich dieses merkwürdige Gefühl nicht erklären, das plötzlich in ihr brodelte, doch es war da. Und vor allem war es verdammt intensiv! Es blieb ihr nichts anderes übrig, als ihrem Instinkt zu folgen. Hastig wählte sie Elsies Nummer.

Nach langem Läuten hob die Pferdetrainerin endlich ab. »Was ist?«, drang ihre Stimme schlaftrunken aus dem Handy. »Es ist mitten in der Nacht! Sag bloß, du rufst an, weil du nervös bist ... das ist völlig normal. Als ich noch Turniere geritten bin, war ich auch immer schrecklich nervös, deshalb habe ich es auch irgendwann sein lassen ...« Sie gähnte herzhaft, doch dann brach Elsie plötzlich ab. »He, was ist denn das da draußen für ein Lärm?« Sie klang mit einem Schlag hellwach. Dann ertönte ein Rattern, als hätte Elsie die Vorhänge beiseitegeschoben. »Verdammt, noch mal«, zischte sie und die Verbindung brach ab.

Ava presste das Handy so fest an ihr Ohr, dass sie ihren eigenen Herzschlag hören konnte. »Elsie?«, rief sie, doch das Display ihres Handys färbte sich schon dunkel. Angstvoll starrte Ava auf das Handy. Abermals überfluteten sie blutige Bilder, und mit einem Mal wusste sie, was der Traum zu bedeuten hatte: Soraya war in Gefahr! Jetzt spürte sie es überdeutlich!

Wie von Sinnen rannte Ava im Pyjama in den nachtschwarzen Flur, während sie nicht wusste, was sie als Nächstes tun sollte. Sie musste augenblicklich zu Soraya, ehe es zu spät war. Alle Fasern ihres Körpers drängten sie dazu, doch wie sollte sie das anstellen?! Es war mitten in der Nacht!

Und das Forsthaus meilenweit entfernt. Sollte sie ihre Eltern wecken? Doch bis Ava ihnen die merkwürdige Situation erklärt hatte, würde es längst zu spät sein. Nein, sie musste das selbst in die Hand nehmen. Und deshalb schlüpfte sie jetzt einfach in Jacke und Schuhe und rannte aus der Wohnung. Unten im Hausflur schnappte sie sich ihr Rad und strampelte den ganzen Weg, zuerst durch die schlafende Stadt, dann durch den dunklen Wald, in Richtung Forsthaus, während ihr unaufhörlich die Bilder von Soraya durch den Kopf schwirrten. Dabei fühlte sich ihr Herz an, als blutete es ebenfalls.

Ava trat so schnell wie möglich in die Pedale. Die Fahrt durch den Wald war mehr als gespenstisch, und der mickrige Lichtkegel, den die Fahrradlampe hergab, änderte leider auch nichts daran. Im Gegenteil, das fahle Licht ließ alles noch schlimmer wirken. Der Nebel der Hulder, der um diese Zeit aus dem Bachbett gekrochen kam, dazu schauerhafte Geräusche, die an ihr Ohr drangen … Ava war heilfroh, als sie endlich das reetgedeckte Dach des Forsthauses in der Ferne erblickte, während der Morgen graute.

Wie von Sinnen lenkte Ava das Rad die Einfahrt hinauf. Sie war dabei so panisch, dass sie Elsie, die eben über den Kiesplatz schlurfte, beinah über den Haufen gefahren hätte. Beide erschraken sich fast zu Tode. Auch die Pferdetrainerin trug noch ihre Pyjamahose und kniff nun überrascht die Augen zu, als Ava vor ihr mit Karacho das Rad zum Stehen brachte. Wäre die Situation nicht so dramatisch gewesen, hätte sie bestimmt darüber gelacht. Ava und Elsie, wie zwei Schlafwandler vor dem Forsthaus … doch Ava war nicht zum Lachen zumute. Mit angsterfüllten Augen sah sie Elsie ins Gesicht. »Was-ist-passiert?!«, keuchte sie.

Die Pferdetrainerin runzelte schlaftrunken die Stirn. »Hä? Was meinst du?«, fragte sie gähnend. »Fürs Turnier ist es noch viel zu früh! Und warum hast du einen Pyjama an?«

Fassungslos starrte Ava in Elsies müdes Gesicht. »Willst du mich verarschen?« Ihre Stimme schrillte gefährlich laut. »Verdammt noch mal, was ist mit ihr?!«

Elsie schüttelte verdattert den Kopf, doch dann schien sie sich wieder zu erinnern. »Ach so, kann es sein, dass wir telefoniert haben? Oder habe ich das geträumt? Ich habe nicht die leiseste Ahnung, um ehrlich zu sein. Wenn mich jemand um vier Uhr morgens weckt, kann ich für nichts garantieren, dann ist mein Körper auf Automatikmodus geschaltet. Jedenfalls hat es Soraya geschafft, mal wieder aus dem Paddock zu entwischen. Bestimmt haben wir gestern Abend vor lauter Aufregung das Tor nicht richtig verschlossen, denn es stand einfach offen. Ich habe sie drüben im Ausbildungsstall gefunden, wo sie seelenruhig mit Catalan geflirtet hat, ich glaube, die zwei mögen sich. Zum Glück ist sie dieses Mal nicht in Panik geraten. Wer weiß, was sonst alles hätte passieren können! Aber daran sollten wir am besten gar nicht denken, denn es ist ja alles gut gegangen.« Sie gähnte noch einmal. Elsies Hirn schien frühmorgens wirklich noch nicht wach genug für eine ordentliche Unterhaltung zu sein, denn sie grinste Ava verpeilt an und schmunzelte: »Ts, und ich habe geglaubt, *ich* war früher vor Turnieren nervös. Doch auf die Idee, mitten in der Nacht im Pyjama durch den Stadtwald zu radeln, bin ich nie gekommen.« Sie legte Ava tröstend ihre Hand auf die Schulter. »Glaub mir, es ist alles erledigt. Du kannst dich entspannen! Soraya ist zurechtgemacht, der Sattel geschrubbt, das Zaumzeug auch. Wir müssen nur noch ihre Mähne einflechten, aber das geht schnell. Und außerdem reitest du toll, es gibt keinen Grund, nervös zu sein. Ich bin dir wirklich dankbar, dass du das machst!«

Ava antwortete nicht, sondern schmiss ihr Rad ins taunasse Gras. »Kann ich zu ihr?«, murmelte sie bloß, weil sie sich selbst davon überzeugen musste, dass mit Soraya tatsächlich alles in Ordnung war. Nur so würde sie ihre Nerven wieder unter Kontrolle kriegen.

Elsie nickte überrascht. »Klar, geh ruhig! Es wird ohnehin schon hell. Zeit, die Pferde zu füttern. Schließlich haben wir heute einen großen Tag vor uns und müssen früh los. Dein Bewerb startet schon um zehn.«

Ava zwang sich zu einem Lächeln. »Ist gut«, murmelte sie und kam sich plötzlich schrecklich dämlich vor. Während die Sonne von Osten her aufging und der Huldernebel zurück ins Bachbett kroch, beschlich sie das ungute Gefühl, dass sie vermutlich völlig überreagiert hatte. Ein Glück, dass Elsie so verpennt war, dachte sie erleichtert.

Denn jetzt, wo die Morgensonne die Lichtung in goldenes Licht tauchte, blieb ihr nichts anderes übrig, als sich über sich selbst zu ärgern.

Es war nur ein dummer Albtraum gewesen! Nicht die Wirklichkeit! Wie konnte sie sich da nur so reinsteigern? Das wurde ihr schlagartig bewusst, als sie kurze Zeit später neben der friedlich mampfenden Soraya stand, die immer wieder die Nüstern Richtung Catalans Paddock drehte und ihm dann prompt zuwieherte. Wie es schien, hatte Soraya ziemlichen Gefallen an dem freundlichen Apfelschimmelwallach gefunden, und Ava seufzte in Sorayas Silbermähne. Keine Frage! Es war ein seltsamer Zufall, dass Ava ausgerechnet in dieser Nacht einen Albtraum gehabt hatte, während Soraya aus dem Paddock entkommen war. Doch Tatsache war, dass dem Silberpferd nichts passiert war. Und es wäre auch nichts passiert, wenn Ava Elsie *nicht* angerufen hätte, weil Soraya anscheinend ja nur zu Catalan gewollt hatte – das war das Entscheidende daran! Es war also eindeutig – sie hatte überreagiert.

»Tja«, murmelte sie verlegen in Sorayas warmes Fell. »Da ist vor lauter Aufregung meine Einbildungsgabe wohl etwas mit mir durchgegangen, was?«, sagte Ava und kicherte nervös. »Keine Ahnung, wie ich das meinen Eltern erklären soll!« Wenn die rausbekamen, dass Ava nachts allein im Pyjama durch die Stadt und den Wald geradelt war, würde es mächtigen Ärger geben. Es gab also nur eine Möglichkeit, das zu verhindern. Sie musste schnurstracks den ganzen

Weg so schnell wie möglich zurückradeln, ehe ihre Eltern wach wurden und mitkriegten, dass Ava gerade gar nicht in ihrem Bett lag.

#TANZMITDEMWIND

Ein Gutes hatte ihre nächtliche Aktion dann doch: Ava war so müde, dass es ihr nicht gelang, nervös zu sein. Während Silvester den Jeep lenkte, saß Ava mit Lou hinten auf der Rückbank. Verständnislos schüttelte Avas Freundin ihr Lockenvogelnest. Denn im Gegensatz zu ihr war Lou mächtig aufgekratzt. »Also, du hast vielleicht Nerven!«, stöhnte sie, als Ava für einen Moment tatsächlich die Augen zufielen.

»Kein Wunder bei Silvesters Fahrstil«, nuschelte Ava leise und grinste. Der war nämlich so einschläfernd, dass sie sich sicher war, dass Soraya hinten im Pferdeanhänger bestimmt auch schon längst pennte. Wenn sie weiterhin so dahinzockelten, würden sie erst übermorgen bei Rauewitz ankommen, und dann war die ganze Mühe umsonst.

Als Silvester Hennelly jedoch wenig später den Jeep bremste und brummte: »Wir sind da«, schoss Ava mit einem Mal doch das Adrenalin durch den Körper.

Rauewitz' Gehöft war riesig. Unzählige Autos und Pferdeanhänger parkten auf einem Schotterparkplatz. Das Cassisburg-Championat war in der Tat das Großereignis des Jahres. Das wurde Ava schlagartig bewusst, als sie die vielen noblen Pferdetransporter sah, während Silvester seinen alten, klapprigen Pferdeanhänger daneben parkte. Renommierte Springreiter aus dem ganzen Land waren gekommen, und wäre Flint ein Großpferd gewesen, hätte der Eisklotz ihn mit Sicherheit auch auf dieses Turnier geschleift. Immerhin war das Cassisburg-Championat für seine Springanlage berühmt.

Im Nu war sämtliche Schläfrigkeit verflogen. Gemeinsam luden sie Soraya aus dem Hänger. Die Silberstute schien die Fahrt gut überstanden zu haben, und auch Ava versuchte sich zu entspannen, was ihr jedoch jetzt nur noch schwer gelang.

Auch Silvester Hennelly strahlte nicht die Ruhe aus, die ihn sonst umgab. »Ich geh dann mal zur Meldestelle«, brummte er, während Ava Soraya zu striegeln begann.

Lou saß neben ihr auf dem Putzkoffer und grummelte vor sich hin. »Dass man so was freiwillig macht«, stöhnte sie kopfschüttelnd, als eben ein nervöses Springpferd drei Reihen weiter zu steigen begann.

»Ein bisschen Kribbeln gehört nun mal dazu«, murmelte Ava und versuchte sich nun auf Sorayas Mähne zu konzentrieren, die sie zu einem eleganten spanischen Zopf flocht, wie es auch einst Albertina auf dem Foto gemacht hatte. Vielleicht würde ihnen das Glück bringen. Brauchen konnten sie es jedenfalls.

Dann kamen auch schon Elsie und Elaf auf sie zugelaufen. Die beiden hatten noch die restlichen Pferde im Forsthaus versorgt. Nun aber waren sie hier, und Ava fühlte sich gleich wohler. Irgendwie wurde sie ruhiger, wenn Elaf in ihrer Nähe war. Auch Soraya schnaubte, als der schwarzhaarige Junge ihren Hals tätschelte.

»Fertig«, seufzte Ava und besah kritisch Sorayas Mähne. »Ich glaube, das können wir so lassen.«

»Das denke ich auch«, sagte Elaf und bestaunte Avas Werk. Gemeinsam begannen sie dann Soraya zu satteln.

Als Silvester Hennelly mit der Startnummer zurückkam, blickten seine Augen so finster wie nie. Doch er sagte nichts, sondern befestigte schweigend die Nummer auf Sorayas moosgrüner Schabracke und drückte Ava die Startliste in die Hand. »Zuerst ist der Dressur-Trail und gleich im Anschluss der Stil-Trail. Du bist bei beiden Bewerben als Letzte dran, aber es gibt ohnehin nur fünf Starter. Wie es scheint, wollten die anderen *Worker* nicht zu Rauewitz kommen, mit Sicherheit ist ihm sein Ruf vorausgeeilt. Aber kümmere dich jetzt nicht darum. Reite am besten gleich auf den Abreiteplatz, damit sich Soraya etwas eingewöhnen kann, der Bewerb beginnt in Kürze.«

Ava nickte. Sie führte Soraya hinüber auf den Abreiteplatz und versuchte sich ab jetzt nur noch auf sich selbst zu konzentrieren. Sie wusste zwar, dass irgendwo im Publikum ihre Eltern sitzen würden, und mit Sicherheit Teresa und Betty mitsamt der halben Klasse. Und ganz bestimmt stolzierte irgendwo Florentine rum und ätzte. Aber das zählte gerade alles nicht. Jetzt lag ihre volle Aufmerksamkeit auf Soraya, und als hätte die Stute das gespürt, begann sie wie auf Kommando athletisch hin und her zu tänzeln. Ava bemerkte die ehrfürchtigen Blicke der anderen Reiter und musste grinsen. Schließlich war niemand der Jungen Reiter so top gestylt wie sie beide. Die meisten trugen nämlich bloß eine schlichte Dressurjacke, und auch die Pferde versprühten nicht den leisesten Touch des spanischen Stils.

»Wenn das deine Konkurrenz ist, dann hast du leichtes Spiel«, meinte auch Silvester, als er seinen Blick über den Platz schweifen ließ. »Die haben doch alle nicht den blassesten Schimmer, worum es bei Working Equitation geht. Bestimmt hat Bertram deshalb den Bewerb zugelassen, in der Hoffnung, dass seine Reitschülerinnen wenigstens in dieser Disziplin ein paar Schleifen sammeln. Na, die werden sich wundern«, knurrte er wütend.

Ava kümmerte sich nicht um seine Worte. Sie stieg auf und drehte ein paar Runden. So weit lief alles prima. Soraya machte wunderbar mit und schien kein Problem mit dem Ortswechsel zu haben. Doch als sie wenig später im gesetzten Trab auf dem Zirkel ritt, ertönte vom Viereck her tosender Applaus, und Soraya erschreckte sich. Sie begann zu buckeln, und Ava hatte alle Mühe, die Silberstute unter Kontrolle zu bringen. Als der Applaus geendet hatte und Soraya wieder lammfromm war, durchzuckte es Ava eiskalt.

»So ein Mist«, rief sie und ritt auf die anderen zu. »In

der Eile haben wir ganz vergessen, das Klatschen mit ihr zu trainieren.«

»Ihr habt davon gewusst?«, rief Elsie irritiert. »Und habt es vergessen?!« Sie blickte ihren Großvater so scharf an, dass Ava befürchtete, Elsie würde ihn gleich als Vormittagssnack verspeisen.

»Ich regle das«, knurrte er zerknirscht und humpelte eilig davon. Als er jedoch wiederkam, sah er noch zerknirschter aus. »Bertram Rauewitz weigert sich, das Publikum darum zu bitten, nicht zu applaudieren. So hatten wir das früher immer gehandhabt, und es war nie ein Problem. Aber hier hat er das Sagen, dieser Fischkopp!« Er warf Ava einen niedergeschlagenen Blick zu. »Das tut er nur, um mir eins auszuwischen«, murmelte er dann. »Auf keinen Fall will ich, dass euch beiden etwas geschieht. Es ist zu risikoreich, wenn ihr jetzt antretet …«

Doch Ava schüttelte den Kopf. Mittlerweile waren nur noch zwei Starterinnen vor ihr, und das, was sie bisher von ihnen gesehen hatte, war nicht besonders rühmlich gewesen. Die Reiterinnen kamen in der Tat nicht aus der Working-Szene, sondern schienen ganz normale Dressurreiterinnen zu sein, die gar nicht wussten, worauf es bei Working Equitation ankam. Der Sieg war also wirklich zum Greifen nah … und obendrein stand zu viel auf dem Spiel, um jetzt kampflos aufzugeben. »Ich will es zumindest versuchen«, sagte sie eisern.

»Ich hab eine bessere Idee!«, rief Elaf plötzlich und

schenkte ihr ein geheimnisvolles Lächeln. »Verlass dich auf mich, ich mach das schon. Und du sieh zu, dass du einen Pokal nach Hause bringst«, fügte er noch grinsend hinzu, ehe er mit langen Schritten Richtung Tribüne davontrabte.

»Was hat er vor?«, fragte Elsie.

Ava hatte keine Ahnung. Bald würde ihr Name aufgerufen werden, und dann war es ohnehin zu spät, um Fragen zu stellen.

»Ich wünsch dir viel Glück«, sagte Lou, als es endlich so weit war.

Ava straffte die Schultern. Jetzt hing alles von ihr ab.

»So, wertes Publikum, lange müssen Sie jetzt nicht mehr warten. In Kürze beginnt der erste Springbewerb, für den Sie hier heute alle so zahlreich erschienen sind. Bestimmt wissen Sie, dass das Cassisburg-Championat eine lange Tradition vorweisen kann. Unser Springparcours ist berühmt, wertes Publikum. Doch bevor es so weit ist und die Spannung endlich steigt, tritt jetzt in dieser Disziplin als letzte Starterin mit der Nummer fünf Ava Gildstein auf Soraya an. Tosender Applaus für die beid… He, was soll denn das? Gib das Mikro wieder her. Aua!«, tönte es plötzlich aus dem Lautsprecher, dann hörte man ein Knacksen und wildes Gepolter, als gäbe es in der Sprecherkabine ein Gerangel. Die Menschen auf der Tribüne wirkten ratlos. Auch Ava war sich unsicher, als sie auf der Mittellinie ins Viereck einritt. Doch als im nächsten Moment Elafs Stimme aus dem Lautsprecher erschallte,

durchdrang sie unglaubliche Erleichterung. Das war also sein Plan gewesen!

»Ähm, werte Damen und Herren! Entschuldigen Sie die kurze, aber dennoch nötige Unterbrechung, um Ihnen die nächste Reiterin vorzustellen. Hier sehen Sie Ava Gildstein auf der blinden Stute Soraya. Ja, wertes Publikum, Sie haben richtig gehört. Dieses Pferd ist blind, aber trotzdem klasse, wie Sie gleich feststellen werden. Deshalb nur eine Sache: Soraya mag keinen Applaus, sie ist eben ein sehr bescheidenes Pferd. Daher bitte ich Sie, mit dem Applaus zu warten, bis die beiden das Dressurviereck verlassen haben. Ähm, das war's schon wieder. Danke!«

Wieder knackste es im Lautsprecher, dann hörte man Bertram Rauewitz' zornige Stimme. *»Eine Frechheit ist das! Du kannst mich doch nicht in die Kabine sperren! Gib sofort das Mikro her. Hallo, hallo, Test, Test. Ich fordere eine sofortige Disqualifizierung wegen …«*

Nun war es die Richterin, die Bertram Rauewitz ungeduldig das Wort abschnitt. *»Schluss jetzt mit dem Theater. Die Starterin mit der Nummer fünf soll endlich anfangen«*, schmetterte sie aus ihrem Mikro vom Richterhäuschen aus. Die Glocke läutete. Das war das Zeichen, dass Ava nun mit ihrer Kür beginnen durfte. Sie vollzog den Richtergruß und brachte Soraya auf Position. Die Musik ertönte, und Ava spürte die brennenden Blicke des Publikums auf ihr. Es war, als könnte sie die Gedanken der Leute beinah hören. *Was, das Pferd ist wirklich blind? Ist so etwas überhaupt möglich?*

Doch dann ließ Ava die Kürmusik durch ihren Körper fließen. Und Soraya schien dasselbe zu tun, sie beide tanzten förmlich miteinander. Mit einer Anmut, die das Publikum zum Schweigen brachte. Zwar war die Dressuraufgabe für die Einsteigerklasse für Soraya keine große Nummer, dennoch bemühte sich Ava, die Übergänge so taktrein wie möglich zu reiten. Im Trab wechselte sie durch die ganze Bahn, ritt dann bei A auf den Zirkel und brachte Soraya punktgenau bei X in einen schönen, gesetzten Galopp. Dann parierte sie durch, wechselte im Trab den Zirkel auf C und galoppierte sie wieder an. Als sie die ganze Bahn ritten, kam es Ava vor, als würde sich Soraya auf der langen Seite des Vierecks besonders ins Zeug legen. Ava spürte, wie viel Spaß es der Silberstute machte, ihr Können zu zeigen. Beinah hatte Ava das Gefühl, Soraya mochte es, das Publikum zum Staunen zu bringen. Und tatsächlich war es mucksmäuschenstill auf der Zuschauertribüne. Nur die erhabenen Töne der Kürmusik schwebten über dem Viereck, gepaart mit Sorayas zufriedenem Schnauben. Zum Schluss kamen noch der Mittelschritt und das Rückwärtsrichten, dann war die vorgegebene Dressuraufgabe auch schon zu Ende. Ava grüßte wieder und verließ am langen Zügel den Platz. Erst als Ava schon lange aus dem Viereck geritten war, brach nicht enden wollender Applaus los. Deshalb hörte sie nur bruchstückhaft, wie Bertram Rauewitz mit gequälter Stimme durch den Lautsprecher verkündete, dass die Starterin mit der Nummer fünf eben gewonnen hatte.

»Wahnsinn! Du hast es so was von gerockt!« Lou stand neben Ava und betrachtete den glänzenden Pokal. Auch den Stil-Trail hatten sie im Anschluss mit Bravour bewältigt. Das viele Üben mit Stimmkommandos in der Sandgrube hatte sich hier besonders ausgezahlt, denn der Stil-Trail war für Soraya dann doch eine ziemliche Herausforderung gewesen. Sehr zum Entsetzen Avas beinhaltete der Stil-Trail nämlich nicht nur die üblichen Hindernisse wie Slalom, Brücke, den Tisch mit Krug und die Glockengasse, die sie im Vorfeld bis zum Umfallen geübt hatten. Am Ende des Trails mussten die Reiter urplötzlich auch noch ein kleines Cavaletti überwinden, das bisher nicht vorgeschrieben war. Zuerst hatte Ava Panik bekommen. Wie sollte sie Soraya nur dazu bringen, über ein Hindernis zu springen, das sie gar nicht sehen konnte? Doch dann erklärte Silvester, dass es in der Einsteigerklasse auch erlaubt sei, den Sprung im Trab oder sogar im Schritt zu meistern, den Richtern ginge es dabei ausschließlich um den Grundgehorsam des Pferdes. Schließlich kam es bei der Arbeit auf dem freien Feld immer wieder mal vor, einen Graben, einen Baumstamm oder Ähnliches zu überspringen. Also beruhigte Ava ihre flatternden Nerven und machte nichts anderes, als was sie schon bei der Brücke getan hatte. Sie dirigierte Soraya Schritt für Schritt mit Stimmkommandos über das kleine Hindernis. Als die beiden es tatsächlich geschafft hatten, konnte Ava nicht anders – sie fiel Soraya vor dem Publikum überglücklich um den Hals. Die Silberstute hatte sie nicht im Stich gelassen, sondern Ava sogar in dieser brenzligen Situation vertraut.

Auch der Richterin war das aufgefallen, was sie im Anschluss mit extrahohen Wertnoten belohnte. Und nun hatte sie tatsächlich gewonnen! Auf einem blinden Pferd! Was für eine Sensation!

Während Elsie daraufhin von unzähligen Leuten belagert wurde, war Silvester seit der Siegerehrung wie vom Erdboden verschluckt. Nur Lou und Elaf waren bei Ava am Pferdehänger geblieben. Lou sah gerade die Fotos auf der Kamera durch, die sie die ganze Zeit über geknipst hatte. Elaf füllte Sorayas Heunetz nach, und Ava rubbelte ihr Silberfell trocken, während die Stute zufrieden am Heu knabberte.

»Ohne euch hätte ich das niemals geschafft«, seufzte Ava erleichtert und schenkte den beiden ein dankbares Lächeln.

»Ja, das war der Knaller, was du da heute mit Rauewitz abgezogen hast«, grinste Lou zu Elaf hinüber. »Ich hätte mich das nie getraut!«

Doch Elaf zuckte bloß mit den Schultern. »Du sorgst stattdessen dafür, dass der Laden brummt, das ist noch viel wichtiger.«

Lou errötete. Doch dieses Mal nicht aus Zorn, wie das noch vor wenigen Wochen der Fall gewesen war, als Elaf sie im Hochsitz auf ihre Fotos angesprochen hatte. Jetzt machte ihr das nichts mehr aus. Sie war sogar richtig stolz darauf. Ava wusste nicht, was sie davon halten sollte. Einerseits freute sie sich für ihre Freundin, dass Lou endlich begann, zu sich selbst zu stehen. Andererseits gefiel ihr der Ausdruck in Lous Gesicht nicht, während sie Elaf ansah. Ava spürte, wie sich ihr Magen vor Eifersucht zusammenzog. Hastig drehte sie sich von den beiden weg, da sah sie ihre Eltern auf sie zukommen.

Oweia, auch das noch, stöhnte sie innerlich auf. Immerhin hatten ihre Eltern bisher nicht den blassesten Schimmer gehabt, dass Soraya blind war. Ob sie ihr böse waren? Doch als sie näher kamen, strahlten die beiden so sehr, dass Ava sich entspannte.

»Na, du bist uns vielleicht eine!«, rief ihre Mutter.

»Wolltest uns wohl überraschen, was?!«, sagte ihr Vater grinsend.

»Genau«, bemerkte Ava hastig und war im Stillen dankbar, dass ihre Eltern ihr stets so großes Vertrauen entgegenbrachten. Als ihre Mutter als Nächstes Soraya streicheln wollte, ging Ava dennoch dazwischen. Noch immer war Soraya fremden Menschen gegenüber feindselig, da wollte sie die gute Laune ihrer Eltern lieber nicht aufs Spiel setzten, wo doch bisher auf dem Turnier alles so gut gelaufen war.

Oskar Gildstein lachte. »Ein interessantes Pferd hast du da. Es ist also nicht nur bescheiden, sondern obendrein auch etwas schüchtern, was?«

»Wenn ich dein Pferd nicht begrüßen darf, dann wenigstens deine Freunde«, meinte ihre Mutter und schielte neugierig auf Lou und Elaf. Sie streckte ihnen die Hand entgegen. »Du musst Lou sein. Und du bist …?«

»Elaf«, sagte Elaf.

Paula Gildstein lächelte geheimnisvoll. »Freut mich, euch beide kennenzulernen!« Sie ließ ihren Blick schweifen. »Sind Elsie und ihr Großvater auch hier? Ich würde die beiden gern mal persönlich kennenlernen ...«

Ava verdrehte innerlich die Augen, doch sagte nichts, schließlich kannte sie ihre Mutter nur zu gut. Würde Ava wegen der Neugierde ihrer Mutter gereizt wirken, würde Paula Gildstein mit Sicherheit zu Hause wieder tausend peinliche Fragen stellen, wie damals im Auto, als sie von Eschenthals Turnier nach Hause gefahren waren. Also setzte Ava ihr nettestes Lächeln auf und meinte: »Silvester könnt ihr nicht übersehen. Er sieht aus wie der Weihnachtsmann, nur ohne Bauch. Und Elsie steht dort drüben bei den vielen Leuten.« Sie deutete auf eine Traube von Menschen, die die junge Pferdetrainerin umringten.

»Na, dann«, sagte Oskar Gildstein. »Begeben wir uns auf die Suche nach dem Weihnachtsmann!« Als er seine Frau mit sich zog, seufzte Ava erleichtert auf.

»Eltern«, ächzte sie, und Elaf und Lou lachten laut.

Das klang zwischen den beiden schon wieder so vertraut, dass Ava zusammenzuckte. »Ich ... ich ... helfe ihnen besser, Silvester zu finden«, murmelte sie und ging hastigen Schrittes davon.

Natürlich war das nur geflunkert, doch das Gefühl, das Ava eben empfunden hatte, war so schrecklich, dass sie nicht anders konnte, als davonzulaufen. Außerdem wollte sie ohnehin nach Hause, und wenn sie Silvester hier auf der großen Anlage endlich finden würde, konnten sie das auch.

Anscheinend stand das Glück immer noch auf ihrer Seite. Denn als Ava um die Ecke bog und auf die Stallungen zuging, hörte sie plötzlich Silvesters vertraute Brummstimme. In einem der Ställe, ganz hinten, stand er und redete auf einen Mann ein, der raspelkurzes graues Haar hatte und ungefähr so alt war wie Silvester. Beide waren so wütend aufeinander, dass Ava automatisch in Deckung ging.

»Hör auf mit deinen Lügen, Bertram«, hörte Ava Silvester drohend knurren. »Du kannst es nicht abstreiten, dass du Kronbeeks Tochter absichtlich zu uns geschickt hast. Du warst immer schon hinterlistig, aber dass du mittlerweile so skrupellos bist und ein Menschenleben dafür riskierst, das hätte ich nicht von dir erwartet.«

Der andere Mann, der offenbar Bad Bert sein musste, lachte heiser. »Silvester, wovon sprichst du? Ich habe keine Ahnung …«

»Stell dich nicht dumm! *Tosender Applaus für Ava Gildstein?!* Dieses Mal kommst du damit nicht durch. Peter hast du damals geködert, hast ihm alles Mögliche versprochen und zugelassen, dass aus ihm ein Pferdequäler geworden ist. Aber dieses Mal mischst du dich nicht in unsere Angelegenheiten ein. Ava hat heute gewonnen, und vorhin waren unzählige Interessenten bei Elsie, die ihr neue Aufträge geben wollen. Die Soulhorsefarm wird Wirklichkeit werden! Auch wenn du das nie verstehen wirst!«

»Als ob euch das etwas helfen wird!«, knurrte Bertram Rauewitz und lachte plötzlich lautstark auf. »Bist du nicht genauso tückisch? Glaubst du, ich weiß nicht, warum du das Mädchen hierhergeschickt hast? Auf einem blinden Pferd? Zum Turnier? Du wolltest es mir heimzahlen, gib es ruhig zu. Wenn jemand das Mädchen in Gefahr gebracht hat, dann du selbst! Dir ist es dabei nur um Rache gegangen. Ich kenne dich schon viel zu lange, als dass du das abstreiten könntest.«

Eine unheimliche Stille entstand, und Ava wartete darauf, dass Silvester widersprechen würde, doch er sagte nichts, viel zu lange nichts. Ava durchfuhr die Erkenntnis im nächsten Moment wie ein Blitz! Bertram Rauewitz hatte recht! Silvester wollte in Wirklichkeit bloß eine offene Rechnung begleichen, und zwar auf ihre Kosten!

Ava spürte, wie die Wut durch ihren Körper schoss. Mit einem Satz sprang sie aus ihrem Versteck. »Wie konnten Sie nur!«, zischte sie durch die Stallgasse. »Ich hab Ihnen vertraut!«

»Es ist nicht so, wie du denkst«, stammelte Silvester erschrocken, als er in das bleiche Gesicht von Ava blickte.

»Ach doch, ist es wohl, Mädchen«, entgegnete Bad Bert zufrieden. »Im Reitsport hat man mehr Feinde als Freunde, merk dir das!«

Ava hatte genug gehört. Sie machte kehrt und rannte davon.

Die ganze Fahrt über sagte sie kein Wort. Sie war so schrecklich enttäuscht von Silvester, dass sie am liebsten geheult hätte. Es kam einem großen Verrat gleich, am schlimmsten aber war, dass Silvester nicht nur Ava verraten hatte, sondern vor allem Soraya. Deshalb schloss sie die Augen und tat so, als würde sie schlafen.

Lou und Elaf ließen sie zum Glück in Ruhe. Die beiden dachten, Ava wäre vom heutigen Turniertag bloß erschöpft. Und Silvester schwieg ebenfalls, auch er wirkte ziemlich niedergeschlagen.

Am Forsthaus angekommen, versorgte Ava Soraya so rasch wie möglich und brachte sie auf den Paddock. Als sie das Tor schließen wollte, fiel ihr plötzlich etwas auf. Etwas Seltsames. Etwas Unerklärbares.

Im Sand waren unzählige Schuhabdrücke zu sehen, die mit Sicherheit von keinem Reitstiefel stammten. Sie sahen aus wie die Abdrücke von Sportschuhen. Doch von ihnen trug hier niemand Sportschuhe im Stall. Nicht mal Lou! Von wem stammten diese Abdrücke also? Und vor allem – wer hatte etwas an Sorayas Paddock-Tor zu suchen?

Während Ava auf die Abdrücke im Sand starrte, überkam sie ein schrecklicher Verdacht. Sie blickte auf das Paddock-Tor, das bisher immer gut verschlossen gewesen war. Plötzlich klickte es in ihrem Kopf. Das konnte kein Zufall sein. Und auch wenn es ihr nicht leichtfiel, musste sie es den anderen zeigen. Ob sie wollte oder nicht.

Dies ging sie alle etwas an.

#XLUX

Als Ava mit schnellen Schritten zurück in den Hof ging, hockten Lou und Elaf einträchtig nebeneinander auf den Steinstufen vor der Sattelkammer. Doch dieses Mal ignorierte sie das Ziepen in ihrem Magen und ging weiter auf sie zu. Aber bevor sie etwas sagen konnte, waren Lou und Elaf schon aufgesprungen.

»Silvester hat uns eben erzählt, was vorgefallen ist«, sagte Elaf vorsichtig und blickte Ava voller Mitgefühl an. »Tut mir echt leid.« Er drückte ihre Hand, und sie spürte die Wärme, die davon ausging. Ava konnte nicht anders, als sich nach einer Umarmung zu sehnen. Am liebsten hätte sie sich jetzt einfach darin verkrochen und sich von ihm trösten lassen, doch Elaf zog die Hand schon wieder zurück.

»Er schämt sich total deswegen«, sagte nun Lou. »Außerdem hat Bertram Rauewitz nur die halbe Wahrheit gesagt. Silvester ging es in erster Linie wirklich nur um Elsies Existenz, deshalb wollte er, dass du am Turnier teilnimmst. Du solltest mit ihm reden …«

Ava aber schüttelte den Kopf. »Wenn er mir etwas zu sagen hat, dann soll er das gefälligst selber tun. Außerdem gibt es da etwas, das gerade wichtiger ist. Kommt mal mit!«

Elaf und Lou folgten ihr. Als sie bei Sorayas Paddock angekommen waren und Ava ihnen von ihrem Verdacht erzählte, und auch, was in dieser Nacht wirklich vorgefallen war, wirkten die beiden sichtlich betroffen.

»Du meinst, jemand hat Soraya absichtlich freigelassen?«, murmelte Elaf und sprach das aus, was Ava schon die längste Zeit befürchtet hatte.

Sie nickte. »Das kann kein Zufall sein.«

»Du meinst, das war Florentine?«, fragte Lou mit großen Augen.

Ava zuckte mit den Schultern. »Wer sollte sonst so etwas tun? Sie hat die ganze Zeit versucht, Elsie in Misskredit zu bringen. Könnt ihr euch erinnern, wie überrascht sie gewesen ist, als sie erfahren hat, dass ich tatsächlich am Turnier starte?«

Die beiden nickten, und Ava fuhr fort: »An Florentines Geschichte passt so vieles nicht zusammen, dass es nur sie gewesen sein kann. Eigentlich hat sie Elsie doch die ganze Zeit damit gedroht, ihrem Vater zu erzählen, wie schlecht sich Catalan unter Elsies Hand entwickelt, doch das Gegenteil ist der Fall. Und das weiß Florentine ganz genau. Nur deshalb hat sie es bisher nicht gewagt, ihren Vater hierherzubringen, denn dann hätte Kronbeek mit eigenen Augen gesehen, was für eine miese Reiterin sie ist.«

Elaf nickte zustimmend. »Du hast recht. Ich habe mich auch schon darüber gewundert, dass Catalan immer noch hier ist. Und Elsie auch. Sie war eigentlich der Meinung, dass Catalan noch vor dem Championat zu Rauewitz zurückgebracht werden würde, wo sie doch angeblich so schlechte Arbeit verrichtet.«

»Ich glaube, ich weiß, warum«, erklärte Ava. »So muss Florentine ihn nicht reiten. Ich wette mit euch, dass sie in Wirklichkeit überhaupt keinen Bock drauf hat. Und solange er hier ist, ist sie raus aus der Sache.«

Lou seufzte auf. »Das klingt alles logisch, und dennoch ergibt es keinen Sinn.« Sie verengte ihre Nutella-Augen zu Schlitzen und erklärte: »Ich habe heute Teresa und Betty auf dem Turnier getroffen. Sie haben erzählt, dass Florentine nicht zum Turnier gekommen ist, was sie total komisch gefunden haben, wo sie in letzter Zeit doch ständig damit herumgeprahlt hat, wie sehr Bertram Rauewitz auf sie zählen würde und dass sie der eigentliche Cassisburg-Champion gewesen wäre, hätte Elsie Catalan nicht so verpfuscht. Und dann hat Betty auch noch gesagt, dass die Zicke laut ihrer Insta-Story grade mit Milla auf Rügen ist in so einem piekfeinen Wellnessbunker, obwohl sich Milla so was gar nicht leisten kann. Anscheinend hat Florentine das alles bezahlt. Milla hat Betty das erzählt, weil sie das selbst komisch gefunden hat. Aber der blöden Kuh ist es dabei bestimmt nur darum gegangen, aus der Stadt zu sein, wenn das Turnier stattfindet. Vielleicht, damit ihr Vater sie nicht zwingen konnte, doch mit Catalan zu starten? Was jedoch für uns bedeutet, dass Miss Ich-bin-die-Coolste es nicht gewesen sein kann. Sie war letzte Nacht ja gar nicht hier.«

»Aber ...«, murmelte Ava irritiert. »Wenn es nicht Florentine gewesen ist, wer dann?«

Elaf warf ihr einen tröstenden Blick zu, der so voller Wärme und Zärtlichkeit war, dass Ava überrascht blinzelte. Spielte ihr Instinkt ihr mittlerweile nur noch Streiche, oder was war bloß plötzlich los mit ihr? Rasch wandte sie den Blick ab und starrte auf die Schuhabdrücke im Sand. »Wir sollten es Elsie sagen«, murmelte sie, »auch wenn uns das ohne handfeste Beweise auch nicht viel nützen wird.«

»Moment mal!«, rief Lou plötzlich, und ihre Augen begannen mit einem Mal zu glitzern. »Wie konnte ich das vergessen?! Ich habe doch erzählt, dass ich die Wildtierkamera meiner Mutter installiert habe, um Florentine mit ihren eigenen Waffen zu schlagen, wisst ihr noch? Außerdem habe ich die Kamera so platziert, dass auch Sorayas Paddock auf dem Bild drauf ist. Irgendwie hat mir Silvesters Legende keine Ruhe gelassen. Stellt euch vor, ihr Fell würde im Mondlicht tatsächlich glitzern! Wenn wir davon ein Foto hätten, was glaubt ihr, was auf dem Insta-Kanal los wäre?!«, sagte sie träumerisch.

Ava und Elaf starrten Lou ungläubig an. »Du meinst, wer immer das gewesen ist, müsste auf der Kamera zu sehen sein?«

Lou nickte. Dann ging sie auf einen der Bäume zu und

kletterte geschickt in seine Krone. Wenig später kam sie auch schon mit einem schwarzen Kasten in der Hand wieder runter. »Ich fahre gleich nach Hause und werde das Material sichten«, sagte sie und klang dabei wie eine Agentin aus einem dieser Actionfilme.

»Echt, Lou, du bist der absolute Hammer!«, sagte Elaf voller Bewunderung.

»Warte erst mal ab, ob ich überhaupt was darauf finde«, entgegnete sie lachend.

Ava ignorierte die beiden. Auch wenn es wehtat, musste sie akzeptieren, dass Elaf mehr Interesse an Lou zeigte als an ihr. Sie straffte ihre Schultern. »Kann ich vielleicht mit?« Auf keinen Fall wollte sie länger in Silvesters Nähe sein, und mit Elaf alleine rumzuhängen, darauf hatte sie ebenfalls keine Lust.

Lou grinste zum Glück. »Unbedingt«, sagte sie.

Auch dieses Mal waren Lous Eltern nicht zu Hause. Sie gingen hinauf in ihr Zimmer, wo Lous Laptop stand.

»Mist«, sagte Lou, als sie die Kamera auf dem Schreibtisch abstellte. »Mum hat sich schon wieder das USB-Kabel gemopst. Wart mal kurz, ich hole es. Du kannst es dir ja inzwischen gemütlich machen und *Katze* streicheln.« Sie zeigte auf die dreifarbige Katze, die sich in Lous Bett eingerollt hatte.

Ava nickte. Erschöpft ließ sie sich auf Lous Bett fallen. Was war das nur für ein Tag gewesen, dachte sie. Am liebsten wäre sie auf der Stelle eingeschlafen, doch dafür war sie viel zu aufgeregt. Würde Lou wirklich etwas Brauchbares auf der Kamera finden? Und falls ja, was?

Obwohl sie immer noch die Turnierhose anhatte und ihre weiße Turnierbluse mit dem Plastron, blieb sie auf Lous Bett liegen. Die Katze öffnete für einen Moment ihre gelben Augen, ehe sie sie wieder schloss und zu schnurren begann. Ava tastete sich mit der Hand vor und streichelte sie. Da fielen ihr die Fotos auf, die Lou auf die Innenseite des Wandverbaus am Kopfende ihres Bettes geklebt hatte. Man konnte sie nur sehen, wenn man im Bett lag und nach oben blickte, sonst blieben sie verborgen. Warum hatte Lou ausgerechnet dorthin die Fotos geklebt? Interessiert betrachtete Ava die Bilder. Keine Frage, sie waren alle toll fotografiert. Doch irgendetwas kam Ava an den Fotos merkwürdig vor. Es lag nicht an den Motiven, es waren beliebige Landschaftsbilder oder Aufnahmen von der Stadt. Nein, es war der Stil, den Lou bei diesen Fotos angewandt hatte. Sie erinnerten Ava an etwas, nur an was? Als sie näher heranrobbte, um die Fotos genauer unter die Lupe zu nehmen, fiel es ihr plötzlich wie Schuppen von den Augen. Das dort waren eindeutig Fotos von XluX, daran gab es keinen Zweifel! Der Stil, der Winkel, die Bearbeitung … das alles war die Handschrift von Elaf! Doch diese Fotos hatte Ava auf seinem Account noch nie gesehen. Konnte es sein, dass Elaf sie Lou geschenkt hatte? Oder war es in Wirklichkeit vielleicht ganz anders? Denn als Ava als Nächstes den kleinen

Zettel bemerkte, der auf der Ablage zwischen vielen anderen kleinen Dingen neben Lous Bett lag, begannen in Avas Kopf mit einem Mal die Gedanken wild herumzuwirbeln. Plötzlich fügten sich tausend Puzzleteile zu einem Ganzen, und Ava klappte vor Staunen der Mund auf. War das wirklich möglich?

Ja, dachte sie perplex. Und dann musste sie lachen, weil die wahre Identität von XluX die ganze Zeit vor ihrer Nase gewesen war, und dennoch hatte niemand was bemerkt. Auf dem Zettel war nämlich Folgendes hingekritzelt:

X = Die Unbekannte + lu = Luise = XluX

Plötzlich ergab alles einen Sinn! Lous richtiger Name war Luise und XluX somit gar nicht so geheimnisvoll, wie er immer vorgab zu sein, schließlich hatte er – oder besser gesagt *sie* – die ganze Zeit einen wesentlichen Hinweis auf ihre wahre Existenz in dem Künstlernamen versteckt. Das erklärte alles! Lou war in Wirklichkeit XluX! Und das war mit Sicherheit auch der eigentliche Grund, warum ihre Freundin nicht wollte, dass irgendjemand von ihrem Talent als Fotografin erfuhr, weil ihr sonst mit Sicherheit bald jemand auf die Schliche gekommen wäre! So aber traute niemand aus der Schule der schrulligen Lou mit dem Vogelnest auf dem Kopf zu, der derzeit angesagteste Influencer der ganzen Schule, ja der ganzen Stadt zu sein.

Vor Aufregung sprang Ava aus dem Bett. Katze blinzelte sie böse an. »Sorry«, murmelte sie. »War keine Absicht!«

In dem Moment kam Lou mit dem Kabel wieder. Als sie

in Avas glühendes Gesicht blickte, runzelte sie die Stirn. »Ähm, alles in Ordnung bei dir?«

Ava wusste zunächst nicht, was sie sagen sollte. Sollte sie ihre Freundin damit konfrontieren? Oder sollte sie sie besser im Ungewissen darüber lassen, dass sie Bescheid wusste? Doch im nächsten Moment rauschte Lous Blick hinüber zu den versteckten Fotos, dann wanderte er wieder zu Ava.

»Du hast die Fotos gesehen«, murmelte Lou schließlich.

Ava nickte. »Du bist unglaublich, Lou, weißt du das? In dir fließt mehr Künstlerblut, als du ahnst! Warum versteckst du das?«, rief sie aufgeregt.

Lou ließ sich aufs Bett fallen und zog Katze auf ihren Schoß. »Eigentlich bin ich froh, dass du jetzt Bescheid weißt«, sagte sie und grinste ein wenig. Dann seufzte sie laut. »Du glaubst gar nicht, wie viel Macht ich als XluX habe. Aber nur, weil niemand weiß, wer wirklich dahintersteckt. Du hast die Leute in der Schule selbst reden hören. Alle glauben, dass es Tristan ist. Wenn die erfahren, dass ich es bin, würde sich niemand mehr für meinen Account interessieren. Dabei gibt es in der Stadt noch so viele Dinge, die falsch laufen. Ich will den Account noch nicht schließen!«

»Musst du doch auch nicht«, sagte Ava schnell. »Von mir erfährt niemand was, versprochen!«

Lou nickte. »Danke!«, raunte sie. Dann blinzelte sie Ava frech an. »Aber mal unter uns gesagt: Dafür, dass du sonst einen ziemlich guten Riecher hast, hast du hierfür ganz schön lange gebraucht. Mann, was musste ich wegen dir in letzter Zeit aufpassen. Ein paarmal hätte ich fast einen Herzkasper gekriegt.«

Ava lachte. »Um ehrlich zu sein, dachte ich die ganze Zeit, dass Elaf XluX ist«, gab sie dann kleinlaut zu.

Lou riss die Augen auf. »Elaf? Auf keinen Fall! Der interessiert sich eher für dich«, sagte sie und grinste breit.

Ava jedoch schüttelte hastig den Kopf. »So ein Schwachsinn! Der interessiert sich doch nur für dich«, seufzte sie und sah ihre Freundin an. »Zugegeben, ich bin ziemlich eifersüchtig deswegen, aber damit muss ich klarkommen. Wenn ihr beide also ein Paar seid, dann …«

»Was?« Lou kreischte auf, und Katze machte einen empörten Satz vom Bett. »Ehrlich, Ava! Du solltest in nächster Zeit dringend deine Antennen überprüfen. Elaf ist total verknallt in dich. Das hat er mir sogar gesagt. Na ja, nicht wörtlich … aber wenn man zwei und zwei zusammenzählt, dann kapiert man es auch so.«

Avas Herz begann mit einem Mal zu rasen. »Ehrlich?«, rief sie. »Bist du dir sicher? Du willst nichts von ihm?«

Lou grinste noch breiter. »Ganz-sicher-nicht! Wir verstehen uns einfach gut. Elaf ist total in Ordnung, nicht so eine Hohlbirne wie Nivo. Und wenn wir das jetzt geklärt haben, was hältst du davon, wenn wir endlich mal nachsehen, was auf der Kamera drauf ist?« Sie schwenkte mit dem Kabel.

Ava nickte. »Klar, die Kamera«, nuschelte sie verlegen,

obwohl ihre Gedanken grade ganz woanders waren. Nämlich bei einem Jungen mit tiefgrünen Augen. Waldgrünen Augen.

Doch Lou ließ sich nicht beirren. Kaum hatte sie die Kamera mit dem USB-Kabel und dem Laptop verbunden, flackerten auch schon mehrere Bilder auf dem Bildschirm auf. Mit flinken Fingern scrollte Lou durch die Bildergalerie und blieb dann an einem der Fotos kleben. »Da ist was!«, rief sie und zoomte das Bild näher heran.

Viel konnte man nicht darauf erkennen. Es war ziemlich dunkel, und der Nebel der Hulder verdeckte das meiste. Doch dann zog Ava scharf die Luft ein, als Lou noch näher ranzoomte. Eindeutig! Dort war eine Gestalt, die sich an Sorayas Paddock-Tor zu schaffen machte. »Wer zum Teufel ist das?«

Lou klickte auf das nächste Foto. Dieses hier war um vieles schärfer, vor allem aber konnte man deutlich ein Gesicht darauf erkennen.

»Ich glaub, ich werd' verrückt«, hauchte Lou, als sie auf den Jungen starrte, den sie beide nur allzu gut kannten. »Ich bin ja gespannt, wie er uns das erklären will!«

»Es geht nicht anders«, sagte Lou, als sie gefühlte Stunden später immer noch auf das Foto vor ihnen auf dem Bildschirm starrten. »Überleg doch mal! Wenn wir damit zu Elsie rennen, dann bleibt ihr nichts anderes übrig, als seine Eltern damit zu konfrontieren. Und was passiert dann? Vermutlich nichts. Ich bin mir ziemlich sicher, dass Miss Ich-bin-die-Coolste und er unter einer Decke stecken. Außerdem ist mir das gleich komisch vorgekommen, dass Florentine ausgerechnet dieses Wochenende wegfahren wollte. Ich meine, wenn sie wirklich so dicke mit Rauewitz ist, wie sie immer behauptet, dann lässt sie sich doch das eigene Hausturnier nicht entgehen! Mittlerweile bin ich mir sicher, das hat sie nur gemacht, um ein Alibi zu haben, wetten?! Und wenn ich recht habe, dann boxt Kronbeek sie da mit Sicherheit wieder raus, sollte Elsie rechtliche Schritte einleiten. Wir müssen die Sache anders einfädeln.«

Obwohl Ava es nicht zugeben wollte, hatte Lou recht. Nur wie sollten sie das alles beweisen? »Sollen wir sie morgen in der Schule drauf ansprechen, oder wie meinst du das?«

Lous Augen blinzelten wieder einmal wissend. »Ich habe eine bessere Idee. Schließlich nennt man mich nicht umsonst den *Rächer von Cassisburg*.«

Als Ava klar wurde, was Lou damit andeutete, sagte sie: »Das würdest du wirklich tun? Du lässt XluX das übernehmen?«

Lou nickte. »Genau für solche Fälle habe ich XluX doch erfunden.« Sie kramte ein Handy aus der Schreibtischschublade, das Ava noch nie bei Lou gesehen hatte, steckte es am Computer an und lud das beweisträchtige Foto auf das Smartphone. »Jetzt werden wir diesen Mistkerl weichkochen«, spottete sie.

Sie ging auf Insta und schickte Nivo über die Nachrichtenfunktion das Foto. Dazu schrieb sie folgende Worte: **XluX sieht alles.**

»Ganz schön dramatisch«, meinte Ava, doch Lou zuckte mit den Schultern.

»Soll schließlich wirken«, meinte sie knapp. Und tatsächlich – sie mussten nicht lange auf Antwort warten. Nivo antwortete innerhalb von Sekunden.

NIVO: Scheiße, was willst du?
XLUX: Die Wahrheit, was sonst?
NIVO: Gehst du damit zu den Bullen?
XLUX: Nicht, wenn du zwitscherst!

Eine kleine Pause entstand.

NIVO: Das war nicht meine Idee. Was interessiert mich der Gaul. Ich hab das für eine Freundin gemacht, die noch eine Rechnung offen hatte.
XLUX: Lass mich raten. Florentine?
NIVO: Verdammt, woher weißt du das?
XLUX: Ich sehe alles!
NIVO: Und jetzt? Verpfeifst du uns?
XLUX: Nicht, wenn ihr euch selber stellt. Morgen nach der Schule kommt ihr ins Forsthaus. Und wenn nicht, dann erfahre ich es, vergesst das nicht. Erzählt den Leuten dort, was ihr getan habt, und das Foto geht nie an die Öffentlichkeit.

NIVO: Hey, Mann, ist gut. Echt stark von dir, uns nicht bei den Bullen zu verpetzen. Nur, Florentine wird niemals mitgehen! Die kann ziemlich stur sein …
XLUX: Das ist nicht mein Problem. Ihr habt die Wahl. Entweder ihr stellt euch, oder das Foto geht online.

Demonstrativ beendete Lou den Chat, und Ava starrte sie mit großen Augen an. »Weißt du eigentlich, wie cool du bist?!«

Lou verzog den Mund zu einem stolzen Grinsen. »Ja, schon, aber erzähl's niemandem weiter.« Daraufhin konnte Ava nicht anders. Sie fiel ihrer Freundin um den Hals. »Mensch, Lou, was würde ich nur ohne dich tun!«

»Keine Ahnung«, grinste Lou und drückte ihre Freundin ebenfalls an sich.

#HULDERNEBEL

Der nächste Tag in der Schule wurde zur Zerreißprobe.

Obwohl Ava an nichts anderes denken konnte als an Florentine und Nivo, musste sie unzählige Hände schütteln und Glückwünsche entgegennehmen. Fast jeder aus der Schule wollte ihr zum Turniersieg gratulieren.

Als Ava Lou daraufhin einen fragenden Blick zuwarf, zuckte sie verdattert mit den Schultern. »Ich hab doch nur ein Foto online gestellt, ehrlich!« Auch sie war überrascht, welches Ausmaß der Soulhorsefarm-Channel mittlerweile angenommen hatte.

Doch dann kamen Teresa und Betty angelaufen und lüfteten das Geheimnis. »Du bist heute ganz groß auf der Titelseite im *Stadtanzeiger*!« Betty hielt Ava die Zeitung unter die Nase. Auf dem Titelbild prangte ein riesengroßes Foto von Soraya und ihr. Darüber lautete die Überschrift in fetten Buchstaben: **Das Feenpferd von Cassisburg, der heimliche Star am hoch dotierten Championat stellt alle anderen in den Schatten.**

»Jetzt bist du berühmt. Und reich!«, trällerte Teresa gut gelaunt.

Ava lächelte mühsam. »Oh, ganz toll. Aber von hoch dotiert kann keine Rede sein«, fügte sie schnell hinzu. Sie hatte vielleicht jetzt die volle Aufmerksamkeit der Presse gewonnen, aber das Preisgeld war dennoch mickrig, zumindest in ihrer Disziplin. Der Gewinner des Springreitens in der S-Klasse hingegen war bestimmt nicht mit leeren Händen nach Hause gefahren, dessen war sie sich sicher. Dennoch musste sie zugeben, dass sie sich über den Zeitungsartikel freute. Wie es schien, hatte Soraya mit ihrem Schicksal die Menschen bewegt – und das konnten sie derzeit mehr brauchen als alles andere. Vielleicht würde es den Bürgermeister ja noch zum Umdenken anregen, noch wollte Ava an Wunder glauben.

Als es zum Unterricht läutete, waren Nivo und Florentine immer noch nicht erschienen.

»Ob sie abgehauen sind?«, flüsterte Lou aufgeregt.

Ava zuckte gerade mit den Schultern, als die beiden doch noch ins Klassenzimmer geschlüpft kamen. Und weil sie ohnehin nur noch eine Woche Unterricht hatten, ehe die Sommerferien begannen, kriegte Herr Böring ausnahmsweise mal keinen Tobsuchtsanfall wegen Zuspätkommens, denn auch ihr Mathelehrer wirkte schon ziemlich ferienreif. So war es nicht weiter verwunderlich, dass alle bald träumten und schlummerten, während Herr Böring irgendwelche Zahlen auf die Tafel schrieb. Na ja, außer Nivo und Florentine, fiel Ava schadenfreudig auf. Die beiden wirkten heute sichtlich nervös. Nach Mathe gelang es ihr sogar, einige Wortfetzen der beiden aufzuschnappen.

»Wie konntest du mich da nur mit reinziehen? Ich habe gar nichts gemacht. Ich war auf Rügen, falls du das nicht mitbekommen haben solltest«, zischte das rothaarige Mädchen aufgebracht.

Nivo, der Florentine sonst ständig aus der Hand fraß, wirkte mit einem Schlag gar nicht mehr so zahm. »Hey, Bitch, das baden wir gemeinsam aus, darauf kannst du wetten. Ich habe schließlich auch Beweise. Zum Beispiel die süße Textnachricht, die du mir von Rügen geschickt hast? Wie war das noch gleich: **Hey Nivo, mein Bester, ist das Feenpferd schon Feengulasch?**« Er lachte dreckig.

»Nicht so laut!«, zischte Florentine und zog Nivo in eine Fensternische.

Ava hatte ohnehin genug gehört. Ihr Instinkt hatte sie also nicht betrogen! Es war von Anfang an der Plan gewesen, Soraya Richtung Autobahn zu locken, nur damit Florentine weiter ihre Machtspielchen spielen konnte. Und hätte Ava nicht diesen schrecklichen Traum gehabt, wäre Florentines Plan vielleicht auch Wirklichkeit geworden. Ava fröstelte, als sie daran dachte. Wie konnte man nur so böse sein? Wenn es nach ihr gegangen wäre, hätte sie die Polizei eingeschaltet. Den Gesichtsausdruck von Florentine hätte sie nur allzu gern gesehen. Andererseits musste sie auch an Elsie denken. Wenn sie das Forsthaus retten wollten, durften sie auf keinen Fall Kronbeeks Zorn auf sich ziehen. Florentines Vater hatte einfach viel zu viel Macht in Cassisburg. Sie mussten mit ihm auskommen, ob sie wollten oder nicht.

»Ich bin schon gespannt, welche Strafe die beiden aufgebrummt bekommen«, flüsterte Ava, als sie Lou wütend davon erzählte.

Auch Elaf kam nun zu ihnen herüber, doch Ava schaffte es nicht, ihm in die Augen zu sehen. Das Durcheinander der letzten Zeit war einfach zu viel gewesen. Sie musste erst mal wieder festen Boden unter den Füßen kriegen, ehe sie sich darüber klar werden konnte, wie viel sie wirklich für Elaf empfand. Tja, und dann war da ja auch noch die Sache mit Silvester. Elsies Großvater hatte sich seit dem Turnier nicht mehr blicken lassen. Bestimmt schmollt er auf seinem Hochsitz, dachte sie sauer.

Während Ava ihren Gedanken nachhing, hatte Lou Elaf in Windeseile über die neuesten Vorkommnisse in Kenntnis gesetzt. Nur das mit XluX verschwieg sie, sondern flunkerte, dass sie beide das Foto Florentine und Nivo vorhin heimlich zugeschoben hätten. Dann verabredeten sie sich nach der Schule im Forsthaus, schließlich war eines gewiss: Elsie würde die zwei nicht so leicht davonkommen lassen, wenn sie erst mal die Wahrheit erfahren hatte. Mehr noch – Elsie würde Hackfleisch aus den beiden machen, und wenn Ava jetzt so darüber nachdachte, war das wohl die schlimmere Strafe.

Von alldem aber wusste Elsie nichts, sie hatte gerade ganz andere Sorgen. Irgendetwas musste bei Rauewitz auf dem Turnier vorgefallen sein, dessen war sie sich sicher. Ava und Graps verhielten sich seitdem äußerst seltsam. Doch weder aus Ava noch aus dem alten Sturkopf von Großvater hatte sie bisher einen Ton herausgebracht. Dabei gab es gerade jetzt so vieles zu berichten!

Das Turnier war nämlich nicht nur für Ava und Soraya erfolgreich gewesen. Besonders die vielen Gespräche, die sie danach geführt hatte, klangen allesamt aussichtsreich. Die nächsten Aufträge würden lukrativ werden, keine Frage, und gäbe ihnen die Stadt bloß noch etwas Aufschub, würde der Kauf des Forsthauses in einigen Jahren mit Sicherheit kein Problem mehr darstellen. Dazu der heutige Artikel im Stadtanzeiger! Elsie hoffte daher sehr, dass sich der Stadtrat vielleicht doch noch weichkochen ließ, auch wenn das unwahrscheinlich war.

Langsam war es also an der Zeit, über das zu sprechen, was in Zukunft passierte, wenn bis Ende des Sommers kein Wunder geschah. Also stapfte Elsie auf den Hochsitz zu, auf dem sich Graps schon seit dem Morgen versteckt hatte. Zügig kletterte sie die Leiter hinauf und öffnete die Luke. »Ach, da bist du?«, rief sie so unschuldig wie möglich.

Graps antwortete nicht. Doch als Elsie ihn weiterhin anstarrte, seufzte er in seinen Bart und meinte: »Von Zeit zu Zeit muss man eben eine Rast einlegen, damit die Seele Zeit hat, den Körper einzuholen, ist das so verkehrt?«

Elsie schüttelte den Kopf. »Natürlich nicht. Aber ist es nicht auch so, dass es von Zeit zu Zeit wichtig ist, den ganzen Frust, den man all die Jahre in sich hineingefressen hat, endlich loszulassen?«

Silvesters Augen glitzerten. »Was bist du nur für ein schlaues Mädchen«, brummte er zärtlich und begann schließlich seufzend zu erzählen, was ihn seit dem Turnier so sehr bedrückte. Elsie hörte ihm aufmerksam zu. Sie wusste längst, dass ihr Vater damals von Rauewitz unter die Fittiche genommen worden war. Oft hatte er stolz erzählt, dass er es ohne Bertram Rauewitz, der sein Talent entdeckt und gefördert hatte, niemals zu was gebracht hätte. Doch sie wusste auch, wie ihr berühmter Vater, der Olympiasieger, in Wirklichkeit war, nämlich kalt und rücksichtslos. Und sie wusste vor allem, dass diese Wunde bei Graps nie ganz verheilt war, wo Albertina und er doch so gänzlich anders eingestellt waren, und dass er insgeheim Rauewitz die Schuld daran gab, dass sein einziger Sohn so geworden war, wir er eben war.

Umso mehr liebte sie Graps dafür. »Du bist viel zu streng mit dir«, sagte Elsie. »In erster Linie hast du es für mich getan. Und für die Pferde. Ich bin mir sicher, wenn du Ava das alles erklärst, wird sie es verstehen.«

Silvester Hennelly schnäuzte sich geräuschvoll. »Meinst du?«

Elsie lachte. »Dir ist das Mädchen ziemlich ans Herz gewachsen, was?«

Silvester schmunzelte. »Ist genauso sturköpfig wie du«, brummte er. »Und?«, hängte er dran. »Wie geht es jetzt weiter?«

Elsie ließ den Blick aus dem Fenster über die Lichtung schweifen. »Noch ist der Sommer nicht zu Ende«, murmelte sie.

Florentine und Nivo tauchten tatsächlich zur bestellten Zeit im Forsthaus auf und erzählten der völlig überraschten Elsie die Wahrheit. Anfangs war die Pferdetrainerin so wütend, dass Ava, Lou und Elaf, die heimlich auf dem Heuboden hockten und das Geschehen beobachteten, schon befürchteten, die beiden würden das nicht überleben. Silvester musste beinah mit seinem Gehstock dazwischengehen, so wütend war Elsie. Doch dann beruhigte sich die Pferdetrainerin und sah Florentine und Nivo scharf an. »Ich rufe nur deshalb nicht die Polizei, weil ihr den Mumm hattet, euch selbst zu stellen. Aber sagt mir verdammt noch mal die Wahrheit, wie kommt man nur auf so eine irrsinnige Idee?«

Es dauerte eine halbe Ewigkeit, bis Florentine unter Tränen gestand, dass ihr Vater sie in Wirklichkeit ständig zum Reiten zwang und dass sie eigentlich schreckliche Angst vor Catalan hatte. Der junge Holsteiner war ihr viel zu temperamentvoll, doch ihr Vater wollte das nicht einsehen. »Und dann hat auch noch Bertram Rauewitz Druck gemacht. Er wollte, dass ich Sie ausspioniere, und als Ava plötzlich bei dem Turnier starten wollte, da habe ich nicht mehr weitergewusst«, gab sie kleinlaut zu.

»Und das gibt dir das Recht, ein Tierleben aufs Spiel zu setzen?«, fragte Silvester ungläubig. »Und hat man dir nie beigebracht, dass man nicht bei jeder Dummheit mitmacht, Junge?«, herrschte er Nivo an.

Die beiden wirkten ziemlich geknickt, das erkannte Ava sogar vom Heuboden aus. Dennoch kamen die zwei nach ihrem Geschmack viel zu glimpflich davon. Was Florentine und Nivo hier abgezogen hatten, würde sie ihnen niemals verzeihen können!

»Ich habe übrigens mit deinem Vater gesprochen«, sprach Elsie weiter und wandte sich an Florentine. »Ich hatte die vielen Lügen satt und habe ihm auf dem Turnier, wo wir uns glücklicherweise über den Weg gelaufen sind, meine Sicht der Dinge erläutert.«

»Sie haben ... was?«, japste Florentine panisch. »Daddy wird mir das nie verzeihen ...«

Elsie sah das rothaarige Mädchen kühl an. »Du wirst dich wundern, dein Vater war nämlich sehr verständnisvoll. Na ja, zugegebenermaßen erst, als er ein Trainingsvideo von Catalan gesehen hat, das ich zufälligerweise auf dem Handy hatte. Er sieht jetzt selbst ein, dass der Holsteiner drei Nummern zu groß für dich ist. Catalan wird daher weiterhin hier bei mir stehen und auch von mir trainiert werden, bis sich ein passender Käufer für ihn gefunden hat. Du brauchst Catalan also nicht mehr zu reiten.«

Florentine wirkte mit einem Mal so schwach, dass Ava schon befürchtete, das Mädchen würde zusammenbrechen. »Ehrlich? Er ist damit einverstanden?«, murmelte sie verblüfft und auch ziemlich dankbar.

Elsie nickte. »Hättest du ihm früher davon erzählt, hättest du nicht nur uns, sondern vor allem auch euch jede Menge Ärger erspart. Denn eines lasst euch gesagt sein: Ihr beide kommt ohne Strafe hier nicht davon.« Auf Elsies Gesicht schlich sich ein diabolisches Grinsen. »Seht ihr die vielen Koppeln dort? Die müssten eigentlich schon seit einer ganzen Weile abgeäppelt werden. Da ich aber leider gerade keine Zeit für so etwas habe, könnt ihr euch vielleicht vorstellen, wer das an meiner Stelle die nächsten Wochen machen wird. Na, klingelt da was bei euch?«

Florentine und Nivo sahen sich erschrocken an.

»He, das können Sie nicht von uns verlangen!«, maulte Nivo.

Elsie grinste. »Ach, ich denke schon. Oder ist es euch lieber, wenn ich eure Eltern in Kenntnis setze, zu welch kriminellen Handlungen ihre Sprösslinge neigen?«

Florentine und Nivo schüttelten hastig die Köpfe.

»Hast du das gehört?«, flüsterte Lou neben Ava, während sie alle drei von der Heubodenluke aus spionierten. »Miss Ich-bin-die-Coolste wird zum Scheißeschaufeln verdonnert. Oh, wie ich mich darauf freue!«, triumphierte sie leise. »Jetzt kann ich diese blöde Kuh nach Herzenslust herumkommandieren. Oh, das wird ein super Sommer werden!«

Nach der ganzen Aufregung ging Ava zu Soraya. Lou musste schon nach Hause, und Elaf half Elsie beim Füttern. Sie war also ganz froh, endlich etwas Zeit mit der Silberstute allein zu haben. Deshalb legte sie ihr das Zaumzeug an. Auf einen Sattel verzichtete sie diesmal. Dann ging sie mit ihr in die Sandgrube, weil es dort einfach am schönsten war. Außerdem traf man dort nie eine Menschenseele. Hier waren Ava und Soraya nur für sich! Ein Baumstumpf diente ihr als Aufsteighilfe. Sie schwang sich auf Sorayas Rücken und schlenderte dann einfach so mit ihr über die Dünen, ohne irgendwelche Lektionen oder sonst was abzuprüfen. Das Turnier war zum Glück vorüber, jetzt brauchten sie nur noch das zu machen, wozu sie beide Lust hatten. Dass sie früher gern an Turnieren teilgenommen hatte, konnte sich Ava jetzt plötzlich gar nicht mehr vorstellen. Was mit Sicherheit daran lag, dass Soraya auf dem Turnier zwar supertoll mitgemacht hatte, doch im Grunde dann doch besser in ihrem eigenen Zuhause aufgehoben war. Und auch wenn sie derzeit mit ihren Augen klarkam, wusste Ava, dass ERU eine heimtückische Krankheit war. Soraya konnte jederzeit den nächsten Entzündungsschub kriegen, daher wollte sie auf keinen Fall noch mal so eine Aktion riskieren. Ab jetzt galt es, jeglichen Stress für die Silberstute zu vermeiden, und das hieß: keine Turniere mehr! Ava hatte gelernt, der Zeit in Eschenthal nicht mehr hinterherzutrauern. Nun hatte sie hier ihr Zuhause gefunden – und das brauchte immer noch dringend ihre Hilfe.

Ava war so in Gedanken versunken, dass sie den Jeep gar nicht näher kommen hörte. Erst als Soraya den Kopf hob, sah sie Silvester Hennelly über die Dünen humpeln. Sie verdrehte die Augen und wollte Soraya schon abwenden, aber genau in diesem Moment blieb die Silberstute einfach stehen, als wäre sie das bockigste Muli der Welt. »Haben Sie etwa Möhren in den Taschen, oder was?«, schnaufte Ava wütend, als Soraya weiterhin seelenruhig stehen blieb, bis Silvester die beiden erreicht hatte.

Elsies Großvater blinzelte geknickt. »Nur zwei«, gab er zu und hielt eine davon Soraya hin, die sie sofort zufrieden aufmampfte.

Da konnte Ava nicht anders. Sie schüttelte lachend den Kopf und schwang sich von Sorayas Rücken. »Wie ich sehe, bin ich ohnehin schon überstimmt worden. Also, was haben Sie zu Ihrer Verteidigung zu sagen?«

Silvester Hennelly blickte sie mit seinen wachen, klaren Augen an, dann schmunzelte er plötzlich: »Dass du ein Wunder vollbracht hast!«, brummte er voller Freude. »Du und dein Feenpferd hier!«

Ava runzelte die Stirn. »Ähm, hab ich irgendwas verpasst?« Elsies Großvater wirkte plötzlich so leicht und frei, so hatte sie ihn überhaupt noch nie gesehen.

»Elsie hat vorhin einen Anruf erhalten«, erklärte er und grinste spitzbübisch. »Es war der Bürgermeister höchstpersönlich! Anscheinend ist der Stadt ganz plötzlich ein günstiger Kredit für das Neu-Andra-Projekt angeboten worden, sodass es derzeit doch nicht notwendig sein wird, das Forsthaus zu verkaufen. Vermutlich hat eure rothaarige Mitschülerin ein gutes Wort bei ihrem Daddy eingelegt. Das heißt also …«, er machte eine theatralische Pause.

»Um Himmels willen! Nun sagen Sie es schon«, rief Ava zappelig.

Silvester lachte glücklich. »Das heißt, dass die Rothaarige dennoch die Ferien hier mit Abmisten verbringen wird, aber auch, dass wir hier weiterhin in Miete bleiben können, bis wir die Summe beisammenhaben«, jubelte er. »Und das alles haben wir nur dir und Soraya zu verdanken! Der Bürgermeister war nämlich sehr angetan von der Legende und hat gefragt, ob er demnächst mit einem Kamerateam vorbeikommen könne, weil sie derzeit einen Werbefilm über Cassisburg drehen. Und da darf das berühmte Feenpferd natürlich nicht fehlen!« Er grinste. »Na, was sagst du dazu?«

Ava schwirrte der Kopf. Sie fühlte sich so erleichtert, dass sie prompt in den Sand plumpste. Silvester setzte sich neben sie, während sich Soraya die zweite Möhre schmecken ließ.

»Im Endeffekt ist alles gut gegangen, das ist wirklich ein Wunder«, sagte er sanft, »aber dennoch möchte ich mich bei dir entschuldigen. Auf keinen Fall hätte ich zugelassen, dass dir etwas geschieht.«

»Ich weiß«, seufzte Ava aufrichtig. »Es war nur so … als Bad Bert das gesagt hat, hat das so echt geklungen …«

Silvester Hennelly runzelte die Stirn. »Bad Bert?«

Ava grinste. »So nennen ihn die Reitschüler drüben bei Rauewitz«, erklärte sie.

»Das gefällt mir.« Silvester Hennelly fing lautstark an zu lachen. »Der Name passt zu ihm. Bertram hatte schon immer ein Händchen dafür, die Leute für seine Zwecke zu manipulieren. Irgendwann wird ihm das alles auf den Kopf fallen.« Und während er das sagte, kroch plötzlich der Huldernebel aus dem Bachbett und wanderte über die Sandgrube bis hoch zu ihnen. Soraya hob schlagartig den Kopf, als würde sie im Nebel etwas wahrnehmen. Das sah so geheimnisvoll aus, dass Silvester und Ava verstummten und auf das Silberpferd starrten.

#SOMMERWISPERN

Es war schon spät, als sie zurück zum Forsthaus ritt. Oder besser gesagt zur Soulhorsefarm. Denn wie durch ein Wunder hatte sich nun alles zum Guten gewendet. Endlich hatte Elsie die Möglichkeit, aus dem Forsthaus ein Pferdezentrum zu machen, wo mit viel Liebe und Geduld Pferde ausgebildet wurden. Klar, dass Rauewitz das nicht gefallen würde. Aber daran wollte Ava jetzt nicht denken.

Jetzt wollte sie sich einfach von Herzen freuen! Soraya und sie würden beisammen sein, und das war das Wichtigste überhaupt. Deshalb konnte sie nicht anders. Sie lenkte Soraya auf die leere Koppel, wo sonst Guinevere und die anderen Stuten standen, und ritt mit ihr auf den Feenhügel zu. Der Huldernebel tanzte um die Grasbüschel, und im Wald hörte man den Wind, der zwischen den Bäumen spielte. Das Wasser der Hulder gurgelte, die Grillen zirpten. Die Sonne war längst am Horizont verschwunden, und es dämmerte. Und dann hörte der Wind auf zu rauschen und alles andere auch. Plötzlich stand alles still. Auch Soraya rührte sich nicht. Sie stand da wie eine Statue aus Silber und blickte gebannt auf die Hügel vor ihnen. Es war wie in Avas Traum. Ein Schauder kroch ihr über den Rücken, während sie unter sich die vertraute Wärme spürte, die von Soraya ausging und ihr Kraft spendete.

Ava blinzelte, als sie dann eine Bewegung zwischen den Nebeln wahrnahm. Hastig räusperte sie sich: »Ich will euch danken«, murmelte sie leise, auch wenn sie sich ein bisschen merkwürdig dabei vorkam. Immerhin redete sie gerade mit einem Grashügel. Aber ihr Instinkt oder ihr Herz drängten sie dazu, die Worte laut auszusprechen, die sie schon lange mit sich getragen hatte und die jetzt reif waren, um herausgelassen zu werden. Ava holte Luft. »Ich will euch danken, weil ihr mir ein neues Zuhause geschenkt habt. Ich weiß nicht, was ich ohne sie gemacht hätte. Nach Flint schien alles verloren, doch Soraya war meine Rettung. Dass ich jemals noch einmal ein Pferd so lieben könnte, hätte ich nicht für möglich gehalten, und deshalb verspreche ich euch, dass ich auch in Zukunft auf Soraya gut achtgeben werde. Wie auch auf diesen Ort hier …«

»Mit wem redest du da?«

Wie vom Donner gerührt, fuhr Ava zusammen. Als sie sich umdrehte, wusste sie bereits, wer dort hinter ihr im Gras stand. Sie würde Elafs Stimme auch aus Tausenden erkennen, doch wie sie ihm diese Situation erklären sollte, das wusste sie nicht. Mit einem Schlag fingen ihre Wangen Feuer, als Elaf neben sie trat und Sorayas Hals tätschelte.

»Du hast die Wahnsinnsnachricht also schon erfahren?«, fragte er und grinste zu ihr hoch.

Ava nickte rasch. »Silvester war vorhin in der Sandgrube und hat es mir erzählt«, murmelte sie.

»Und deshalb willst du dich bei ihnen bedanken?« Elaf sah sie mit seinen waldgrünen Augen wissend an.

Ava senkte den Kopf und biss sich auf die Unterlippe. »Und wennschon«, murmelte sie und schwang sich von Sorayas Rücken. Jetzt kam ihr das alles plötzlich furchtbar peinlich vor, und es ärgerte sie, dass Elaf sie dabei überrascht hatte. Bestimmt fand er das total kindisch. Sie griff nach Sorayas Zügeln und berührte dabei versehentlich seinen Arm. »Es ist schon spät, wir sollten zurück.«

Elaf aber griff nach ihrer Hand. »Warte, ich wollte dir noch was sagen«, sprach er leise und klang nun ähnlich schüchtern. »Ich bin froh, dass alles gut ausgegangen ist, und auch ich wollte ihnen das sagen.«

»Du findest das nicht albern?«, fragte Ava erstaunt und blickte ihm endlich in die waldgrünen Augen.

Elaf schüttelte den Kopf. »Es gibt Dinge, die man nicht erklären kann«, sagte er so leise, dass Ava ihn kaum verstand. »Ich habe dir das noch nie erzählt, aber es gab einen Grund, warum ich die Klasse wiederholen musste.«

»Na ja, dass es nicht an Mathe gelegen hat, war mir schon klar«, meinte Ava und grinste, doch Elaf wirkte so bedrückt, dass sie schnell wieder verstummte.

Er hielt immer noch ihre Hand, als er weitererzählte.

»Ich hatte vor ziemlich genau einem Jahr einen Unfall beim Downhill-Biken, oben auf der Burg. Den ganzen letzten Sommer lang habe ich im Krankenhaus gelegen, und im Herbst musste ich lange zur Reha. Laut den Ärzten war's anscheinend ziemlich knapp. Ab da glaubt man gerne an Wunder.«

Avas Blick huschte zu der Narbe auf Elafs Stirn, und jetzt wusste sie auch, woher die dunklen Schatten in seinen Augen gekommen waren. Voller Mitgefühl drückte sie seine Hand. Auch wenn sie im letzten Jahr keine körperlichen Wunden davongetragen hatte, wusste Ava nur zu gut, was Elaf damit meinte.

Elaf lächelte. »Und deshalb wollte ich dich fragen ... na ja, es beginnen ja bald die Sommerferien«, druckste er herum, was Ava ausgesprochen süß fand. »Tja, und da wollte ich dich fragen, ob du vielleicht Lust hättest, dass wir uns weiterhin hier treffen ... und vielleicht können wir ja auch mal ins Kino oder so ...« Den letzten Satz sagte er so leise, dass Ava den Kopf nach vorne beugen musste, um ihn zu verstehen.

Dabei trafen sich erneut ihre Augen. Andrablau vermischte sich mit Waldgrün, und wieder schien die Luft um sie herum zu knistern. »Unbedingt«, sagte sie sanft. Und gemeinsam gingen sie Hand in Hand zurück zur Soulhorsefarm, während Soraya gemütlich neben ihnen herschlenderte. Dabei klangen Lous Worte in Avas Kopf: Das wird ein super Sommer werden!

LESEPROBE AUS BAND 2

Ava freut sich auf die Sommerferien mit Elaf, doch dann stellt sich heraus, dass Soraya einen erneuten Entzündungsschub erleidet. Kian, der Sohn der Tierärztin hat es Avas bester Freundin Lou besonders angetan, doch warum verhält er sich ihnen gegenüber so abweisend? Und wer schleicht neuerdings in den Wäldern herum und hinterlässt seltsame Botschaften? Was Ava nicht weiß – der geheime Garten besitzt etwas, das Soraya dringend braucht ...

Die Luft flirrte noch immer über dem Wasser, als tanzten winzige Libellen in der Abendsonne. Orangehelle Flecken, wie von hauchzarten Flügeln, flimmernd in der Julihitze, während der Himmel dahinter in ein dramatisches Rot überging.

Seit Tagen war es brütend heiß. In der Sandgrube regte sich kein Lüftchen. Der See hatte längst Badewannentemperatur erreicht, doch das schien Soraya nicht viel auszumachen. Die schöne Silberstute stand bis zum Bauch im Wasser und spielte mit ihren Nüstern mit dem kalten, oder eben doch nicht mehr kalten Nass.

Ava schaute ihr belustigt zu. Mit der Fliegenmaske, die Soraya neuerdings trug, sah sie aus, als hätte sie eine Tauchermaske auf.

»Fehlt nur noch der Schnorchel«, rief Lou auch vom Ufer aus, ehe sie sich wieder dem spektakulären Abendhimmel widmete. Mit ihrer Kamera. In einem quietschgelben Bikini. Lou-Style eben.

Ava lachte und schwamm mit kräftigen Zügen auf Soraya zu. »Na, kleines Seepferdchen«, sagte sie und stemmte sich auf ihren Rücken. »Komm, wir gehen, ehe du noch zum Fisch wirst.« Behutsam dirigierte sie Soraya in Richtung Ufer. Mittendrin blieb die Silbertute jedoch stehen und bewegte ihre grauen Ohren unruhig unter der Fliegenmaske.

Prompt blickte Ava hoch zu den Dünen. Sie hatte längst gelernt auf Sorayas Körpersignale zu achten. Die blinde Lusitanostute irrte sich in solchen Dingen so gut wie nie, auch wenn sich augenscheinlich kein Blättchen ringsherum regte. Doch jemand schien in der Nähe zu sein. Oder etwas, vielleicht ein Reh? Soraya gab nun ein durchdringendes Schnauben von sich, das Ava in den Beinen kitzelte. Auch sie trug bloß einen Bikini, und deshalb rutschte sie zur Sicherheit jetzt von ihrem Rücken und nahm sie am Führstrick. Widerwillig folgte ihr das Silberpferd.

»Was hat sie denn?«, fragte Lou.

Ava zuckte mit den Schultern. »Sie scheint etwas zu hören.« Vielleicht Elaf, dachte sie mit hüpfendem Herzen. Sie hatte ihm vorhin eine Nachricht geschrieben, dass sie noch schwimmen gehen wollten, doch dummerweise musste er im Café seiner Eltern aushelfen.

»Ob Florentine uns gefolgt ist?«, murrte Lou. »Wie die blöde Schnepfe vorhin geguckt hat, als Elsie dich gefragt hat, ob du nachher Catalan bewegen willst!«

Ava seufzte. Klar war ihr das nicht entgangen. Doch mittlerweile konnte sie ihre verhasste Mitschülerin ein stückweit verstehen. Koppeln abzuäppeln bei dieser Hitze war kein Zuckerschlecken, dennoch stand eines fest: Die Sandgrube war ihr Geheimversteck! »Wehe«, knurrte sie deshalb und ging mit Soraya auf jene Stelle zu, in die die Stute geschnuppert hatte. Mit einem Satz sprang sie hinter eine Düne.

»Und?«, rief Lou.

Irritiert schüttelte Ava den Kopf. Buchstaben. Jemand hatte etwas in den Sand gekritzelt. *Ich war hier* las sie, und Ava spürte, wie ihr prompt ein kalter Schauer über den Rücken rann. Denn die Fußspuren, die von dem Gekritzel wegführten, steuerten nicht auf das Forsthaus zu, sondern schlugen den Weg ein, der zur Burgruine hinaufführte.

Ich war hier. Also hatte sich Ava das Burggespenst zuletzt nicht eingebildet, als sie oben auf der Cassisburg gewesen war. Jemand geisterte neuerdings hier herum. Jemand, der nicht gesehen werden wollte, und dennoch alles sah. Wie das Geheimnis um XluX? War die seltsame Nachricht, die Lou zuletzt bekommen hatte, also von dem Eindringling?

»Oh, Shit«, murmelte Lou, als sie hinter Ava trat und auf die Notiz im Sand starrte. »Ich hab doch gewusst, dass das kein Zufall gewesen sein kann. Jemand weiß Bescheid. Was machen wir denn jetzt?«

Ava kniff die Augen zusammen und blickte hoch in den Wald. »Den Fußspuren folgen«, antwortete sie düster.